에디션 **F**
06

**캐서린 맨스필드**
단편선

# 가든 파티

에디션 **F 06**
캐서린 맨스필드 단편선

# 가든 파티

1판 1쇄 찍음 2021년 1월 15일
1판 1쇄 펴냄 2021년 1월 20일

**지은이** 캐서린 맨스필드
**옮긴이** 정주연

**주간** 김현숙 | **편집** 변효현, 김주희
**디자인** 이현정, 전미혜
**영업** 백국현, 정강석 | **관리** 오유나

**펴낸곳** 궁리출판 | **펴낸이** 이갑수

**등록** 1999년 3월 29일 제300-2004-162호
**주소** 10881 경기도 파주시 회동길 325-12
**전화** 031-955-9818 | **팩스** 031-955-9848
**홈페이지** www.kungree.com | **전자우편** kungree@kungree.com
**페이스북** /kungreepress | **트위터** @kungreepress
**인스타그램** /kungree_press

ⓒ 궁리출판, 2021.

ISBN 978-89-5820-708-5    04840

에디션 **F**
06

**캐서린 맨스필드**
단편선

# 가든 파티

## The Garden Party

캐서린 맨스필드 | 정주연 옮김

궁리
KungRee

The Garden Party

차례

**일러두기**

본문의 각주는 모두 옮긴이 주이다.

# 차 한 잔

．

　로즈메리 펠은 꼭 집어서 말하자면 아름답지는 않았다. 그렇지, 아름답다고 할 수는 없었다. 예쁜가? 음, 하나하나 뜯어보면… 하지만 사람을 하나하나 뜯어보는 것은 너무 잔인한 짓 아닌가? 그녀는 젊고 똑똑하고 극도로 현대적이고 옷을 우아하게 잘 입고 새로 나온 책에 대해서는 모르는 것이 없었다. 그리고 그녀가 함께 어울리는 사람들은 참으로 중요한 인물들과 예술가들이 있었다. 괴짜들이자 그녀가 새로이 알게 된 사람들로, 그중에는 차마 말로 할 수 없을 만큼 끔찍한 이들도 있었지만, 나머지는 다들 아주 번듯하고 유쾌했다.

　로즈메리는 결혼한 지 2년이 되었다. 아주 귀여운 사내와 함께 살았다. 피터 말고 마이클 말이다. 남편 피터는 로즈메리를 굉장히 사랑했다. 그들은 부자, 정말 부자였다. 그러니까 그저 안락하게 잘사는 정도가 아니었다. 그런 부자라고 하면 얄밉고 고리타분한 사람들 같기도 하고, 그런 말은 조부모 세대가 쓰는 표현 같다. 로즈메리는 쇼핑을 하고

7

싶을 때면 남들이 본드 가에 가듯 그냥 바로 파리에 간다. 꽃을 사고 싶으면 리젠트 가에 있는, 없는 꽃이 없는 그 꽃집 앞에 차를 대고 가게 안으로 들어가서 눈부시게 압도하는 약간 유별난 태도로 둘러본 다음 이렇게 말했다. "저거랑 저거, 그리고 저거 주세요. 저거 네 다발 주시고요. 그리고 저 장미요. 아, 병에 꽂힌 장미 전부 주세요. 싫어, 라일락은 안 살래요. 난 라일락이 싫어요. 라일락은 볼품없어." 점원이 꾸벅 절을 하고 라일락을 안 보이는 곳으로 치웠다. 로즈메리의 말이 너무도 옳다는 듯이. 이제 라일락은 지독히도 볼품없는 꽃이 되어버리고 말았다. "저 땅딸막한 작은 튤립들 주세요. 빨강이랑 하얀색이요." 그러고 나면 깡마른 여자 점원이, 긴 옷을 입은 아기 같은 커다란 종이 뭉치를 한가득 안고 차가 있는 곳까지 비틀거리며 로즈메리 뒤를 따랐다.

어느 겨울 오후 로즈메리가 커즌 가에 있는 작은 앤티크 상점에서 무언가를 사려 하고 있었다. 그녀는 그 상점을 좋아했다. 우선 그곳을 거의 독차지할 수 있어서였다. 그리고 주인 남자가 우스꽝스러울 만큼 잘해주었다. 로즈메리가 들어오면 그는 늘 활짝 웃으며 맞았다. 두 손을 다소곳이 모으고 너무 좋아서 차마 말도 못 한다는 듯했다. 말이라도 붙일 수 있는 것에 너무도 감사했다. 물론 아부였다. 그래도 진심이 조금은 있었겠지만…

"저, 마담." 주인 남자는 낮고 정중한 어조로 설명을 시작하곤 했다. "제겐 이 물건들이 아주 소중합니다. 그것들의 진가를 모르는 사람에게 파느니 그냥 가지고 있는 편이 낫습죠. 그게 얼마나 귀한 건지 예민하게 느낄 수 없는 사람들에게 파느니 말이죠…" 그런 뒤 깊은 한숨을 쉬고 파리한 손가락 끝으로 푸른 벨벳을 펼쳐 유리 진열대에 올려놓는 것이었다.

오늘의 물건은 작은 상자였다. 그녀에게 팔려고 보관해두고 있었다. 아직 아무에게도 보여주지 않았다. 몹시 아름다운 작은 에나멜 상자였다. 너무도 예쁘게 반들거려서 크림으로 구운 것 같았다. 뚜껑에는 꽃나무 아래에 아주 작은 남자가 서 있고 더 작은 여자가 그의 목을 팔로 껴안고 있는 모습이 그려져 있었다. 나뭇가지에 걸린 여자의 모자는 정말로 제라늄 꽃잎만 했다. 초록 리본이 둘러진 모자였다. 그리고 분홍색 구름이 천사처럼 둘의 머리 위에서 내려다보고 있었다. 로즈메리는 긴 장갑을 벗었다. 물건들을 살펴볼 때면 늘 장갑을 벗었다. 오호, 상자가 아주 마음에 들었다. 정말 마음에 들었다. 무척 귀여운 물건이구나. 반드시 사야겠어. 그리고 크림색 상자를 뒤집어보고 열고 닫아보면서 푸른 벨벳 위에서 자신의 손이 얼마나 멋지게 보이는지 의식하지 않을 수 없었다. 상점 주인도 마음속의 침침한 동굴 어디선가에서 그렇게 생각했을지도 모른다. 그러니 그가 연필을 들고 진열대에 기대서 그 장밋빛으로 반짝이는 손을 향해 자신의 핏기 없이 파리한 손가락을 소심하게 슬슬 움직였을 테지. "감히 설명드리자면 마담, 저 작은 여인이 입은 옷 위의 꽃들을 좀 보십시오."

"멋져요!" 로즈메리가 꽃을 보고 감탄했다. 그런데 얼마인가요? 잠시 동안 주인이 못 들은 것 같았다. 그런 다음 조용한 대답이 들려왔다. "28

기니입니다, 마담."

"28기니라." 로즈메리는 아무런 내색도 하지 않았다. 그 작은 상자를 내려놓았다. 장갑을 다시 끼고 단추를 잠갔다. 아무리 부자라도… 그녀가 허공을 보았다. 가게 주인 머리 너머 통통한 암탉처럼 생긴 통통한 찻주전자를 빤히 바라보더니 꿈꾸는 듯한 목소리로 대답했다. "저, 이거 팔지 말고 두실 수 있나요? 제가 나중에…"

그런데 주인은 이미 고개를 꾸벅 숙이고 있었다. 그것을 보관해두는 것이 인간이라면 응당 해야 할 도리라는 듯. 그녀를 위해서라면 얼마든지 영원히라도 보관할 수 있었다.

수수한 문짝이 짤깍하고 닫혔다. 로즈메리는 바깥 계단에 서서 겨울 오후를 응시했다. 비가 오고 있었고, 비와 함께 어두워지기 시작한 것 같았다. 어둠이 재처럼 천천히 내리고 있었다. 대기에 차갑고 쓴 기운이 서려 있었고 이제 막 켜진 등불은 슬퍼 보였다. 맞은편 집에 켜진 불들도 슬펐다. 무언가를 안타까워하는 듯이 어둡게 타고 있었다. 사람들은 서둘러 흉한 우산 아래로 숨어들었다. 로즈메리는 묘한 통증을 느꼈다. 가슴에 토시를 가져다 댔다. 그 작은 상자도 사서 꽉 쥐고 있으면 좋겠는데. 차가 당연히 기다리고 있었다. 길을 건너기만 하면 됐다. 하지만 그녀는 계속 그대로 있었다. 인생에는 어떤 순간들, 아주 불쾌한 순간들이 있다. 집에서 나와 바깥을 보았을 때 같은 끔찍한 순간들. 하지만 그런 순간에 흔들리면 안 돼. 집에 가서 최고급 차를 마셔야지. 그런데 그런 생각을 하는 바로 그 순간, 깡마르고 어두운 피부색에 그림자 같은 젊은 여자—이 여자는 어디서 온 걸까?—가 로즈메리의 팔꿈치 옆에 서서 숨소리만 한 목소리로 거의 흐느끼며 이렇게 말했다. "마담, 잠시 말씀을 좀 드려도 될까요?"

"나한테 말을 한다고?" 로즈메리가 몸을 돌렸다. 눈이 아주 크고 꽤 젊은, 그러니까 그녀보다 나이가 많지 않은 작고 가련한 사람이 서 있었다. 빨개진 손으로 코트 깃을 붙들고 찬물에서 방금 나온 것처럼 몸을 떨었다.

"마-마담." 그 목소리가 더듬거렸다. "제게 차 한 잔 값을 주실 수 있나요?"

"차 한 잔이라고?" 그 목소리에는 단순하고 믿음직한 분위기가 있었다. 거지의 목소리라고는 할 수 없었다. "그럼 돈이 전혀 없다는 말이에요?" 로즈메리가 물었다.

"없어요, 마담." 대답이 돌아왔다.

"어떻게 그럴 수가!" 로즈메리가 땅거미 속에서 여자를 살펴보았고 그 여자도 로즈메리를 바라보았다. 어떻게 이런 일이! 그런데 갑자기 로즈메리에게 그 일이 중요하고 묘한 사건처럼 느껴졌다. 땅거미 속에서의 이런 만남이라니, 도스토옙스키의 소설에 나오는 사건 같았다. 여자를 집에 데려가면 어떨까? 책에서 읽거나 연극에서 보기만 했던 일을 직접 하면 어떻게 될까? 짜릿할 것 같았다. 그리고 나중에 놀라는 친구들에게 이렇게 말하는 것이 귓가에 들리는 듯했다. "정말 내가 그냥 집에 데리고 간 거야." 로즈메리는 걸음을 옮겨 옆에 있는 그 흐릿한 사람에게 이렇게 말했다. "나랑 집에 가서 차 마셔요."

여자가 놀라서 뒤로 물러났다. 잠깐 동안이지만 몸을 떨지도 않았다. 로즈메리가 손을 내밀어 여자의 팔을 잡았다. "빈말 아니에요." 로즈메리가 미소를 지으며 말했다. 그리고 자신의 미소가 아주 단순하고 상냥했다고 생각했다. "뭘 망설여요? 가요. 내 차로 우리 집에 가서 차 마셔요."

"저, 그냥 하시는 말씀이죠, 마담." 여자가 말했고 목소리가 고통스러웠다.

"아니, 진짜예요." 로즈메리가 큰 소리로 말했다. "내가 같이 가고 싶어요. 그렇게 해줘요. 같이 가요."

여자가 손을 입술에 올리고 로즈메리를 뚫어지게 보았다. "나를, 나를 경찰서에 데려가려는 건 아니죠?" 더듬더듬 물었다.

"경찰서라니!" 로즈메리가 웃음을 터뜨렸다. "내가 뭐 하러 그렇게 못되게 굴겠어요? 경찰서 안 가요, 그냥 아가씨를 따뜻하게 해주고 이야기를 들어주고 싶어서 그래요."

굶주린 사람은 유혹에 쉽게 넘어간다. 하인이 차 문을 열어두고 있었고, 얼마 안 가 그들이 탄 차는 황혼을 뚫고 달리고 있었다.

"거 봐요!" 로즈메리가 말했다. 벨벳 띠에 손을 밀어 넣을 때 승리의 쾌감을 느꼈다. 그물에 걸린 작은 포로를 바라보며 하마터면 이렇게 말할 뻔했다. "거 봐, 내가 널 잡았지." 하지만 물론 정말로 잘 해주고 싶었다. 아니, 그냥 잘 해주는 것 이상으로 주고 싶었다. 이 여자에게 인생에서 멋진 일이 일어날 수 있다는 것을, 소원을 들어주는 요정이 실제로 있다는 것을, 부자들에게도 마음이 있다는 것을, 여성들은 모두 자매라는 것을 분명히 보여주고 싶었다. 로즈메리가 느닷없이 몸을 돌려 말했다. "겁내지 마세요. 나랑 같이 다시 돌아오면 되잖아요? 우린 둘 다 여자이기도 하고요. 나는 나중에 더 기쁠 거 같아요, 아가씨가…"

그러나 그 순간에 그녀는 그 말이 어떻게 끝날지 알지 못했으니 마냥 뿌듯했다. 그때 차가 멈추었다. 벨이 울리자 문이 열렸고 로즈메리가 멋지게, 거의 껴안듯이 잘 보호하면서 여자를 복도로 안내했다. 따스함, 포근함, 밝음, 달콤한 향기, 이 모든 것이 로즈메리에게는 너무도 익숙해서 달리 생각조차 해본 적이 없었다. 이제 여자가 그것들을 받아들이는 모습을 보았다. 황홀한 느낌이었다. 마치 놀이방 벽장을 다 열어젖히고 상자란 상자는 다 열어놓은 부잣집 어린이가 된 것 같았다.

"이쪽으로 와요, 위층으로." 로즈메리는 얼른 대접을 시작하고 싶어서 조바심이 났다. "내 방으로 올라가요." 그리고 이 불쌍한 여인이 하인들의 눈총을 받지 않게 해주고 싶었다. 그래서 벨을 눌러 진을 부르지 않고 계단을 올라가 직접 옷가지를 벗어야겠다고 생각했다. 좋은 일은 자연스러워야 하는 법이니까!

그런 다음 아름답고 넓은 침실에 도착하자 "괜찮죠!"라고 로즈메리가 다시 큰 소리로 말했다. 방에는 커튼이 드리워져 있고 훌륭한 칠기 가구에 넘실대는 불이 비치고 있었으며 금색 쿠션과 연노랑과 푸른색이 섞인 러그가 있었다.

여자는 문 바로 안쪽에 서 있었다. 멍해 보였다. 하지만 로즈메리는 아랑곳하지 않았다.

"와서 앉아요"라고 여자를 부른 후 큰 의자를 불가로 끌어당겼다. "여기 편안한 의자로 와요. 와서 불 쬐어요. 무척 추워 보여요."

"여기 앉기는 좀." 여자가 말하며 뒤로 물러났다.

"아, 그러지 말고"라고 말하며 로즈메리가 성큼 다가갔다. "두려워할 거 없어요. 전혀요. 내가 물건들을 좀 내려놓을 동안 앉아 있다가 같이 옆방에 가서 차 마시면서 쉬어요. 뭐가 걱정이에요?" 그런 뒤 깡마른 사람을 그 깊은 요람에 부드럽게 반쯤 밀어서 앉혔다.

하지만 반응이 없었다. 여자는 밀려 앉혀진 그대로 팔을 늘어뜨린 채 입을 살짝 벌리고 있었다. 아주 솔직히 말하자면 약간 멍청해 보였다. 하지만 로즈메리는 그렇게 생각하지 않으려 했다. 여자 쪽으로 몸을 기울이고 말했다. "모자 벗지 않을래요? 예쁜 모자가 다 젖어버렸네. 그리고 모자를 벗는 게 훨씬 더 편하잖아요."

아주 작은 대답이 들리는 것 같았다. "좋아요, 마담." 그래서 구겨진 모자를 벗겼다.

"또, 코트 벗는 것도 도와줄게요." 로즈메리가 말했다.

여자가 일어섰다. 하지만 한 손으로 의자를 잡은 채 서서 로즈메리가 코트를 벗기게 내버려두었다. 아주 힘든 일이었다. 상대가 거의 도와주지 않았다. 아이처럼 흐느적거리기만 하는 것 같아서 로즈메리에게 이런 생각이 스쳐 갔다. 사람이 도움이 필요하면 약간, 아주 약간이라도 호응을 해주어야지, 안 그러면 정말 너무 힘들잖아. 이제 이 코트를 어쩐담? 그녀가 바닥에 코트를 내려놓고 모자도 함께 놓았다. 벽난로에서 담배를 꺼내려고 하는데 여자가 재빨리, 하지만 아주 조용하고 묘하게 말했다. "너무 죄송하지만, 마담, 제가 기절할 것 같아요. 뭐라도 먹지 않으면 쓰러질 거예요, 마담."

"이런, 내가 미처 생각을 못 했네!" 로즈메리가 벨로 달려갔다.

"차 갖다줘! 곧바로! 그리고 브랜디도 얼른!"

하녀에게 두 가지를 시켰더니 여자는 거의 울부짖었다. "아니요, 전 브랜디는 마시고 싶지 않아요. 브랜디는 전혀 안 마셔요. 전 그저 차 한 잔이면 돼요, 마담." 그런 뒤 눈물을 터뜨렸다.

끔찍하고도 황홀한 순간이었다. 로즈메리는 의자 옆에 무릎을 꿇고 앉았다.

"울지 마세요, 아유, 딱해라." 로즈메리가 말했다. "울지 마." 그런 뒤 여자에게 자신의 레이스 손수건을 내주었다. 로즈메리는 말로 다 못 할 만큼 감격했다. 새처럼 여윈 그 어깨를 팔로 감싸 안아주었다.

이제 비로소 여자가 수줍음을 잊었다. 둘 다 여자라는 사실만 빼고 다른 것은 모두 잊은 채 숨을 몰아쉬며 말했다. "저는 더 이상 이렇게 버틸 수 없어요. 참을 수가 없다고요. 견딜 수가 없어요. 죽어버리겠어요. 더 이상은 못 버텨요."

"이제 안 그래도 돼요. 내가 보살펴줄게요. 이제 울지 말아요. 나를 만나게 된 게 얼마나 잘된 일인지 모르는 거야? 차를 함께 마시고 나한테

다 이야기해요. 그러면 내가 다 알아서 할게. 약속할게요. 정말 이제 울지 마. 너무 힘들잖아요. 그만!"

차를 들이러 로즈메리가 일어났을 때 마침 상대가 울음을 그쳤다. 로즈메리가 둘 사이에 차 탁자를 놓게 했다. 그 불쌍한 여자를 위해 이것저것 다 가져다주었다. 온갖 샌드위치와 버터 바른 빵을 나르고 잔이 빌 때마다 차를 따라주고 크림과 설탕도 주었다. 사람들 말로는 설탕이 아주 영양이 많다고 했으니까. 하지만 로즈메리는 먹지 않았다. 상대가 불편해할까봐 담배를 피우면서 일부러 딴 데를 보고 있었다.

그러자 그 별것 아닌 음식이 놀라운 효과를 낳았다. 탁자를 치우고 나자 이제 전혀 다른 사람이 커다란 의자에 앉아 엉클어진 머리, 짙은 입술, 깊고 밝아진 눈으로 기분 좋게 나른한 상태로 불꽃을 바라보고 있었다. 로즈메리가 새로 담뱃불을 붙였다. 이제 슬슬 시작할 때가 됐다.

"그럼, 언제 마지막으로 밥을 먹은 거예요?" 상냥하게 물었다.

그런데 바로 그때 문손잡이가 돌아갔다.

"로즈메리, 들어가도 돼요?" 필립이었다.

"당연하죠."

필립이 들어왔다. "엇, 미안해요"라고 말하고 멈추어서 빤히 보았다.

"괜찮아요." 로즈메리가 웃으며 말했다. "내 친구예요, 미스…"

"스미스예요, 마담." 그 나른한 인물이 말했는데, 이상하게도 차분하고 당황하지 않고 있었다.

"스미스예요." 로즈메리가 말했다. "우리 이야기를 잠깐 나누려고 하

16

는 중이에요."

"아, 그래." 필립이 말했다. "그렇게 해요." 그런 뒤 바닥에 놓인 코트와 모자를 발견했다. 불가로 다가가 등에 불을 쬐며 섰다. "날씨가 고약하군요." 그가 이상하다는 듯, 그 늘어진 사람을 보고, 손과 부츠를 보고, 다시 로즈메리를 보고는 말했다.

"맞아, 그렇지요?" 로즈메리가 열심히 맞장구를 쳤다. "아주 끔찍하죠."

필립이 상냥하게 미소를 지었다. "실은 말이야." 필립이 말했다. "당신이 잠깐 서재에 들렀으면 했는데. 그래줄래요? 스미스 양이 양해를 해주셔야."

그 큰 눈이 필립을 올려다보았는데 로즈메리가 대신 대답했다. "물론 이해하지." 그런 뒤 함께 방을 나갔다.

"있잖아," 둘만 있게 되자 필립이 말을 꺼냈다. "말해봐요. 저 여자는 누구지? 도대체 어떻게 된 일이에요?"

로즈메리는 소리 내어 웃고는 문에 기대서서 말했다. "내가 커즌 가에서 데려왔어요. 정말이야. 우연히 만난 여자야. 나한테 차 한 잔 값을 달라고 부탁하기에 집에 데려온 거예요."

"그런데 도대체 저 여자랑 뭘 할 거예요?" 필립이 소리쳤다.

"그 여자한테 잘 대해줘야죠." 로즈메리가 재빨리 말했다. "아주 몹시 잘해주는 거요. 보살펴줄 거예요. 어떻게 해야 하는지는 모르겠어요. 우린 아직 그런 이야기를 못 했어요. 하지만 대접을 해주고, 느낄 수 있도록…"

"여보," 필립이 말했다. "당신 머리가 어떻게 된 거요? 그건 절대 안되는 일이에요."

"당신이 그렇게 말할 줄 알았어요." 로즈메리가 되받아쳤다. "왜 안돼요? 난 그러고 싶은데. 게다가 책에 이런 일들이 나오는 걸 다들 읽어서 알잖아요. 그래서 난 결심한 게…"

"하지만 말이야," 필립이 느릿느릿 말을 꺼내며 시가 끝을 잘랐다. "저 여잔 너무 놀라울 만큼 예쁘잖아."

"예쁘다고?" 로즈메리가 깜짝 놀라 얼굴이 달아올랐다. "그렇게 생각해요? 난, 난 그런 생각은 안 해봤는데."

"그럴 수가!" 필립이 성냥을 그었다. "굉장히 아름다워. 다시 잘 봐요, 자기. 아까 당신 방에 갔을 때 난 충격을 받았다니까. 어쨌든… 당신이 아주 잘못 생각하고 있는 것 같아요. 내가 너무 대놓고 말하는 거라면 미안한데. 그래도 내가 『밀리너스 가제트』*를 훑어보는 동안 스미스 양에게 우리랑 같이 식사를 할 수 있는지 물어봐줘요."

로즈메리는 "당신 정말 이상하네!"라고 말하고 서재를 나갔지만 자신의 방으로 돌아가지 않았다. 서류가 있는 방에 가서 책상 앞에 앉았다. 예쁘다고! 굉장히 아름답다고! 충격을 받았다고! 심장이 커다란 종처럼 쾅쾅거렸다. 예쁘다고! 아름답다고! 수표책을 앞으로 당겼다. 아

---

* 여성용 모자 잡지.

니다, 수표는 당연히 쓸모가 없겠어. 서랍을 열어서 1파운드짜리 지폐 다섯 장을 꺼냈다가 두 장을 다시 넣고 세 장을 손에 말아 쥐고 방으로 돌아갔다.

30분 뒤 로즈메리가 들어갔을 때 필립은 서재에 그대로 있었다.

"이거 말해주려고요." 그녀가 말을 시작하며 문에 기대서 눈부시게 압도하는, 약간 유별난 눈길로 그를 보았다. "스미스 양이 오늘 밤에 우리와 식사를 안 한다고 하네요."

필립이 신문을 내려놓았다. "그래요? 왜? 선약이 있대요?"

로즈메리가 다가와서 그의 무릎에 앉았다. "꼭 가야 한다고 우겨서요." 그녀가 말했다. "그래서 내가 그 불쌍한 것에게 현금을 좀 줬어요. 그렇게 꼭 간다는데 못 가게 할 수는 없잖아요." 슬며시 덧붙였다.

로즈메리는 방금 전에 머리 손질을 한 상태였고 눈은 약간 어둡게 화장을 하고 진주 장식을 하고 있었다. 그녀는 손을 들어 필립의 뺨을 쓰다듬었다.

"나 좋아하죠?" 그녀가 말했고 달콤하고 허스키한 그 목소리에 그는 심란해졌다.

"몹시 좋아하지." 그는 이렇게 대답하고 그녀를 더 꽉 껴안았다. "키스해줘요."

잠시 침묵이 흘렀다.

그런 뒤 로즈메리가 꿈꾸는 듯 말을 꺼냈다. "오늘 너무 멋진 작은 상자를 하나 봤는데. 그게 28기니래요. 그거 사도 돼?"

필립이 그녀를 아이 어르듯 다리 위에서 흔들었다. "그럼요, 돈 잘 쓰는 우리 자기"라고 말했다.

하지만 로즈메리가 하려던 말은 그것이 아니었다.

"필립," 그녀가 속삭이며 그의 머리를 가슴에 안았다. "나 예쁘죠?"

# 죽은 대령의 딸들

·

그다음 주가 그들 인생에서 가장 바빴다. 잠자리에 들어서도 몸만 누워서 쉬었을 뿐 머릿속으로는 계속해서 생각하고 이야기하고 망설이고 결정하고 기억하려고 했다…

콘스탄티아는 조각상처럼 누워 있었다. 양손은 옆에 붙이고 발은 딱 포개고 턱까지 이불을 끌어 올려 덮었다. 천장을 가만히 바라보고 있었다.

"아버지 정장 모자를 그 관리인한테 주면 아버지가 싫어하실까?"

"관리인이라고?" 조지핀이 딱딱거렸다. "도대체 왜 관리인한테 줘? 너무 황당한 생각 아니야?"

"왜냐하면," 콘스탄티아가 느릿느릿 말했다. "관리인은 장례식장에 자주 가야 하잖아. 내가 보니까, 장례식 때 그 사람이 중산모밖에 없더라고." 잠시 뜸을 들였다. "그러니까 정장 모자를 주면 무척 좋아하겠구나 생각한 거지. 어차피 관리인에게 선물을 하나 해야 하기도 하고 말이야. 그 사람이 아버지한테 항상 잘 해드렸잖아."

"그래도," 조지핀이 베개 위에서 몸을 돌려 어둠 속 건너편에 있는 콘스탄티아를 바라보며 외쳤다. "아버지의 머리잖아!" 그러더니 갑자기 아주 잠깐 동안 키득키득 웃음을 터뜨릴 뻔했다. 키득거리고 싶은 생각은 당연히 전혀 없었다. 아마 습관이었을 것이다. 몇 년 전부터 둘이 밤에 깨어 있을 때 이야기를 나누다보면 그야말로 침대가 들썩이곤 했다. 이날은 관리인의 머리가 사라졌다가 아버지의 모자 밑에 불쑥 촛불이 켜지듯 나타나는 장면이 떠올랐다… 웃음이 끓어오르고 또 끓어올랐다. 조지핀은 손깍지를 껴 웃음을 억누르고 어둠을 향해 인상을 잔뜩 찌푸린 채 아주 단호하게 말했다. "잊으면 안 돼."

"그건 내일 결정해도 돼." 조지핀이 말했다.

콘스탄티아는 아무것도 모르고 한숨만 내쉬었다.

"실내복도 염색해야 되겠지?"

"검정색으로?" 조지핀이 거의 비명을 질렀다.

"아니면 무슨 색이겠어?" 콘스탄티아가 말했다. "좀 진실해 보이지 않을 거 같다는 생각이 들어서 말이야. 그러니까 밖에 나갈 때나 정장을 차려입을 때는 검정색 옷을 입고 집에 와서는 안 그런다는 게…"

"그렇지만 누가 우리를 본다고 그래." 조지핀이 말했다. 이불을 너무 획 잡아당기는 바람에 두 발이 쑥 나와서 다시 잘 덮으려고 베개 위에서 살살 움직여야 했다.

"케이트가 보잖아." 콘스탄티아가 말했다. "그리고 우체부도 얼마든지 볼 수 있지."

조지핀은 자신의 진한 빨간색 슬리퍼가 떠올랐다. 실내복에 잘 어울리는 것이었다. 그리고 콘스탄티아가 즐겨 신는 묘한 녹색 슬리퍼도 떠올랐다. 검정색이라니! 검정 실내복 두 벌과 복슬복슬한 검정 슬리퍼 두 켤레가 검은 고양이처럼 욕실로 슬슬 들어간다.

"꼭 그래야 할 필요는 없다고 생각해." 조지핀이 말했다.

침묵이 흘렀다. 그때 콘스탄티아가 말했다. "실론* 우편으로 보내려면 부고 실린 신문을 내일 부쳐야 해… 지금까지 편지를 몇 통이나 받았지?"

"스물세 통."

조지핀이 모두 답장을 했으니, "저희는 아버지가 몹시 그립습니다"를 스물세 번 쓰면서 감정을 주체하지 못하고 손수건을 들어야 했고, 몇 번은 압지 귀퉁이로 물빛 눈물을 훔쳐야 했다. 이상도 하지! 일부러 슬픈 척했을 리는 없다. 스물세 번이나 그럴 수는 없으니까. 지금 당장도 혼잣말로 슬프게 "저희는 아버지가 몹시 그립습니다"라고 말한 다음 마음만 먹으면 얼마든지 울 수 있었다.

"우리, 우표는 넉넉히 있어?" 콘스탄티아가 말했다.

"에, 내가 어떻게 알아?" 조지핀이 짜증을 내며 말했다. "지금 그게 나한테 물어볼 말이야?"

"그냥 궁금해서 그러지." 콘스탄티아가 부드럽게 말했다.

---

\* 캐서린 맨스필드가 이 소설을 쓰던 당시엔 실론(현재 스리랑카)이 영국의 식민지였다.

다시 침묵이 흘렀다. 부스럭거리는 작은 소리와 종종거리는 소리, 그리고 뛰는 소리가 났다.

"쥐야"라고 콘스탄티아가 말했다.

"빵 부스러기도 없는데 쥐가 있을 리가." 조지핀이 말했다.

"하지만 쥐는 빵 부스러기가 없다는 걸 모르잖아." 콘스탄티아가 말했다.

불쌍해서 가슴이 저몄다. 그 작고 불쌍한 것이! 화장대 위에 비스킷 조각이라도 놔둘걸 하고 생각했다. 쥐가 아무것도 못 찾을 걸 생각하니 너무 불쌍했다. 그러면 쥐는 어떻게 살까?

"걔네가 도대체 어떻게 살아가는지 모르겠어." 콘스탄티아가 천천히 말했다.

"누구 말이야?" 조지핀이 물었다.

그러자 콘스탄티아가 대답했는데 자신이 의도했던 것보다 목소리가 커졌다. "쥐."

조지핀이 버럭 화를 냈다. "참 나, 무슨 말도 안 되는 소리야, 콘!" 조지핀이 말했다. "쥐가 무슨 상관이야? 너 잠꼬대하는 거구나."

"안 졸린데." 콘스탄티아가 말했다. 정말 졸린지 보려고 눈을 감았다. 잠이 들고 말았다.

조지핀은 무릎을 구부려 몸을 둥글게 말고 팔을 굽혀 손목을 귀밑에 베고 뺨을 베개에 푹 묻었다.

## 2

상황이 더 복잡해진 것은 지난주부터 앤드루스 간호사를 집에 머무르게 한 탓이었다. 그들이 자초한 일이었다. 앤드루스에게 그러라고 직접 부탁했으니까. 먼저 말을 꺼낸 것은 조지핀이었다. 아침에, 그러니까 그 마지막 날 아침에 의사가 가고 나서 조지핀이 콘스탄티아에게 말했다. "앤드루스 간호사를 집에서 일주일 쉬다가 가게 하면 괜찮을 것 같지 않아?"

"아주 좋은 생각이야." 콘스탄티아가 말했다.

"내가," 조지핀이 재빨리 말을 이었다. "오늘 오후에 급료를 드린 다음에 이렇게 말할까 해. '선생님께서 저희를 위해 할 일을 다 하셨지만, 동생과 저는 선생님이 저희 집에서 일주일 더 쉬다가 가시면 기쁘겠어요.' 집에서 쉬다가 가시라는 말뜻을 더 분명히 해야겠어. 혹시라도…"

"어, 하지만 돈을 달라고 하시진 않을 거야!" 콘스탄티아가 외쳤다.

"그거야 알 수 없지." 조지핀이 근엄하게 말했다.

앤드루스 간호사는 당연히 그 제안을 덥석 받아들였다. 하지만 덕분에 자매는 성가시게 되었다. 제때 식탁에 제대로 앉아서 밥을 먹어야 했으니까 말이다. 자기들끼리 있었다면 어디든 케이트에게 식사를 가져다달라고 부탁하면 그만이었다. 이제 식사 시간이 되면 긴장감이 시련처럼 다가왔다.

앤드루스 간호사는 버터에 그야말로 껌뻑 죽었다. 자매는 간호사가 적어도 버터에 관한 한 자신들의 호의를 이용하고 있다는 느낌을 떨칠 수 없었다. 그리고 앤드루스는 자기 접시를 다 비우려면 빵이 딱 1인치 더 필요하니 달라고 하고는 그 마지막 한 입을 그냥 먹어버리고 잊어버 렸다는 듯—당연히 건망증은 아니다—다시 빵을 더 달라고 하는, 사람을 미치게 하는 습관이 있었다. 조지핀은 이런 상황에서 얼굴이 시뻘게 져서 그 작고 구슬 같은 눈으로 식탁보를 뚫어지게 보곤 했다. 아주 작 고 괴상한 곤충이 기어가는 것을 보고 있다는 듯. 그러나 콘스탄티아는 기름하고 하얀 얼굴이 시무룩하게 굳어진 채, 먼 곳을 가만히 바라보았 다. 멀리, 사막 너머, 낙타의 행렬이 털실처럼 풀어진 곳을…

"내가 튜크스 부인 댁에 있을 때," 앤드루스가 말했다. "아주 앙증맞 은 버터 배분 장치가 있었어요. 가장자리, 그러니까 유리 접시 가장자리 에 세워놓는 은으로 된 큐피드인데 그게 작은 포크를 들고 있어요. 버터 를 먹고 싶을 때 큐피드 발을 살짝 누르면 큐피드가 몸을 구부려서 포크 로 버터 한 조각을 찍어서 주죠. 아주 재미있었어요."

조지핀은 참을 수가 없었다. 하지만 "난 그런 것들이 너무 낭비라고 생각해요"라고 말했을 뿐이었다.

"왜요?" 앤드루스 간호사가 안경을 통해 쏘아보며 물었다. "다들 먹 고 싶은 만큼만 버터를 먹을 거잖아요, 안 그래요?"

"종 쳐, 콘스탄티아." 조지핀이 소리쳤다. 자신이 뭐라고 대답을 해버 릴까봐 일부러 스스로의 입을 막았다.

그러자 자신만만하고 어린 케이트, 마법에 걸린 공주님이 그 늙은 고 양이들이 원하는 게 무엇인지 보러 들어왔다. 그녀가 조롱하고 무시하는 듯한 표정으로 접시를 싹싹 치우고 겁에 질린 듯 하얀 블라망주*를 내려놓았다.

"잼 좀 줘, 케이트." 조지핀이 친절하게 말했다.

케이트가 무릎을 꿇고 찬장을 벌컥 열더니 병뚜껑을 열었는데 병이 비어 있는 것을 보고는 식탁 위에 병을 올려놓고 보란 듯 당당하게 나가 버렸다.

앤드루스 간호사가 잠시 뒤 이렇게 말했다. "안 남은 거 같네요."

"아유, 짜증 나!" 조지핀이 말했다. 입술을 깨물었다. "어쩌지?"

콘스탄티아는 어쩔 줄 모르는 것 같았다. "케이트를 또 오랄 수는 없겠고." 조심스럽게 말했다.

앤드루스 간호사가 두 사람을 보고 빙그레 웃으며 잠자코 있었다. 안경 뒤에서 온갖 것을 다 염탐하느라 눈길이 이리저리 바삐 오갔다. 콘스탄티아는 아예 포기하고 낙타들에게 돌아갔다. 조지핀은 생각에 잠겨 얼굴을 잔뜩 찌푸렸다. 이 멍청한 여자만 아니라면 콘과 자신은 당연히 블라망주를 그냥 먹었을 텐데. 갑자기 좋은 생각이 떠올랐다.

"맞다," 조지핀이 말했다. "마멀레이드**. 찬장에 마멀레이드가 좀 있어. 가져와, 콘."

"나는 말이에요," 앤드루스 간호사가 웃었다.─웃음소리가 유리 약병

---

* 럼주 등의 향료를 첨가한 푸딩.
** 오렌지나 레몬 따위의 겉껍질로 만든 잼.

27

에 숟가락이 부딪힐 때 나는 소리 같았다.—"나는 그게 쓴맛이 많이 안 나는 마멀레이드면 좋겠네요."

## 3

하지만 어쨌든 얼마 안 있어 간호사는 영영 가버릴 것이었다. 그리고 앤드루스가 아버지에게 아주 잘 했던 것은 사실이었다. 앤드루스는 끝까지 밤낮으로 아버지를 간병했다. 사실, 콘스탄티아와 조지핀은 속으로 앤드루스가 그 마지막 순간까지 아버지에게 붙어 있었던 것은 약간 과했다고 생각했다. 그들이 임종을 지키러 방에 들어갔을 때 앤드루스가 아버지의 침대 옆에 앉아서 아버지의 손목을 붙들고 자기 시계를 들여다보는 척하고 있었다. 그럴 필요까지는 없었잖아. 너무 눈치 없는 짓이기도 했다. 아버지가 무언가를 말하고 싶어했다면, 그러니까 혹시 딸들에게만 은밀하게 무언가 이야기를 하려고 했다면 어쩔 뻔했냐는 말이지. 아버지는 그럴 생각이 없기는 했다. 전혀 없었다. 아버지는 거기, 얼굴이 자주색이 돼서, 그러니까 화가 난 불그죽죽한 얼굴로 누워, 딸들은 아예 보지도 않았다. 그런데 자매가 거기 서서 무엇을 해야 할지 생각하고 있는데 아버지가 갑자기 한쪽 눈을 떴다. 세상에나, 아버지가 양쪽 눈을 다 떴더라면, 아버지에 대한 기억이 아주 달라졌을 텐데. 남들에게 아버지의 임종에 대해 말하기도 아주 쉬웠을 텐데. 양쪽 눈을 다 뜨기만 했더라면! 하지만 한쪽 눈만 떴다. 그 한쪽 눈이 잠깐 그들을 노려보더니 얼마 뒤… 감겼다.

# 4

그래서 성 요한 성당의 패롤즈 씨가 바로 그날 오후 찾아왔을 때 자매는 매우 거북했다.

"마지막이 아주 평화로우셨을 거라 믿습니다만?" 패롤즈 씨가 컴컴한 응접실을 가로질러 자매에게 미끄러지듯 와서 말문을 열었다.

"네, 아주 평화로웠어요." 조지핀이 희미하게 말했다. 자매는 둘 다 고개를 숙이고 있었다. 두 사람은 아버지 눈이 전혀 평화롭지 않았다고 생각하고 있었다.

"앉으시겠어요?" 조지핀이 말했다.

"고맙습니다, 피너 양." 패롤즈 씨가 감사를 표하며 말했다. 그는 코트 자락을 접고 아버지의 안락의자에 앉으려다가 의자에 몸이 닿자마자 화들짝 놀라 거의 튀어 오르더니 옆의 의자로 쓱 옮겨 갔다.

패롤즈 씨가 기침을 했다. 조지핀은 손을 모았다. 콘스탄티아는 멍해 보였다.

"저는 피너 양이," 라고 패롤즈 씨가 말을 시작했다. "그리고 콘스탄티아 양도, 제가 여러분을 도와드리고 싶어한다는 것을 알아주시면 좋겠습니다. 허락해주신다면 두 분 모두에게 도움이 되고 싶습니다. 지금이야말로," 패롤즈 씨가 아주 단순하고 간곡하게 말했다. "신께서 서로 도우라고 예정하신 때입니다."

"대단히 감사합니다, 패롤즈 씨." 조지핀과 콘스탄티아가 말했다.

"별말씀을요." 패롤즈 씨가 친절하게 말했다. 그는 양가죽 장갑을 찬

찬히 벗고 앞쪽으로 몸을 기울였다. "그리고 두 분 중 한 분이, 아니면 두 분 모두 소규모 성찬식을 하고 싶다면 지금 바로 저한테 말씀하시면 됩니다. 성찬식이 아주 도움이 되는 경우가 많답니다. 큰 위안이 되지요." 패롤즈 씨가 다정하게 덧붙였다.

하지만 자매는 성찬식은 생각만 해도 끔찍했다. 뭐! 제단이고 뭐고 아무것도 없는 거실에서 자기들끼리! 콘스탄티아는 피아노가 너무 높아서 패롤즈 씨가 성배를 올려놓지도 못할 것이라고 생각했다. 그리고 조지핀은 케이트가 불쑥 들어와서 끼어들 것이 분명하다고 생각했다. 중간에 초인종이라도 울리면 어떻게 하지? 중요한 사람, 그러니까 꼭 문상을 하고 싶어 온 사람일 수도 있는데 말이다. 엄숙하게 일어나서 나가봐야 할까, 아니면… 어쩔 줄 몰라 고민하며 기다려야 할까?

"나중에라도 하고 싶어지면 착한 케이트 편으로 전갈을 보내주시면 됩니다." 패롤즈 씨가 말했다.

"그럴게요, 대단히 감사합니다." 자매가 대답했다.

패롤즈 씨가 일어나 둥근 테이블에서 검정 밀짚모자를 집어 들었다.

"그리고 장례식은," 그가 부드럽게 말했다. "제가 준비하겠습니다. 제가 아버님과 오랜 친분이 있기도 하고, 피너 양 그리고 콘스탄티아 양과도 가까운 사이니까요."

조지핀과 콘스탄티아도 일어섰다.

"저는 아주 간소하게 하고 싶어요." 조지핀이 단호하게 말했다. "그리고 비용이 너무 많이 들지 않게요. 또 저는…"

'오래 갈 좋은 걸로 해야지.' 콘스탄티아가 조지핀이 잠옷이라도 고르고 있는 양 꿈꾸듯 생각했다. 물론 조지핀은 그렇게 말하지 않았다. "아버지의 지위에 걸맞게 하고 싶어요." 조지핀은 아주 불안해했다.

"친절하신 나이트 씨에게 들러보겠습니다." 패롤즈 씨가 달래듯 말했다. "나이트 씨한테 피너 양을 만나보라고 하지요. 정말 큰 도움이 될 겁니다."


## 5

그래도 어쨌든 그 일이 모두 마무리되었다. 하지만 자매는 아버지가 다시는 돌아오지 않는다는 사실을 믿을 수가 없었다. 조지핀은 묘지에서 관이 내려가는 동안 자신과 콘스탄티아가 아버지 허락을 안 받고 이런 일을 하고 있다는 생각이 들자, 그 순간 더없는 공포에 사로잡혔다. 아버지가 아시면 뭐라고 하실까? 곧 아시게 될 텐데. 아버지는 늘 그랬잖아. "파묻었어. 어린 계집애 둘이 나를 파묻었어!" 조지핀은 아버지의 지팡이가 쿵 하는 소리를 들었다. 휴, 뭐라고 말씀드리지? 어떤 핑계를 댈 수 있을까? 힘이 없어져버렸다고 그 사람의 약점을 악독하게 이용하다니, 자신들이 소름 끼치게 매정한 것 같았다. 하지만 남들은 그 모든 일을 당연하게 여기는 듯했다. 남들은 남들일 뿐이니까. 그 사람들이 아버지를 그렇게 대하면 안 된다는 것을 알 리가 없었다. 안 돼, 우린 그 일로 온갖 욕을 다 들어야 할 텐데. 그리고 꽉꽉 막힌 승합차에 오르며 비용 생각이 떠올랐다. 아버지에게 영수증을 보여드려야 할 텐데, 아버지가 뭐라고 하실까?

아버지의 고함 소리를 들었다. "내가 이 번드르르한 짓거리에 돈을 대줄 거라 생각하냐?"

"안 돼." 불쌍한 조지핀이 소리 내어 신음했다. "이러지 말았어야 했어, 콘!"

그러자 콘스탄티아는 온통 검정색 옷을 입어 레몬처럼 창백한 얼굴로 깜짝 놀라 소근거렸다. "뭘 했단 거야, 언니?"

"이렇게 아버지를 파묻, 매장한 거." 조지핀이 말했다. 감정을 주체하지 못하고 이상한 냄새가 나는 새 손수건에 대고 울음을 터뜨렸다.

"그럼 어떻게 했어야 해?" 콘스탄티아가 이상하다는 듯 물었다. "아버지를 그냥 둘 수는 없잖아, 언니, 매장을 안 하면 어디다 둔단 말이야? 저 작은 아파트에는 더더욱 안 되잖아."

조지핀이 코를 풀었다. 마차 안이 끔찍하게 갑갑했다.

"모르겠어." 조지핀이 포기한 듯 말했다. "너무도 끔찍해. 우리가 한 번은, 적어도 한 번은 확인을 해봤어야 했어. 완벽하게 확인을 해야 했다고. 이제 확실한 건 이것밖에 없어." 그렇게 말하자 눈물이 다시 솟구쳤다. "아버지가 이 일을 절대 용서해주지 않을 거란 거. 절대로!"


6

아버지가 절대 용서하지 않을 거야. 그 예감을 이틀 뒤 그 어느 때보다 분명히 확인했다. 아버지 물건을 정리하러 방에 들어갔을 때였다. 둘은 아주 차분하게 그 일을 미리 의논했다. 조지핀은 할 일 목록에 써놓기까지 했다. 아버지 물건 살펴보고 처리하기. 하지만 아침밥을 먹고 나서 보니, 그건 말로 한 것과는 전혀 다른 일이었다.

"그럼, 준비됐지, 콘?"

"그럼, 언니. 언니가 준비됐으면 나도."

"그래, 해치우는 게 좋겠어."

복도는 컴컴했다. 무슨 일이 있어도 아침에 아버지를 귀찮게 하면 절대 안 된다는 것이 오래된 규칙이었다. 그런데 이제 노크도 안 하고 문을 열려 하고 있었… 그 생각을 하자 콘스탄티아의 눈이 어마어마하게 커졌다. 조지핀은 무릎에 힘이 빠졌다.

"네가, 네가 먼저 가." 조지핀이 콘스탄티아를 밀며 숨을 헐떡였다.

하지만 콘스탄티아는 그런 상황에서 늘 그랬던 것처럼 이렇게 말했다. "아니야, 언니. 그건 불공평해. 언니가 더 나이가 많잖아."

조지핀은, 다른 상황이었다면 결코 인정하지 않았을 것을, 최후의 무기로 준비해두고 있던 말을 써먹으려 했다. "그래도 키는 네가 더 크잖아." 그런데 그때 주방문이 열려 있고 거기 케이트가 서 있다는 것을 알아챘다…

"아주 뻑뻑해." 조지핀이 문손잡이를 쥐고 돌리려고 애를 쓰면서 말했다. 케이트를 속일 수 있다는 듯이!

소용없었다. 케이트라면 얼마든지… 그런 다음 뒤에서 문이 닫혔다. 하지만, 하지만 그곳은 아버지의 방이 아니었다. 갑자기 전혀 다른 집에

벽을 통해 잘못 들어갔는지도 모르잖아. 문이 바로 뒤에 있는 게 맞나? 그들은 너무 두려워서 볼 수가 없었다. 조지핀은 문이 있다고 해도 저절로 꽉 잠겨버렸을 거라고 생각했다. 콘스탄티아는 문이 꿈속에 나오는 것처럼 손잡이가 없을 것 같았다. 방이 그렇게 끔찍하게 느껴진 것은 냉기 때문이었다. 어쩌면 하얀색 때문이었는지도 모른다. 어느 쪽일까? 모든 것이 덮여 있었다. 블라인드가 내려져 있고 거울에 천이 덮여 있고 침대도 이불로 가려져 있었다. 난로는 거대한 하얀 종이 부채로 막혀 있었다. 콘스탄티아가 머뭇거리며 손을 내밀었다. 눈송이가 떨어지기라도 할 것 같았다. 조지핀은 코가 얼기라도 하는 듯 콧속이 이상하게 따끔거리는 느낌이었다. 그때 아래에서 마차가 자갈길을 지나는 소리가 들리자 정적이 조각조각 부서지는 것 같았다.

"블라인드를 올리는 게 좋겠어." 조지핀이 용감하게 말했다.

"그래, 좋은 생각이야." 콘스탄티아가 속삭였다.

블라인드를 건드리기만 했는데 블라인드가 날아오르더니 줄이 따라 올라가 돌돌 말렸고 작은 장식 술이 도망치려는 듯 달랑거렸다. 콘스탄티아는 더는 견디기 힘들었다.

"나중에, 좀 더 있다가 하면 안 될까?" 콘스탄티아가 속삭였다.

"왜?" 콘스탄티아가 무서워하고 있는 것을 알아채고 평소처럼 기분이 훨씬 나아진 조지핀이 쏘아붙였다. "해야 하는 일이야. 그런데 너 말이야, 소근거리지 말았으면 좋겠어."

"나도 모르게 소근거리고 있었네"라고 콘스탄티아가 소근거렸다.

34

"그리고 왜 침대를 계속 보고 있는 거야?" 조지핀이 거의 시비조로 목소리를 높여 말했다. "침대엔 아무것도 없다고."

"아, 언니, 그렇게 말하지 마!" 불쌍한 코니가 말했다. "아무튼 그렇게 크게는 말하지 마."

조지핀은 자신이 심했다고 생각했다. 서랍장 쪽으로 완전히 몸을 돌리고 손을 내밀었다가 재빨리 내렸다.

"코니!" 조지핀이 숨을 멈추고 돌아서서 서랍장에 등을 기댔다.

"어, 언니, 왜 그래?"

조지핀은 쏘아보기만 했다. 그야말로 끔찍한 무언가로부터 막 도망나온 듯한 너무도 이상한 느낌이었다. 하지만 콘스탄티아에게 아버지가 서랍장에 있다고 설명할 수는 없잖아. 아버지는 첫 번째 서랍에 손수건, 넥타이와 같이 있었다. 아니면 셔츠, 파자마와 함께 두 번째 서랍에, 아니면 양복과 함께 제일 아래 칸에 있었다. 아버지가 거기에서, 튀어나올 준비를 하고, 문손잡이 바로 뒤에 몸을 숨긴 채 보고 있었다.

조지핀이 콘스탄티아를 향해 예전의 우스꽝스러운 표정을 지었다. 어릴 적 조지핀이 울고 싶을 때마다 보여주던 표정이었다.

"난 못 열겠어." 조지핀이 거의 흐느껴 울었다.

"열지 마, 언니." 콘스탄티아가 간곡하게 속삭였다. "안 여는 게 훨씬 나아. 아무것도 열지 마. 아무튼 당분간은 열지 말고 그냥 둬."

"하지만, 하지만 그러면 너무 나약한 것 같잖아." 조지핀이 허물어져 내렸다.

"그런데 한 번만 나약해지면 안 될까, 언니?" 콘스탄티아가 아주 강력하게 타이르듯 속삭였다. "나약하다고 해도 딱 한 번인데, 뭘." 그런 뒤 창백한 얼굴로 서랍이 잠긴 책상—정말 안전하다—을 바라보다가 번쩍이는 거대한 옷장으로 조심스럽게 시선을 옮기더니 헐떡이며 괴상하게 숨을 쉬기 시작했다. "평생 한 번인데 나약해지면 안 되는 거야, 언니? 그래도 괜찮잖아. 약해지자. 약해져, 언니. 강한 것보다 약한 게 훨씬 나아."

그런 다음 콘스탄티아는 평생 두 번 정도밖에 해본 적이 없는 놀라울 만큼 대담한 일을 했다. 옷장으로 성큼성큼 걸어가서 열쇠를 돌려 잠근 후 열쇠를 뺐다. 그런 다음 열쇠를 들어 조지핀에게 보여주면서 자신이 한 행동의 의미를 안다는 것을 특별한 미소로 보여주었다. 아버지가 오버코트들 사이에서 못 나오도록 일부러 옷장을 잠근 것이다.

그 거대한 옷장이 앞쪽으로 흔들리며 콘스탄티아 쪽으로 요란하게 넘어져도 조지핀은 놀라지 않았을 것이다. 놀라기는커녕 당연히 일어날 일이 일어났다고 생각했을 것이다. 그러나 아무 일도 일어나지 않았다. 그저 방이 몹시 조용해지고 조지핀의 어깨와 무릎에 떨어진 냉기의 입자가 더 커진 것 같았다. 조지핀이 몸을 떨기 시작했다.

"가자, 언니." 콘스탄티아가 너무도 냉담한 미소를 지으며 말했다. 그러자 조지핀은 콘스탄티아가 베니를 둥근 연못에 밀어넣은 그 마지막 순간처럼 동생의 뒤를 따랐다.

7

그러나 식당으로 돌아왔을 때 긴장의 결과가 나타났다. 둘은 부들부들 떨면서 앉아 서로를 바라보았다.

"무언가 먹어야 진정할 수 있을 것 같아. 케이트한테 따뜻한 물 두 잔만 가져다달라고 해도 되겠지?"

"못 할 이유는 없는 게 확실해." 콘스탄티아가 조심스레 말했다. 그녀는 완전히 보통 때와 같아져 있었다. "그래도 좋은 안 칠래. 내가 주방에 가서 달라고 하고 올게."

"그래, 그래." 조지핀이 의자에 기대며 말했다. "딱 물 두 잔만, 다른 건 필요 없으니까 그냥 쟁반에 달라고 해."

"물주전자는 필요도 없잖아, 그치?" 콘스탄티아가 말했다. 주전자까지 달라고 하면 케이트가 불평할 게 분명하다는 듯.

"그럼, 필요 없지. 절대! 주전자는 전혀 필요가 없어. 잔에 바로 따라주면 돼." 조지핀이 그렇게 해야 노동력을 아낄 수 있다고 생각하며 소리쳤다.

둘의 차가운 입술이 푸르스름한 물잔 가장자리에서 떨렸다. 조지핀은 작고 빨간 손으로 컵을 감싸 쥐었다. 콘스탄티아는 꼿꼿하게 앉아서 너울거리며 올라오는 김을 불어 한쪽으로 날려 보냈다.

"베니 말인데." 조지핀이 말했다.

그러자 콘스탄티아는 좀 전까지 베니 이야기를 나누고 있었다는 듯한 표정을 보였다.

"베니가 당연히 아버지 물건 중 무언가를 받고 싶어할 텐데. 그런데 실론에 뭘 보낼지 정하기가 너무 어렵네."

"배에서 물건들이 망가질까봐 걱정이구나." 콘스탄티아가 웅얼거렸다.

"아니, 없어질까봐." 조지핀이 재빨리 말했다. "그곳에 우편 제도가 없는 거 알잖아. 사람이 배달해."

두 사람 모두, 하얀 리넨 반바지를 입고 손에 커다란 갈색 종이꾸러미를 들고 흐릿한 들판을 필사적으로 달리는 검은 피부의 남자를 상상해 보았다. 조지핀이 상상한 검은 남자는 아주 작았다. 개미처럼 반들반들한 남자가 급하게 달려갔다. 그러나 콘스탄티아의 상상 속 키 크고 마른 사람은 지칠 줄 모르고 무턱대고 달리는 것 같았다. 그래서 그렇게 못돼 보이는 것이 분명하다고 생각했다… 베란다에 아래위로 하얀색 옷을 입고 코르크 헬멧을 쓴 베니가 서 있었다. 아버지가 조바심 낼 때 그러듯 오른손을 아래위로 흔들었다. 그리고 뒤에, 잘 모르는 올케 힐다가 너무도 무심하게 앉아 있었다. 등나무 흔들의자에 앉아 흔들거리면서 《태틀러》지를 펄럭펄럭 넘기고 있었다.

"내 생각엔 아버지 시계가 가장 알맞을 것 같아." 조지핀이 말했다.

콘스탄티아가 언니를 올려다보았다. 놀란 것처럼 보였다.

"그럼, 언니는 원주민에게 금시계를 믿고 맡길 수 있어?"

"당연히 속여야지." 조지핀이 말했다. "아무도 그게 시계인 걸 모르도록." 조지핀은 아무도 짐작할 수 없게 아주 이상한 모양으로 소포를 포장하면 좋겠다고 생각했다. 어디 쓸 데가 있을 것 같아 오랫동안 보관하고 있던 좁다란 코르셋 상자에 시계를 숨길까 하는 생각까지 잠깐 했다. 그 종이 상자는 아주 아름답고 튼튼했다. 하지만 안 돼, 이번 일엔 적당하지 않아. 상자 위에 이렇게 쓰여 있었다. 여성용 미디엄 28. 특수 강화 보정 지지대. 베니가 그 상자를 열어 아버지의 시계가 들어 있는 것을 보면 너무 놀랄 것 같았다.

"그리고 당연히 시계가 가지는 않겠지만, 내 말은, 똑딱똑딱 소리가 나면서 가는 거 말이야"라고 말하면서 콘스탄티아는 원주민이 보석류를 좋아한다는 생각을 줄곧 하고 있었다. 그리고 이렇게 덧붙였다. "어쨌든 그렇게 오래된 시계가 간다면 너무 이상한 일이긴 해."


## 8

조지핀은 대꾸가 없었다. 딴생각에 빠져버렸다. 뜬금없이 시릴 생각이 났다. 하나밖에 없는 손자가 시계를 가지는 것이 더 무난하지 않을까? 게다가 귀여운 시릴은 안목이 아주 높고 금시계라는 게 젊은 사람한테 더 가치가 있을 테니까. 베니라면 시계를 쓰지 않을 가능성이 아주 높았다. 그렇게 더운 기후에서는 남자들이 조끼를 거의 안 입으니까. 반면 런던에 사는 시릴은 일 년 내내 조끼를 입었다. 그리고 시릴이 차 마시러 왔을 때 그 시계를 가지고 있는 것을 보면 우린 아주 기쁘겠지. "네가 할아버지의 시계를 가지고 있구나, 시릴." 어쩐지 몹시 뿌듯할 것 같았다.

귀여운 녀석! 그 아이가 안타까워하며 다정하고 짧은 편지를 보내왔을 때 얼마나 놀랐던지! 물론 충분히 이해할 수 있었지만 무척 아쉬웠다.

"시릴이 왔으면 좋았을 텐데." 조지핀이 말했다.

"그러게, 시릴이 아주 즐거워했을 거야." 콘스탄티아는 자신이 무슨 말을 하고 있는지 아무 생각이 없었다.

그러나 시릴은 돌아오면 곧바로 차를 마시러 고모들에게 올 것이다. 시릴과 차를 마실 기회는 흔치 않아 반가운 일이다.

"자, 시릴, 케이크 보고 놀라면 안 돼. 콘 고모랑 내가 오늘 아침에 버스자드 가게에서 사 왔어. 우리가 남자들 식욕을 잘 알지. 그러니까 부끄러워 말고 맛있는 차를 즐기렴."

조지핀이 자신의 겨울 장갑이나 콘스탄티아가 가진 유일하게 괜찮은 신발 밑창과 굽 가격의 진한 갈색 케이크를 가차 없이 잘랐다. 하지만 시릴의 식욕은 보통 남자들과 전혀 달랐다.

"있잖아, 조지핀 고모, 도저히 못 먹겠어요. 금방 점심을 먹었다고요."

"아냐, 시릴, 그럴 리가 없어! 4시가 넘었는걸." 조지핀이 소리쳤다. 콘스탄티아가 초콜릿 롤 위에 칼을 든 채 자세를 잡고 앉아 있었다.

"그렇지만 사실이라니까요." 시릴이 말했다. "내가 빅토리아에서 누구를 만나야 됐는데 그 사람이 계속 기다리게 해서… 늦게 점심을 먹고 여기로 바로 온 거예요. 그리고 그 사람이 나한테, 휴우." 시릴이 손을 이마에 얹었다. "끔찍하게 거창한 식사를 대접했다고요."

실망이다. 그 많은 날들 중 하필 오늘. 하지만 시릴 탓을 할 수는 없었다.

"그래도 머랭은 먹을 거지, 시릴?" 조지핀 고모가 말했다. "이 머랭은 특별히 너를 위해 사 온 거야. 네 아빠가 머랭을 아주 좋아했지. 너도 분명 그럴 거라고 생각했어."

"저도 좋아해요, 조지핀 고모." 시릴이 간절한 목소리로 외쳤다. "우선 절반만 먹어도 될까요?"

"당연하지. 하지만 그 정도로 끝내게 봐주진 않을 거야."

"네 아빠 아직도 머랭 좋아하니?" 콘 고모가 조심스레 물었다. 그녀는 자신의 머랭을 깨뜨리다가 약간 움찔했다.

"글쎄요. 잘 모르겠네요, 콘 고모." 시릴이 경쾌하게 대답했다. 그 말에 둘 다 고개를 들었다.

"모른다고?" 조지핀이 딱딱거리며 거의 따졌다. "자기 아버지에 대해 그런 것도 모른다고, 시릴?"

"설마." 콘 고모가 부드럽게 말했다.

시릴은 웃어넘기려고 했다. "어, 그러게요. 너무 오래전 일이라." 그는 더듬거렸다. 말을 멈추었다. 고모들의 얼굴이 너무 부담스러웠다.

"그래도 그렇지." 조지핀이 말했다.

그리고 콘 고모가 그를 바라보았다.

시릴이 잔을 내려놓았다. "잠깐." 시릴이 외쳤다. "잠깐요, 조지핀 고모. 내가 왜 이러는 거지?"

시릴이 고개를 들었다. 고모들 얼굴이 환해지기 시작했다. 시릴이 무릎을 탁 쳤다.

"당연히 좋아하시죠." 시릴이 말했다. "머랭이지. 어떻게 그걸 잊어버릴 수 있겠어요? 그래요, 조지핀 고모, 고모 말이 맞아요. 아버지는 머랭을 엄청나게 좋아해요."

고모들은 그냥 웃는 데 그치지 않았다. 조지핀 고모는 좋아서 얼굴이 빨개졌다. 콘 고모는 깊이, 아주 깊이 한숨을 내쉬었다.

"그럼 이제 시릴, 가서 할아버지를 뵈어야 해." 조지핀이 말했다. "네가 오늘 오는 걸 알고 계셔."

"좋아요." 시릴이 아주 단호하게 진심으로 말했다. 의자에서 일어나더니 갑자기 시계로 눈을 돌렸다.

"저기, 콘 고모, 저 시계 약간 느린 거죠? 5시 막 지나서 패딩턴에서 누구를 좀 만나야 해서요. 할아버지와 별로 오래 있지 못할 것 같네요."

"그래, 할아비지도 네가 그렇게 오래 있기를 바라지는 않으셔." 조지핀 고모가 말했다.

콘스탄티아가 계속 시계를 뚫어지게 보고 있었다. 그 시계가 빠른지 느린지 알 수가 없었다. 어쨌든 둘 중의 하나라고, 그게 거의 확실하다고 생각했다. 여하튼 예전엔 그랬으니까.

시릴이 계속 머뭇거리고 있었다. "같이 가지 않을래요, 콘 고모?"

"물론, 가지." 조지핀이 말했다. "다 같이 가자. 어서 가자, 콘."


9

방문을 두드리고 나서 시릴이 고모들을 따라 덥고 들척지근한 냄새가 나는 할아버지의 방으로 들어갔다.

"어서 와라." 피너 할아버지가 말했다. "꾸물대지 말고 들어와. 무슨 일이냐? 뭘 하다 온 거냐?"

할아버지가 이글이글 타는 불 앞에 앉아 지팡이를 쾅 찍었다. 다리에 두꺼운 러그를 덮고 있었다. 그 위에 아름다운 연노랑색 실크 손수건이 놓여 있었다.

"시릴이 왔어요, 아버지." 조지핀이 주저하며 말했다. 그런 뒤 시릴 손을 잡고 아버지 쪽으로 갔다.

"안녕하세요, 할아버지." 시릴이 조지핀 고모의 손에서 자기 손을 빼내려 하며 말했다. 피녀 할아버지는 다들 잘 알고 있는 예의 그 눈길로 시릴을 바라보았다. 콘 고모는 어디 있지? 콘스탄티아 고모는 조지핀 고모의 옆에 서 있었다. 기다란 팔을 앞으로 내리고 손은 모으고 있었다. 그녀는 할아버지에게서 한 번도 눈길을 떼지 않았다.

"음," 피녀 할아버지가 말하며 쿵쿵거리기 시작했다. "무슨 말을 하려고 온 거냐?"

무슨 말을, 무슨 말을 해야 하지? 시릴은 웃기만 하고 있는 자신이 바보 같았다. 방도 숨이 막혔다.

그러나 조지핀 고모가 구원자로 나섰다. 그녀는 발랄하게 외쳤다. "시릴이 그러는데 베니가 아직도 머랭을 아주 좋아한대요, 아버지."

"뭐?" 피녀 할아버지가 귀에 자주색 머랭 같은 손을 감싸 올리고 말했다.

조지핀이 다시 말했다. "시릴이 그러는데 베니가 아직도 머랭을 아주 좋아한대요."

"안 들려." 늙은 피너 대령이 말했다. 그런 뒤 지팡이를 휘저어 조지핀을 물리고 시릴을 가리켰다. "고모가 뭐라고 하는지 나한테 말해라."

(큰일이군!) "제가요?" 시릴은 벌게진 얼굴로 조지핀 고모를 뚫어지게 보면서 말했다.

"말씀드려, 시릴." 고모가 빙그레 웃었다. "그래야 좋아하실 거야."

"어서, 말해라!" 대령이 또 쿵쿵 구르고 큰 소리로 다그쳤다.

그래서 시릴은 앞으로 몸을 기울이고 소리를 질렀다. "아버지가 아직도 머랭을 아주 좋아하세요."

그 말에 피너 할아버지가 총이라도 맞은 듯 펄쩍 뛰며 놀랐다.

"소리 지르지 마라!" 할아버지가 외쳤다. "저 녀석은 왜 저러는 거야? 머랭이라고! 그게 어쨌단 거냐?"

"어, 조지핀 고모, 계속 해야 하는 거예요?" 시릴이 어쩔 줄 몰라 앓는 소리를 냈다.

"걱정 마, 시릴." 조지핀 고모가 마치 치과에 같이 가 있는 것처럼 그를 달랬다. "할아버지가 금세 다 알아들으실 거야." 그리고 시릴에게 소근소근 말했다. "귀가 잘 안 들리셔." 그런 뒤 몸을 앞으로 기울이고 피너 할아버지에게 정말로 고함을 질렀다. "시릴이 말씀드리려던 건요, 아버지, 시릴 아빠가 아직도 머랭을 아주 좋아한다는 거예요."

피너 대령이 그제야 알아듣고 곱씹어보더니 시릴을 위아래로 훑어보았다.

"너 어무 이상하구나!" 늙은 피너 할아버지가 말했다. "그걸 말하려고

44

여기까지 오다니 너어무 이상해!"

그러자 시릴도 그렇다는 생각이 들었다.

"좋아, 시릴에게 그 시계를 보낼래." 조지핀이 말했다.

"아주 좋은 생각이야." 콘스탄티아가 말했다. "시릴이 마지막으로 왔을 때 시간 때문에 약간 문제가 있었던 것 같은 기억이 나."


## 10

둘이 있는데 케이트가 보통 때처럼 불쑥 들어왔다. 벽에서 비밀 통로라도 찾아낸 것 같았다.

"튀겨요, 조려요?" 그 굵은 목소리가 물었다.

튀겨요, 조려요라니? 조지핀과 콘스탄티아는 잠시 동안 아주 당혹스러웠다. 무슨 말인지 알아듣기 힘들었다.

"뭘 튀기냐, 조리냐는 거야, 케이트?" 조지핀이 집중하려 애쓰며 물었다.

케이트가 크게 콧방귀를 뀌며 말했다. "생선이요."

"그런데, 알아듣게 말하면 안 돼?" 조지핀이 슬쩍 나무랐다. "그렇게 말하면 우리가 어떻게 알아듣겠어, 케이트? 세상에 튀기거나 조리는 게 얼마나 많냐고. 그치?" 용기를 한껏 과시한 조지핀이 아주 명랑한 목소리로 콘스탄티아에게 말했다. "넌 어떤 게 좋아, 콘?"

"난 튀기는 게 좋을 것 같아." 콘스탄티아가 말했다. "물론, 조린 생선도 아주 좋아. 내 생각엔 두 개가 똑같이 좋으니까… 언니가… 그러면…"

45

"튀길게요." 케이트가 방문은 열어놓은 채 총총 뛰어 나가더니 주방 문만 쾅 닫았다.

조지핀이 콘스탄티아를 우두커니 바라보았다. 조지핀이 옅은 눈썹을 한껏 치켜올리자 눈썹이 옅은 머리카락 속으로 물결처럼 스르르 사라져 보이지 않았다. 그녀는 일어서더니 아주 우아하고 거만하게 말했다. "거실로 가지 않을래, 콘스탄티아? 너랑 의논할 아주 중요한 일이 있는데."

케이트 이야기를 하고 싶을 때면 늘 숨어드는 곳이 거실이었으니까.

조지핀이 중대한 일이라는 듯 문을 닫았다. "앉아, 콘스탄티아." 그녀가 여전히 엄숙하게 말했다. 난생처음 콘스탄티아를 만난 것 같았다. 콘스탄티아 역시 의자를 찾으려고 공연히 두리번댔다. 정말로 처음 온 손님처럼.

"자, 문제." 조지핀이 앞으로 몸을 숙이며 말했다. "쟤를 계속 둘까, 말까?"

"그래, 그게 문제지." 콘스탄티아가 맞장구쳤다.

"게다가 이번에는," 조지핀이 단호하게 말했다. "확실히 결정을 봐야 해."

콘스탄티아는 잠깐 동안 예전 일을 모두 되새겨보려는 듯하더니 금세 정신을 차리고 말했다. "그래, 언니."

"있잖아, 콘." 조지핀이 설명했다. "이제 모든 게 너무도 달라졌어." 콘스탄티아가 곧장 언니를 바라보았다. "내 말은," 조지핀이 말을 이었다.

"우리가 예전처럼 케이트한테 기댈 필요가 없어." 그런 뒤 희미하게 얼굴을 붉혔다. "요리해드릴 아버지가 없잖아."

"정말 그래." 콘스탄티아가 맞장구쳤다. "아버지는 이제 아무 요리도 드시고 싶지 않으실 게 분명하니…"

조지핀이 급히 말을 잘랐다. "너 졸리니, 콘?"

"졸리다니, 언니?" 콘스탄티아가 눈을 부릅떴다.

"자, 좀 더 집중해봐." 조지핀이 날카롭게 말하고 하던 이야기로 돌아갔다. "중요한 건, 그러니까 우리가 케이트한테 말을…" 이 대목에서 조지핀은 거의 숨을 참고 문 쪽을 흘긋 보았다. "했다 치고," 목소리를 다시 높였다. "우리가 직접 밥을 해 먹을 수 있는가 하는 거야."

"왜 못 해?" 콘스탄티아가 소리쳤다. 웃음이 나오려는 걸 참기가 힘들었다. 생각만 해도 너무 재미있었다. 손뼉을 쳤다. "뭘 해 먹을까, 언니?"

"어, 여러 가지 달걀 요리." 조지핀이 이번에도 우아하게 말했다. "게다가 다 조리된 음식들이 있잖아."

"하지만 내가 들은 바로는," 콘스탄티아가 말했다. "그런 것들은 너무 비싸대."

"너무 많이 사면 그렇겠지." 조지핀이 말했다. 그녀는 이 흥미진진한 샛길에서 힘들게 빠져나오면서 콘스탄티아도 끌고 나왔다.

"하지만 지금 결정해야 되는 건 우리가 케이트를 정말 그대로 둘지 말지야."

콘스탄티아가 뒤로 몸을 기댔다. 입술에서 작은 웃음이 실실 새어 나왔다.

"참 이상하지 않아, 언니?" 콘스탄티아가 말했다. "이런 문제 하나에 대해서도 내가 마음을 확실히 결정하지 못한다는 게."


## 11

한 번도 결정하지 못했다. 가장 어려운 것은 증명이었다. 남들은 어떻게 증명을 하지? 어떻게 할 수가 있지? 케이트가 콘스탄티아 앞에서 일부러 인상을 쓰고 있다고 가정해보자. 아파서 그럴 리는 없지 않을까? 어쨌든 케이트에게 일부러 인상을 쓰고 있느냐고 물어볼 수는 없다. 만약에 케이트가 "아니요"라고 대답하면, 그리고 당연히 "아니요"라고 대답하겠지, 무슨 망신이냐는 말이다. 얼마나 채신머리없는 짓인가! 그리고 이번에도 콘스탄티아는, 자신이 조지핀과 외출할 때면 케이트가 물건을 가져가기 위해서가 아니라 단지 염탐하기 위해 자기 서랍을 열어보는 게 확실하다고 의심했다. 돌아와서 보면 자신의 자수정 십자가가 전혀 있을 법하지 않은 곳, 그러니까 레이스 타이나 흰 레이스 칼라 장식 아래에 있었던 적이 여러 번이었다. 케이트를 잡을 덫도 여러 번 놓았다. 물건들을 특별한 순서로 배열해두고 조지핀을 불러서 잘 봐두라고 했었다.

"봤지, 언니?"

"아주 잘 봤어, 콘."

"이제 알아챌 수 있어."

하지만, 이런, 나중에 다시 보면 전혀 증명할 수 없었다! 물건들이 자리가 바뀌었다고 해도 콘스탄티아가 서랍을 닫을 때 그렇게 됐을 가능성이 아주 높았다. 서랍이 덜컥거리면 물건들은 얼마든지 움직이니까.

"언니가 결정해. 난 정말 못하겠어. 너무 어려운 일이야."

한참을 망설이며 눈을 부릅뜨고 있던 조지핀은 한숨을 쉬었다. "너 때문에 의심하게 된 거야, 콘. 그래도 내가 직접 말할 수는 없어."

"하지만 또 미루면 안 돼." 조지핀이 말했다. "이번에도 미루면…"


## 12

그런데 그때 아래쪽 거리에서 손풍금 연주가 시작됐다. 조지핀과 콘스탄티아가 동시에 벌떡 일어났다.

"뛰어가, 콘," 조지핀이 말했다. "빨리 뛰어. 거기 6펜스가…"

그때 퍼뜩 기억이 났다. 아무 일도 아니었다. 손풍금 연주자를 말릴 필요가 전혀 없었다. 이제 아무도 조지핀과 콘스탄티아에게 그 원숭이가 다른 곳에 가서 시끄럽게 굴게 하라고 소리를 지르지 않는다. 꾸물거린다고 꾸짖으며 아버지가 내지르는 그 시끄럽고 이상한 고함 소리를 다시 들을 필요가 없었다. 손풍금 연주자가 하루 종일 거기서 연주를 해도 아버지의 지팡이는 쿵쿵거리지 않을 것이었다.


다시는 쿵쿵대지 않을 거야,

다시는 쿵쿵대지 않아.

손풍금이 노래했다.

콘스탄티아는 무슨 생각을 하고 있는 걸까? 그녀가 아주 낯설게 미소 지었다. 달라 보였다. 울려고 하는 것은 아닐 텐데.

"언니, 언니." 콘스탄티아가 상냥하게 말하며 손을 맞잡았다. "오늘이 무슨 요일인지 알아? 토요일이야. 오늘로 일주일이야, 온전히 일주일."

아버지가 죽은 지 일주일,

아버지가 죽은 지 일주일.

손풍금이 울부짖었다. 그러자 조지핀도 현실감과 분별력을 잃지 말아야 한다는 사실을 잊어버리고 말았다. 흐릿하게 야릇한 미소를 지었다. 인도산 카펫에 옅은 붉은색 햇빛이 사각형으로 떨어졌다. 햇빛은 있다가 사라졌다가 또 와서 가만히 깊어졌고, 거의 황금빛으로 반짝였다.

"해가 졌어." 조지핀이 아주 중요한 사실이라는 듯이 말했다.

손풍금에서 음들이 완벽한 분수처럼 솟구쳐 나오고, 동그랗고 환한 음들이 제멋대로 흩뿌려졌다.

콘스탄티아가 그 음들을 잡으려는 듯 크고 차가운 손을 들어 올리더니 다시 내려놓았다. 그녀는 아끼는 불상이 놓인 벽난로 선반 쪽으로 갔다. 돌과 금박으로 만들어진 그 불상의 미소는 항상 아주 묘했다. 고통 같기도 하고 한편으론 즐거운 고통 같기도 했는데, 오늘 보니 그냥 미소가 아닌 것 같았다. 무언가를 알고 있는데 숨기고 있었다. "나는 네가 모르는 것을 알고 있다." 불상이 말했다. 어, 도대체 그게 뭐지, 뭐일까? 게다가 자신도 항상… 무언가가 있다고 느꼈다.

햇빛이 창을 비집고 몰래 안으로 들어와 가구와 사진 위에서 반짝였다. 조지핀이 햇빛을 보았다. 햇빛은 어머니의 사진, 피아노 위에 걸린 확대 사진을 비추다가 어머니의 물건들이 너무도 조금 남았다는 사실에 당황한 듯 서성댔다. 아주 작은 탑 모양의 귀걸이와 검정색 깃털 목도리밖에 남아 있지 않았다. 죽은 사람의 사진은 왜 항상 그렇게 색이 바래는 걸까? 조지핀은 궁금했다. 사람이 죽자마자 사진도 죽었다. 물론 어머니의 사진이 아주 오래되기는 했다. 35년. 조지핀은 의자에 올라서서 깃털 목도리를 가리키며 콘스탄티아에게 그것이 실론에서 엄마를 죽인 뱀이라고 말한 것을 기억하고 있었다… 엄마가 죽지 않았다면 모든 것이 달라졌을까? 그녀는 알 수 없었다. 자매는 학교에 갈 때까지 플로렌스 고모와 함께 살았고, 세 번 이사를 했고 매년 명절을 쇠었고… 그리고 당연히 하인들이 바뀌었다.

작은 참새, 소리로 짐작하건대 새끼 같은 참새 몇 마리가 창틀에서 재잘거렸다. 이입-에입-이입. 그러나 조지핀은 그것들이 참새가 아니고 창틀에 있지도 않은 것처럼 느꼈다. 그 이상하고 작은 울음소리는 자신의 내부에서 나고 있었다. 이입-에입-이입. 아아, 그렇게 약하고 쓸쓸한 그것, 울고 있는 그것은 무엇일까?

엄마가 살아 있었다면 우리가 결혼했을까? 하지만 결혼할 상대가 없었다. 아버지가 인도계 영국인들과 알고 지냈지만 다툰 뒤로 만나지 않았다. 그 후에 조지핀과 콘스탄티아는 목사를 빼고는 독신 남자를 만나본 적이 없었다. 남들은 어떻게 남자를 만날까? 아니, 남자를 만났다고 해도, 어떻게 전혀 모르는 남자와 그렇게 친해질 수 있을까? 책에서는 사람들이 묘한 경험을 하고 누군가가 쫓아오고 그랬다. 하지만 콘스탄티아와 조지핀은 아무도 쫓아오지 않았다. 아니, 그런 적이 있기는 했다. 일 년 전 이스트번의 하숙집에 수수께끼의 남자가 있었다. 침실 문 바깥 온수통 주전자 위에 메모를 두고 갔지! 하지만 콘스탄티아가 메모를 발견했을 때는 이미 증기 때문에 희미해져서 뭐라고 썼는지 읽을 수가 없었다. 둘 중 누구 앞으로 보낸 것인지도 알 수 없었다. 그리고 다음 날 그 남자가 떠나버렸다. 그게 끝이었다. 이후에는 줄곧 아버지를 돌보는 동시에 아버지를 피하고 있었다. 하지만 지금은 어떤가? 그래 지금은? 도둑 같은 햇빛이 조지핀을 슬쩍 건드렸다. 얼굴을 들어보았다. 부드러운 햇살에 이끌려 창가로 다가갔다…

손풍금 소리가 멈출 때까지 콘스탄티아는 불상 앞에 그대로, 멍하게 있던 평소와 달리 궁금증을 품은 채 서 있었다. 이번에 그 궁금증은 열망과 비슷했다. 보름달이 떠올랐을 때 침대에서 빠져나와 잠옷 바람으로 여기 와서 바닥에 팔을 쭉 뻗고 십자가에 매달린 듯 누웠던 때를 기억하고 있었다. 왜 그랬을까? 크고 창백한 달 때문이었다. 조각된 칸막이 위에서 무서운 형상들이 춤을 추며 힐끔거렸지만 신경 쓰지 않았다. 또 기억나는 것은, 해변에 있을 때면 늘 혼자, 할 수 있는 한 가까이 바다에 다가가서 자신이 지어낸 노래를 뭐라뭐라 부르며 그 쉼 없는 물을 가만히 바라보던 일이었다. 여기 또 다른 인생이 있었다. 달려 나가고, 가방에 물건들을 담아 집으로 돌아오고, 그것들을 살지 말지 언니와 의논하고, 그것들을 돌려주고 또 다른 것들을 가지고 오고, 아버지의 음식 쟁반을 정리하고 아버지를 귀찮게 하지 않으려 노력하는 생활이 있었다. 그러나 그 모든 것이 터널 안에서 일어났던 것 같았다. 실제가 아니었다. 진짜 자신이라고 느꼈던 것은 그 터널에서 빠져나와 달빛 속에, 바닷가에, 아니면 천둥 속에 있을 때뿐이었다. 왜 그랬을까? 늘 바라고 있는 것은 무엇일까? 그래서 어떻게 되었지? 지금? 지금은?

콘스탄티아가 예의 그 주춤거리는 동작으로 불상에서 몸을 돌렸다. 조지핀이 서 있는 곳으로 갔다. 조지핀에게 무언가, 깜짝 놀랄 만큼 중요한 무언가를 말하고 싶었다. 미래에 대해서 그리고 또 그…

"어쩌면 언니 생각엔," 콘스탄티아가 말문을 열었다.

하지만 조지핀이 말을 잘랐다. "나는 말이야, 이번에는 만약에." 그러더니 머뭇거렸다. 둘 다 말을 멈추었다. 서로 상대가 말하기를 기다렸다.

"계속 해봐, 콘." 조지핀이 말했다.

"아니, 아니야, 언니. 언니가 먼저 해." 콘스탄티아가 말했다.

"아니야, 네가 하려던 말 해봐. 먼저 해." 조지핀이 말했다.

"나는… 나는 언니가 하려던 말을 먼저 듣고 싶은데." 콘스탄티아가 말했다.

"바보 같은 소리 하지 마, 콘."

"정말이야, 언니."

"코니!"

"아이, 언니!"

침묵이 흘렀다. 그런 다음 콘스탄티아가 힘없이 말했다. "하려던 말을 할 수가 없어, 언니. 왜냐면 잊어버렸거든… 내가 하려던 말을."

조지핀은 잠시 대꾸가 없었다. 그녀는 태양이 있었던 자리의 커다란 구름을 바라보았다. 그런 다음 짧게 대답했다. "나도 잊어버렸어."

# 어린 가정교사

·

  아, 어떡해, 밤 시간이 아니기를 얼마나 바랐는데. 낮 여행이 훨씬, 정말 훨씬 더 좋았다. 하지만 여자 가정교사 소개소의 여자는 이렇게 말했다. "저녁에 배를 타고 간 다음 기차에서 '여성 전용' 칸에 타면 외국 호텔에서 자는 것보다 훨씬 더 안전할 테니 그 편이 나아요. 전용 칸에서 나가지 말고, 복도에서 돌아다니지도 말고, 화장실에 가거든 문이 잠겼는지 꼭 확인해요. 기차가 8시에 뮌헨에 도착하고, 아른홀트 부인 말로는 그뤼네발트 호텔이 역에서 겨우 1분 거리에 있다고 해요. 짐꾼에게 안내를 부탁하면 될 거예요. 부인이 그날 저녁 6시에 도착할 테니 낮 동안 조용히 쉬면서 독일어를 연습하면 아주 좋을 거예요. 그리고 뭔가를 먹으려면 제일 가까운 빵집에 잠깐 들러서 번이랑 커피를 사면 돼요. 이전엔 외국에 가본 적이 없는 거죠?" "예, 없어요." "그리고 나는 항상 여자들에게 누군가를 믿기보다는 처음에는 의심하는 게 더 낫다고, 그러니까 사람들이 악의를 품고 있을지 모른다고 의심하는 게 선의를 품었다고 생각하는 것보다 안전하다고 말해주곤 해요… 좀 너무하다고 생각할지 모르지만 우린 영악하게 세상물정을 아는 여자가 되어야 하잖아요. 그렇죠?"

배의 여성 선실은 좋았다. 여자 승무원은 아주 친절했고 잔돈을 바꾸어주고 발을 잘 덮어주었다. 가정교사는 자잘한 분홍색 꽃무늬가 있는 딱딱한 침상에 누워서 다른 승객들이 모자를 베개받침에 고정하고, 부츠와 치마를 벗고, 옷장을 열어 무언지 모를 바스락거리는 작은 꾸러미를 정리하고, 눕기 전에 수건으로 머리를 동여매는 모습을 친근하고 편안하게 지켜보았다. 턱, 턱, 턱. 증기선의 스크루가 꾸준히 돌아갔다. 여자 승무원이 능불 위에 녹색 갓을 당겨 씌우고 난로 옆에 앉아서 치마를 당겨 무릎을 덮고 기다란 뜨개질감을 허벅지 위에 올려놓았다. 승무원의 머리 위 선반 물병에는 꽃이 빽빽하게 꽂혀 있었다. "여행이란 건 참 좋구나." 어린 가정교사는 이렇게 생각하고 잔잔히 웃으며 나른한 흔들림에 몸을 내맡겼다.

그런데 배가 정박하여 한 손에 옷가방을 또 한 손에 무릎담요와 우산을 들고 갑판에 올라갔을 때 뜻밖의 차가운 바람이 모자 아래로 불어닥쳤다. 올려다보니 그 배의 돛대가 환한 녹색빛 하늘을 배경으로 시커멓게 솟아 있었고 아래로는 이상하게 조용한 형체들이 어슬렁거리는 어두운 부잔교가 기다리고 있었다. 그녀는 졸린 듯 나른한 무리와 함께 앞으로 이동했다. 그녀만 빼고 모두가 어디로 가야 하는지, 무엇을 해야 하는지 알고 있어서 그녀는 불안했다. 그래서 지금이 낮이면 좋겠다고,

여성 선실에서 같이 머리를 빗을 때 거울 속에서 자신에게 미소를 지어주던 여자들 중 한 사람만 근처에 있으면 좋겠다고, 그 정도면 좋겠다고 간절히 바랐다. "표 주세요. 손님 표요. 표 준비해주세요." 그녀는 구두 굽 위에서 조심스레 균형을 잡으며 통로를 내려갔다. 그때 검정색 가죽 모자를 쓴 남자가 다가와서 그녀의 팔을 건드렸다. "어디로 가세요, 아가씨?" 영어로 말했다. 저런 모자를 쓴 사람은 경비원이나 역장이 분명해. 그녀가 대답을 채 다 하기도 전에 그 남자가 옷가방에 달려들었다. "이쪽이요." 그가 무례하고 단호한 목소리로 외치고 사람들을 팔꿈치로 밀치며 앞장섰다. "하지만 전 짐꾼이 필요 없는데요." 정말 끔찍한 남자다! "저는 짐꾼이 필요 없다고요. 제 짐은 제가 들어요." 그 남자를 따라잡으려면 달려야 했는데, 분노가 너무 강해서 미처 쫓아가야 한다는 생각을 하기도 전에 몸이 벌써 내달리고 있었고, 마침내 그 나쁜 놈의 손에서 가방을 낚아챘다. 그 남자는 신경도 안 쓰고, 길고 컴컴한 플랫폼으로 계속 내려가더니 철로를 건너가버렸다. '저 사람은 도둑이야.' 그녀는 은색 철로 사이를 걸으며 신발 밑에서 재가 으드득거리는 소리를 들으면서 생각했다. 반대편에—오, 하느님 감사합니다!—뮌헨이라고 적힌 기차가 서 있었다. 남자가 불이 밝혀진 거대한 객차 옆에 멈추어 섰다. "2등석이죠?" 거만한 목소리가 물었다. "예, 여성 전용칸이요." 그녀가 숨을 헐떡이며 대답했다. 이 끔찍한 남자가 창문에 여성 전용(Dames Seules)이라는 표시가 붙은 빈 객차의 선반에 옷가방을 올려놓는 동안 그녀는 남자에게 줄 것을 찾느라 작은 지갑을 열었다. 기차에 올라 20상팀을 남자에게 건넸다. "이게 뭡니까?" 남자가 돈과 그녀를 번갈아 보면서 소리치더니 돈을 가지기는커녕 평생 그런 돈은 처음 본다는 듯 코 밑에 대고 냄새를 맡았다. "1프랑이에요. 모르세요? 1프랑이라고요. 집삯이요!" 1프랑이라고! 이 사람은 내가 어린 여자고 밤에 혼자서 여행을 하고 있으니까 저렇게 우기면 내가 1프랑을 줄 거라고 생각하는 걸까? 아니, 어림없지! 그녀는 지갑을 꽉 쥐고 그를 아예 쳐다보지도 않았다. 맞은편 벽에 그려진 생말로*의 풍경만 보면서 그가 하는 말은 전혀 듣지 않았다. "아이고, 아니요, 아니, 아닙니다. 이건 4수**예요. 손님이 잘못 주신 거예요. 여기 이거 받으세요. 제 집삯은 1프랑이란 말입니다." 그가 기차 계단으로 뛰어 올라와 돈을 여자의 다리 위에 던졌다. 그녀는 무서워서 부들부들 떨면서 정신을 단단히, 아주 단단히 가다듬고 얼음장 같은 손으로 슬그머니 돈을 쥔 채 "그것밖에 드릴 수가 없어요"라고 말했다. 잠시 그가 날카로운 눈길로 온몸을 찌르는 것 같더니 느릿느릿 고개를 끄덕이고 입을 열었다. "아주 자알 됐군요. 아주 자알(Trrrés bien)***." 그러고는 어깨를 으쓱하고 어둠 속으로 사라졌다. 휴우, 다행이다! 너무 끔찍했어! 그녀가 옷가방이 괜찮은지 보려고 일어섰을 때 거울 속에 자신의 얼굴이 보였다. 눈이 커다랗고 아주 하얗고 동그란 얼굴이었다. 그녀는 베일을 벗고 녹색 망토 단추를 풀었다. "어쨌든 이제 다 끝

* 프랑스 서북부 브르타뉴 주에 위치한 바닷가 휴양 도시.
** 1프랑=100상팀. 1수=5상팀.
*** 원문에서 프랑스어나 독일어로 쓰인 구절은 고딕으로 표기하고 원어를 병기하였다.

났잖아." 어쩐지 자신보다 더 두려워하고 있는 것 같은 거울 속의 얼굴에게 말했다.

사람들이 승강장에 모여들기 시작했다. 몇 명씩 무리를 지어 이야기를 나누며 서 있었다. 역의 등불에서 흘러나온 오묘한 빛이 사람들의 얼굴을 거의 녹색으로 물들였다. 빨간 옷을 입은 소년이 커다란 식기 운반 수레에 기대어 달그락거리며 가다가 휘파람을 불고 냅킨으로 부츠를 털었다. 검정색 알파카 덧치마를 입은 여자가 대여용 베개를 수레에 싣고 갔다. 그 여자는 잠든 아기가 탄 유모차를 미는 여자처럼 꿈꾸는 듯 멍하게 이리저리, 이쪽저쪽을 오갔다. 어디에서 나온 것인지 하얀 고리 모양의 뿌연 연기가 지붕 아래로 덩굴처럼 흘러갔다. "전부 너무 낯설어." 어린 가정교사는 생각했다. "그리고 한밤중이라는 것도 낯설어." 안전한 자신의 자리에서 바깥을 내다보고 앉아 있자니 두려운 마음이 가셨고 자신이 1프랑을 주지 않은 것이 잘한 일이라는 생각이 들었다. "나 혼자 잘 할 수 있어. 당연히 할 수 있지. 제일 잘 한 건 1프랑을…" 갑자기 복도에서 쿵쿵거리는 발소리와 남자들 목소리가 들려왔다. 높은 목소리였고 크게 웃느라 말을 잠시 멈추기도 했다. 그 소리는 그녀 쪽으로 다가오고 있었다. 어린 가정교사는 자리에서 웅크리고 있었는데 중산모를 쓴 젊은 남자 넷이 문과 창으로 들여다보며 지나갔다. 한 남자가 여성 전용이라고 쓴 표시를 가리키며 농담을 해 웃음을 터뜨렸고 네 남자는 어린 여자를 더 잘 보려고 몸을 구부렸다. 이런, 그 남자들이 옆 객실에 있었다. 그들이 근처를 돌아다니는 소리가 들리다가 갑자기 조용해지더니 작고 검은 콧수염에 키가 크고 마른 사람이 객실의 문을 열었다. "마드무아젤, 저희와 함께 가시겠습니까?" 그가 프랑스어로 말했다. 그녀는 다른 남자들이 그 뒤에서 우왕좌왕하며 남자의 팔 아래로, 어깨 너머로 자신을 훔쳐보는 모습을 보고 아주 꼿꼿하게 가만히 앉아 있었다. 키 큰 남자가 "마드무아젤이 저희와 함께 가시는 영광을 주시면"이라며 놀리듯 다시 말했다. 이제 남자들은 가만히 있지 않았다. 그 남자의 웃음소리가 날카롭고 시끄러운 소리 속에 묻혔다. "마드무아젤은 심각하시군." 젊은 남자가 이렇게 말하며 고개를 숙이고 얼굴을 찡그렸다. 그가 과장된 몸짓으로 모자를 벗어 인사하고 나자, 그녀는 다시 혼자가 되었다.

"승차하십시오. 곧 출발합니다!(En voiture. En voi-ture!)" 누군가가 기차 옆을 달려서 왔다 갔다 했다. "밤이 아니면 좋았을걸. 객실에 다른 여자가 있으면 좋았을걸. 옆 칸의 남자들이 무서워." 짐꾼이 다시 돌아오는 것을 내다보았다. 아까 그 짐꾼이 팔에 짐을 가득 안고 그녀의 객차로 향하고 있었다. 그런데 도대체 뭘 하고 있는 것일까? 그는 여성 전용이라고 적힌 라벨에 엄지손톱을 밀어 넣더니 라벨을 뜯어내고는, 눈을 가늘게 뜨고 그녀를 바라보며 옆에 서 있었고, 그때 격자무늬 망토를 입은 나이 든 남자가 높은 계단을 올라왔다. "하지만 여기는 여성 전용칸이에요." "아, 아닙니다, 마드무아젤, 잘못 아신 거예요. 아니요, 아니라니까요. 확실해요. 고맙습니다, 므슈." "출발합니다!(En voi-ture!)" 날카로운 호루라기 소리가 났다. 짐꾼이 의기양양하게 내렸고 기차가 출발했다.

그녀는 눈에 금세 눈물이 그렁그렁해진 채 그 남자가 스카프를 벗고 사냥모자의 귀덮개를 푸는 모습을 지켜보았다. 그는 아주 나이가 많아 보였다. 적어도 아흔은 돼 보였다. 콧수염이 하얗고 자그마한 푸른 눈에 커다란 금테 안경을 썼고 분홍빛 뺨은 주름이 져 있었다. 고상한 얼굴에 멋있게 몸을 앞으로 내밀고 뜨문뜨문 프랑스어로 말했다. "내가 불편합니까, 마드무아젤? 내가 이것들을 전부 선반에서 내려서 다른 칸으로 가는 게 낫겠습니까?" 뭐라고! 내가 불편하다는 이유로 저 노인이 무거운 짐을 다 들고 가야 하냐고… "아니요, 괜찮아요. 전혀 불편하지 않아요." "그래, 아주 고맙소." 그가 맞은편에 앉아 커다란 코트를 덮은 망토의 단추를 풀어 어깨에서 끌어내렸다.

기차는 역을 떠나는 것이 기쁜 듯했다. 한차례 속도를 올리더니 어둠 속으로 달려들었다. 그녀가 장갑으로 창문 한구석을 닦아보았지만 아무것도 보이지 않았다. 검정색 부채처럼 펼쳐진 나무 한 그루, 드문드문 흩어진 불빛, 엄숙하고 거대한 언덕의 윤곽만 보일 뿐이었다. 옆 객차에서 젊은 남자들이 "하나, 둘, 셋(Un, deux, trois)" 하고 노래를 부르기 시작했다. 똑같은 노래를 목청을 한껏 돋워 부르고 또 불렀다.

"혼자였다면 잠을 잘 엄두도 못 냈을 거야" 하고 그녀는 생각했다. "발을 내놓기는커녕 모자도 못 벗었겠지." 그 노래를 듣고 있자니 속이 약간 이상하게 울렁여서 망토 속에서 팔로 배를 감싸 안았다. 그 나이 든 남자와 함께 타고 있어서 정말 다행이었다. 남자가 자기 쪽을 보고 있지 않은 틈을 타서, 긴 속눈썹 너머로 몰래 남자를 훔쳐보았다. 그는 굉장히 꼿꼿하게 앉아서 가슴을 내밀고 턱을 잘 당기고 무릎을 딱 붙인 채 독일 신문을 읽고 있었다. 프랑스어를 그렇게 우스꽝스럽게 말한 이유가 있었구나. 독일 사람이었어. 군대에서 대령이나 장군 같은 직책에 있었을 것 같았다. 지금은 너무 나이가 많으니까 당연히 아니겠지만, 하고 생각했다. 나이 든 남자인데도 아주 깔끔했다. 검정색 타이에 진주 핀을 꽂고 있었고 새끼손가락에는 짙은 빨간색 보석 같은 것이 박힌 반지를 끼고 있었다. 두 줄로 단추가 달린 재킷 주머니 위로는 하얀색 실크 손수건 끝자락이 나와 있었다. 왜 그런지는 몰라도 전체적으로 아주 보기 좋았다. 나이 든 남자들은 대체로 무척 흉했다. 그녀는 나이든 남자들이 어기적거리며 걷는 모습을—아니면 역겹게 기침을 해대거나 하는 것을—참을 수가 없었다. 하지만 이 사람은 턱수염이 없고—그래서 완전히 달라 보이는데—뺨이 아주 분홍빛이고 콧수염은 새하얗다. 남자가 독일 신문을 아래로 내리더니 정중하게 몸을 앞으로 기울였다. "독일어 할 줄 아오, 마드무아젤?" "예, 아주 조금. 프랑스어보다 조금 더요(Ja, ein wenig, mehr als Französisch)." 어린 가정교사가 이렇게 말하며 짙은 분홍빛으로 얼굴을 붉혔는데 홍조가 뺨으로 서서히 번져서 푸른 눈이 검게 보일 지경이었다. "아, 그렇군요!" 남자가 상냥하게 고개를 숙였다. "그러면 그림이 있는 신문은 봐도 좋겠군요." 그가 신문 뭉치에서 고무 밴드를 벗기더니 그녀에게 신문을 건네주었다. "대단히 고맙습니다." 그녀는 그림 보는 것을 아주 좋아했지만 우선 모자와 장갑을 벗어야 했다. 그래서 일어서서 갈색 밀짚모자를 벗어 선반 위 옷가방 옆에 반듯하게 올려놓고 갈색 새끼 염소 가죽 장갑을 벗어서 두 짝을 같이 단단하게 말아 모자 위에 안전하게 올리고는 다시 자리에 앉았다. 이번에는 더 편하게 발을 꼰 채 다리 위에 신문을 올렸다. 나이 든 남자가 그녀의 작은 맨손이 널찍한 하얀 종이 위에서 움직이는 모습을, 그녀의 입술이 긴 단어를 발음하느라 달싹이는 것을, 불빛 아래 아름답게 타오르는 그녀의 머리카락을 흐뭇하게 바라보았다. 안됐어! 남들이 오렌지나 금잔화, 살구나 누런 얼룩고양이, 샴페인을 떠올리는 머리색이니 슬프겠구만. 늙은 남자는 그렇게 보고 또 보면서 아마 그런 생각을 했을 것이다. 또 칙칙하고 흉한 옷도 그녀의 은근한 아름다움을 가리지는 못하는구나 하는 생각도 했으리라. 남자의 뺨과 입술을 붉은 기운이 집어삼킨 것은 그렇게 어리고 여린 사람이 밤에 혼자서 보호자도 없이 여행한다는 사실에 분노했기 때문이었을지도 모른다. 어쩌면 독일식 감상에 잠겨 이렇게 중얼거렸을지도 모른다. "그래, 비극이군!(Ja, es ist eine Tragödie!) 신께서 나를 저 아이의 할아버지로 삼아주셨으면 좋을 텐데!"

"대단히 고맙습니다. 아주 재미있었어요." 그녀가 예쁘게 미소를 지으며 신문을 돌려주었다. "그런데 아가씨 독일어를 무척 잘하는군요." 남자가 말했다. "전에 독일에 와본 적이 있는 게지요?" "어머, 아니요, 이번이 처음…"—잠깐 망설이다가—"외국에 나와보는 게 이번이 처음이에요." "정말이요! 놀랍군요. 이렇게 말해도 될지 모르겠는데 아가씨가 여행을 아주 많이 다닌 것 같은 느낌을 받았다오." "어, 음… 잉글랜드에 꽤 오래 있었고 스코틀랜드에 갔었어요, 한 번이요." "그렇군요. 나도 잉글랜드에 한 번 갔었는데 영어는 못 배웠다오." 그가 한 손을 내젓고는 고개를 절레절레 흔들고 웃었다. "그래, 영어가 너무 어렵더라고… '아녕하세요. 레스테어 과앙장에 가는 길 아려주시오.'" 그녀도 웃었다. "외국인들은 그렇죠…" 그들은 그 이야기를 조금 더 나누었다. "그런데 아가씨가 뮌헨을 좋아할 거 같군요." 늙은 남자가 말했다. "뮌헨은 놀라운 도시라오. 박물관, 그림, 화랑, 훌륭한 건물과 상점, 연주회, 극장, 식당… 뮌헨에 다 있지. 내가 평생 아주 여러 번, 여러 번 유럽 전체를 여행 다녔지만 마지막엔 늘 다시 뮌헨으로 돌아온다오. 거기서 재미나게 지내도록 해요." "전 뮌헨에 머무르지 않을 거예요." 어린 가정교사가 말하고 주춤거리며 덧붙였다. "아우크스부르크의 어떤 의사 선생님 댁에 가정교사로 갈 거예요." "아하, 그랬군." 아우크스부르크라면 그가 잘 알고 있었다. 아우크스부르크는—사실—별로 아름다운 곳이 아니었다. 단조로운 공장 도시였다. 하지만 그는 그녀가 독일에 처음 온 것이라면 아우크스부르크에서도 무언가 흥미로운 일이 있기를 바란다고 했다. "분명히 그럴 거예요." "하지만 뮌헨을 못 보고 떠난다니 너무 안됐군요. 가는 길에 시간을 좀 내요."—그가 미소를 지었다.—"그래서 즐거운 추억을 쌓아요." "안타깝지만 그럴 수가 없네요." 어린 가정교사가 이렇게 말하고는 갑자기 진지하고 중요한 일이라는 듯이 고개를 가로저었다. "게다가 혼자서는…" 그는 무슨 뜻인지 잘 알아들었다. 덩달아 심각하게 고개를 숙였다. 그 이후에 두 사람은 말이 없었다. 기차가 어둡고 불타는 가슴을 언덕과 계곡에 드러내며 부서질 듯 달렸다. 객차 안은 따뜻했다. 그녀는 그 어둠 속의 질주에 기대어 멀리 아주 멀리 실려 가고 있는 것 같았다. 작은 소리가 들려왔다. 복도의 발소리, 문 여닫는 소리—웅성거리는 목소리—호루라기 소리… 그러더니 빗줄기가 기다 란 바늘처럼 유리창을 찔렀다… 하지만 비가 와도 괜찮았다… 바깥에 서 오는 것이니… 그리고 그녀에게는 우산이 있었다… 그녀는 입을 삐 죽 내밀고 한숨을 쉬더니 손을 한 번 벌렸다가 마주 잡아보고는 금세 잠 이 들었다.

"죄송합니다. 실례했습니다." 그녀가 객실 문 닫히는 소리에 깜짝 놀 라 잠을 깼다. 무슨 일이 있었던 걸까? 누군가가 들어왔다가 나갔다. 나 이 든 남자는 자신의 자리에 전보다 한층 더 꼿꼿하게 앉아서 코트 주머 니에 손을 넣은 채 인상을 확 찌푸리고 있었다. "하! 하! 하!" 옆 객실에 서 소리가 들려왔다. 그녀는 아직 잠이 덜 깬 채 그게 꿈이 아닌가 하고 자기 머리를 만져보았다. "추잡하게!" 나이 든 남자가 그녀에게라기보 다는 혼잣말로 투덜댔다. "왜 저러는 것인지, 천박한 놈들! 저놈들이 잘 못 들어와서 아가씨 잠을 깨우는 바람에 힘들겠군요. 우리 아가씨." 아 니, 괜찮았다. 마침 일어나려고 했었으니까. 은색 시계를 꺼내 보았다. 4 시 반이었다. 차갑고 푸른 빛이 유리창을 가득 채웠다. 창을 조금 닦았 더니 이제 환해진 들판, 버섯 같은 하얀색 집들이 모여 있는 모습, 포플 러 나무가 양쪽에 늘어선 '그림 같은' 길, 강줄기가 보였다. 굉장히 예쁘 구나! 얼마나 예쁘고 이채로운가! 하늘의 분홍빛 구름조차 이국적으로 보였다. 날씨가 춥기도 했지만, 일부러 더 추운 척 손을 비비며 몸을 떨고 코트 깃을 당겨 여며보았다. 너무 행복해서 그랬다.

　기차가 속도를 줄이기 시작했다. 엔진이 길고 새된 휘파람 소리를 냈다. 이제 어떤 마을로 들어서고 있었다. 분홍색과 노란색의 높은 집들이 녹색 눈꺼풀 아래에서 깊이 잠들어 있고, 포플러 나무들이 푸른 공기 속에 떨면서 발꿈치를 들고 귀를 기울이고 있는 것처럼 서서 그 집들을 호위하고 있었다. 어떤 집에서 한 여자가 덧문을 열어젖히고 붉은색과 하얀색이 섞인 매트리스를 창틀에 널면서 기차를 바라보며 서 있었다. 검은 머리카락에 하얀색 모직 숄을 두른 창백한 여자. 더 많은 여자들이 잠들어 있는 집의 문과 창에서 모습을 나타냈다. 양 떼도 있었다. 목동은 파란색 블라우스에 뾰족한 나무 신발을 신고 있었다. 어머! 무슨 꽃일까? 기차역 옆에도 있네! 신부의 부케 같은 장미, 하얀 제라늄, 동네 온실에서는 절대 볼 수 없는 반들반들한 핑크색 꽃들. 기차가 점점 더 느려졌다. 물통을 든 남자가 승강장에 물을 뿌리고 있었다. "아-아-아-아!" 누군가가 달려오면서 팔을 흔들고 있었다. 커다랗고 뚱뚱한 여자가 딸기 쟁반을 들고 뒤뚱거리면서 역의 문으로 들어왔다. 어, 목이 말라! 너무 목이 말라. "아-아-아-아!" 좀 전의 그 사람이 다시 달려왔다. 기차가 멈추었다.

　나이 든 남자가 코트를 걸치고 일어서더니 그녀에게 미소를 지었다. 그녀는 그가 웅얼웅얼 말하는 것을 알아듣지 못했지만 객차에서 나갈 때 미소로 답해주었다. 그가 나가고 없는 동안 어린 가정교사는 거울을 다시 보고 자세를 고친 다음 자신이 혼자 여행할 만큼은 나이를 먹었다고 스스로를 다독인 뒤, '안전하도록 뒤를 봐줄' 사람이 아무도 없다는 것 또한 스스로에게 냉정하게 확인시켰다. 목말라! 공기에서조차 물맛이 났다. 창을 내렸는데 그 뚱뚱한 여자가 마치 일부러 그러기라도 하듯이 딸기 쟁반을 그녀 쪽으로 들고 지나갔다. "아뇨, 사양할게요(Nein, danke)." 어린 가정교사가 싱싱한 잎 위에 놓인 커다란 딸기들을 보며 말했다. "얼마예요?(Wie viel?)" 그 뚱뚱한 여자가 가려고 할 때 그녀가 물었다. "2마르크 50이요, 아가씨." "세상에나!" 창 안으로 몸을 들이고 잠시 어이없어하며 앉아 있었다. 반 크라운이라니! "호오오오오오이이이이!" 기차가 비명을 지르고 다시 출발할 준비를 했다. 가정교사는 나이 든 남자가 기차를 놓치지 않기를 바랐다. 어머, 햇빛이 비치네. 그렇게 목이 마르지만 않으면 모든 것이 다 멋졌다. 도대체 늙은 남자는 어디에 있지. 아, 왔구나. 그녀는 그와 오랫동안 알고 지낸 사이라도 되는 양 찡긋 웃었고, 남자가 문을 닫고 돌아서더니 망토 아래에서 딸기 바구니를 꺼냈다. "아가씨가 이걸 받아주면 좋겠소만…" "어머, 저 주시는 거예요?" 그러나 그녀는 그가 자신의 다리 위에 들고양이 새끼를 올려놓기라도 하는 듯 뒤로 물러나 두 손을 들었다.

"그럼요, 아가씨 거죠." 나이 든 남자가 말했다. "난 20년 전만 해도 딸기를 먹을 수 있었지만 지금은." "어머, 대단히 감사합니다. 대단히 감사해요(Danke bestens)." 그녀가 머뭇거렸다. "너무 예쁘게 생겼어요!(sie sind so sehr schön!)" "먹어봐요." 늙은 남자가 기분이 좋은 듯 다정하게 말했다. "하나도 안 드세요?" "아니, 안 먹을래요. 안 먹어." 그녀가 쭈뼛거리며 예쁘게 손을 뻗었다. 딸기가 아주 크고 즙이 많아서 두 번 베어 먹어야 했다. 손가락을 타고 즙이 흘렀다. 그녀는 딸기를 아작아작 먹으면서 그 나이 든 남자가 할아버지 같다는 생각을 처음으로 했다. 완벽한 할아버지 역할을 했지! 책에 나오는 할아버지 그대로지!

해가 나왔고 하늘의 분홍색 구름들, 딸기 구름들이 푸른 빛에 먹혀 사라졌다. "맛이 있소?" 나이 든 남자가 물었다. "맛있어 보이기는 한데."

딸기를 먹으면서 그녀는 그를 오래전부터 알고 있던 것처럼 느꼈다. 그에게 아른홀트 부인에 대해서 그리고 가정교사 일을 어떻게 맡게 되었는지에 대해서 말해주었다. 그뤼네발트 호텔을 아세요? 아른홀트 부인은 저녁이 돼야 올 거랍니다. 그는 계속 듣고 또 듣기만 했고 마침내 여자만큼 여자의 일에 대해 잘 알게 되었다. 나이 든 남자는 여자와 눈을 맞추지 않은 채 갈색 스웨이드 장갑 낀 손을 마주 비비면서 이렇게 말했다. "내가 오늘 뮌헨을 조금 구경시켜주면 어떨까 하는데. 많이는 아니고 그냥 화랑 한 군데하고 영국정원 정도만. 아가씨가 낮에 호텔에 있어야 한다니 너무 안됐고… 낯선 곳에서 좀 불편할 것 같기도 해서요. 그렇지요?(Nicht wahr?) 물론 오후에 일찍 가고 싶으면 언제든 호텔로 다시 돌아가면 되고. 같이 가주면 나 같은 늙은 남자한테는 큰 영광이겠소."

어린 가정교사가 "좋아요"라고 말하자 그가 고맙다고 하더니 곧바로 터키 여행과 장미유 이야기를 늘어놓는 바람에 그녀는 한참 뒤에야 혹시 자신의 결정이 잘못된 것은 아닌지 생각해보았다. 무엇보다 그 남자에 대해 너무 아는 것이 없었다. 하지만 그 사람은 아주 나이가 많고 무척 친절했다. 딸기를 사준 것은 말할 것도 없고… 게다가 "안 돼요"라고 말할 이유가 없었고, 어떻게 보면 그날이 마지막 날이니까. 제대로 놀 수 있는 마지막 날. '내가 잘못한 걸까? 그런 걸까?' 햇빛 한 자락이 손에 내려와 따스하게 흔들리며 머물렀다. "내가 호텔까지 아가씨와 함께 갔다가," 그가 계획을 말했다. "10시쯤에 다시 아가씨한테 들르면 어떻겠소." 그가 수첩을 꺼내더니 명함을 건넸다. "참사관(Herr Regierungsrat)…" 직함이 있는 사람이구나! 그래, 아무 문제 없을 거야! 그런 뒤 어린 가정교사는 외국에 와 있는 흥분감에 제대로 빠져서 그 멋진 늙은 할아버지가 자신이 흥분해서 좋아하는 모습을 가만히 바라보게 둔 채, 바깥을 내다보고 외국어로 된 광고판을 읽어보고 앞으로 갈 곳에 대해 물었다. 마침내 뮌헨 중앙역에 도착했다. "여기! 짐 부탁해요!" 그가 짐꾼을 불러서 그녀의 짐을 맡기고 자신의 짐까지 말 몇 마디로 간단히 처리하고는 혼잡하게 뒤엉킨 사람들을 뚫고 역을 나가 깨끗하고 하얀 계단으로 안내했다. 그 계단은 호텔로 가는 하얀 길로 이어져 있었다. 늙은 남자는 미리 계획이라도 한 듯 호텔 매니저에게 그녀에 대해 술술 설명해주었다. 그런 뒤 잠깐 동안 그녀의 작은 손이 커다란 갈색 스웨드 장갑 낀 손에 묻혀 있었다. "내가 10시에 아가씨를 데리러 오겠소." 그가 떠나갔다.

"이쪽으로요, 아가씨." 웨이터가 매니저의 등 뒤에 숨어 이상한 커플에게 눈과 귀를 다 빼앗기고 있다가 말했다. 그녀는 웨이터를 따라 2층 계단을 올라 컴컴한 침실로 들어섰다. 옷가방을 털썩 내려놓고는 덜그럭거리는 먼지투성이 블라인드를 올렸다. 에구! 꼴사납고 추운 방이었다. 가구는 또 왜 이렇게 큰 거야! 이런 데서 낮 동안 있어야 했었다니!

"이 방이 아른홀트 부인이 예약한 방인가요?" 어린 가정교사가 물었다. 웨이터가 이상하다는 듯 미심쩍은 눈초리로 그녀를 바라보았다. 그가 휘파람을 불려고 입을 오므렸다가 마음을 바꾸었다. "그럼요(Gewiss)." 웨이터가 말했다. 그런데 이 사람은 왜 안 나가는 거지? 왜 저렇게 빤히 보는 걸까? "가세요(Gehen Sie)." 그 어린 가정교사가 영국 사람답게 냉랭하고 짧게 말했다. 건포도 같은 그의 작은 눈이 빵 반죽 같은 뺨에서 튀어나올 뻔했다. "어서 가세요(Gehen Sie sofort)." 그녀가 차갑게 다시 말했다. 문 앞에서 웨이터가 몸을 돌렸다. "그러면 그 신사 분이,"라고 말했다. "그분이 오시면 위층으로 안내할까요?"

하얀 거리 위쪽으로 하얗고 커다란 구름이 은빛 술을 드리웠다. 햇빛이 모든 곳을 비추었다. 뚱뚱한, 아주 뚱뚱한 마부들이 뚱뚱한 승객용 마차를 몰았다. 작고 둥근 모자를 쓴 우스꽝스러운 여자들이 전차 선로 옆길을 청소하고 있었다. 사람들이 웃으면서 서로를 밀치락달치락했다. 거리 양편에 나무가 늘어서 있고 눈을 돌리는 거의 모든 곳에 거대한 분수가 있었다. 인도나 거리 한가운데에서 혹은 열려 있는 창에서 웃음소리가 흘러나왔다. 그리고 어느 때보다 더 예쁘게 머리를 빗은 어린 가정교사 옆에 낮시간을 함께 보내기로 한 할아버지가 이제 갈색 장갑 대신 노란 장갑을 끼고 한 손에 말아 접은 우산을 들고 서 있었다. 그녀는 내달리고 싶었고, 할아버지의 팔에 매달리고 싶었고, 계속 이렇게 외치고 싶었다. "와아, 너무너무 좋아!" 길을 건널 때 할아버지가 여자를 보호해주었고 그녀가 '구경'하는 동안에는 가만히 서 있었고, 그녀에게 다정한 눈길로 이렇게 말했다. "하고 싶은 대로 해요." 여자는 오전 11시에 하얀 소시지와 갓 구운 작은 빵을 두 개씩 먹고 맥주를 조금 마셨다. 할아버지가 독하지 않다고, 영국 맥주와는 전혀 다르다고 했고 꽃병 같이 생긴 잔에 담겨 있었다. 그런 다음 마차를 탔고 그녀가 15분 동안 본 훌륭한 고전 회화 작품이 수천 장은 되었다! "혼자 있을 때 그림들을 다시 잘 떠올려봐야겠어…" 그런데 화랑에서 나오니 때마침 비가 내리고 있었다. 할아버지가 우산을 펴서 가정교사에게 씌워주었다. 그들은 점심을 먹으러 식당을 향해 걷기 시작했다. 그녀는 할아버지도 우산을 함께 쓰도록 그에게 아주 가까이 붙었다. 그가 아무렇지 않게 이렇게 말했다. "아가씨가 내 팔짱을 끼면 더 편해질 텐데. 게다가 독일에선 그렇게 하는 거라오." 그래서 그녀가 옆에서 팔짱을 끼고 걸었고, 그는 유명한 조각상들을 가리키며 이야기를 해주었는데 설명에 너무 집중하는 바람에 비가 그쳤는데도 우산 접는 것을 까맣게 잊어버렸다.

점심을 먹고 카페에 가서 집시 밴드의 연주를 들었는데 여자 마음에는 전혀 들지 않았다. 우웩! 달걀 같은 머리통에 얼굴에는 상처가 난 끔찍한 남자들이었다. 그래서 그녀는 의자를 돌려 앉아 달아오른 뺨을 손으로 감싸고 연주자들 대신 그 나이 든 친구를 바라보았다… 그런 다음 영국정원에 갔다.

"지금 몇 시나 됐을까요?" 어린 가정교사가 물었다. "제 시계가 멈추었어요. 어젯밤에 기차에서 시계 밥 주는 걸 까먹었지 뭐예요. 구경을

아주 많이 했으니 꽤 늦은 시간일 것 같아요." "늦은 시간이라고!" 그가
웃으면서 머리를 가로젓고 그녀 앞을 막아섰다. 그런 행동은 처음이었
다. "그렇다면 아가씨가 제대로 즐겁게 놀지 못한 거요. 늦은 시간이라
니! 그런데 우린 아직 아이스크림 안 먹었잖소!" "어, 아니에요, 재미있
었어요." 그녀가 속상해하며 외쳤다. "너무 재미있어서 말로 다 할 수도
없어요. 멋졌다고요! 하지만 아른홀트 부인이 6시에 호텔에 올 테니 전
5시까지 호텔에 가야 하잖아요." "가야죠. 아이스크림 먹고 택시를 태워
줄 테니 아무 문제 없이 잘 갈 수 있소." 그녀는 다시 행복한 기분이 들
었다. 초콜릿 아이스크림이 녹았다. 아래로 길게 몇 모금 녹아내렸다.
나무 그림자가 테이블보 위에서 춤을 추었고 그녀는 7시 25분 전을 가
리키는 장식용 시계에 완전히 등을 돌린 채 앉아 있었다. "진짜 진짜 정
말로 말이에요." 그 어린 가정교사가 진심으로 말했다. "제 인생에서 제
일 행복한 순간이었어요. 이런 날이 있을 줄은 상상도 못 했어요." 아이
스크림을 먹었는데도, 고마운 마음으로 가득한 작은 심장은 소원을 다
들어주는 동화 속 할아버지에 대한 애정으로 달아올랐다.

　　그리고 긴 길을 걸어 정원을 빠져나갔다. 낮이 다 지나가고 있었다.
"맞은편의 큰 건물들 보이지요?" 그 나이 든 남자가 말했다. "저 3층짜리
말이오. 내가 사는 곳이오. 날 돌봐주는 나이 든 가정부랑 살아요." 그 말
이 가정교사의 관심을 끌었다. "그러면 아가씨를 택시에 태워주기 전에
내가 사는 작은 '집'을 보고 내가 기차에서 말했던 장미유를 한 병 가져
가는 건 어떨까요? 기념품으로 말이오." 그녀도 그렇게 하고 싶었다. "전

독신자 아파트엔 한 번도 안 가봤어요." 어린 가정교사가 웃었다.

복도가 아주 컴컴했다. "어, 가정부가 닭고기 사러 나간 것 같구먼. 잠깐만요." 그가 문을 열고 비켜서서, 약간 쭈뼛거리면서도 궁금해하고 있는 가정교사가 들어가도록 했다. 그녀는 무슨 말을 해야 할지 전혀 생각이 나지 않았다. 집이 좋지 않았다. 어찌 보면 아주 보기 흉한 편이었다. 하지만 깔끔했고, 그런 나이 많은 남자가 살기에는 편리할 것 같았다. "자, 이건 어때요?" 그가 무릎을 꿇고 찬장에서 분홍색 잔 두 개와 커다란 분홍색 병을 꺼내 둥근 쟁반에 올렸다. "뒤쪽에 작은 침실이 두 개 있소." 그가 신난 듯 말했다. "그리고 부엌이 있고. 충분하지 않소?" "아, 그래요. 아주 넉넉하네요." "아가씨가 뮌헨에 와서 하루 이틀 머물고 싶다면 자그마한 보금자리가 항상 기다리고 있는 셈이지. 닭 날개와 샐러드도 있고, 한 번 더, 아니 몇 번이라도 아가씨를 언제든 기쁘게 맞이해 줄 늙은이도 있어, 예쁜 아가씨!" 그가 병뚜껑을 열어서 분홍색 잔 두 개를 채웠다. 그의 손이 떨려서 와인을 쟁반에 쏟았다. 방 안이 몹시 조용했다. 그녀가 말을 꺼냈다. "제가 지금 가야 할 거 같아요." "하지만 나랑 와인을 아주 조금만 마셔요. 가기 전에 딱 한 잔만." 그 늙은 남자가 말했다. "아니요. 정말 싫어요. 저는 와인을 안 마셔요. 저는 와인 같은 데는 손도 안 대기로 약속했거든요." 그가 간곡히 부탁했지만, 그리고 그가 마음이 상한 듯 보여서 거절하면 너무 무례를 범하는 것이 아닐까 생각했지만, 그녀는 아주 단호하게 거절했다. "아니요, 진심이에요. 안 돼요." "그러면 소파에 5분만 그냥 앉아 있어요. 내가 건배만 하겠소." 어린 가정교사가 빨간 벨벳 소파 가장자리에 앉았고 그는 옆에 앉아서 건배를 했다. "아가씨, 정말 오늘 좋았소?" 남자가 몸을 돌리면서 묻는데, 둘이 너무 가까이 앉아 있어서 그의 무릎이 그녀의 무릎에 스쳤다. 그녀가 대답도 하기 전에 그가 손을 잡았다. "그럼 가기 전에 살짝 키스 한 번만 해줄래요?" 그가 그녀를 더 가까이 끌어당기면서 물었다.

이건 꿈이야! 진짜가 아니야! 그 나이 든 남자는 이전과 전혀 다른 사람이 되어 있었다. 어이구, 끔찍해라! 어린 가정교사가 치를 떨며 쏘아보았다. "싫, 싫어요, 싫어!" 그녀가 더듬거리면서 손을 빼내려고 했다. "딱 한 번만 살짝. 키스 한 번이야. 왜 그래? 그냥 키스라니까, 예쁜 아가씨. 키스 한 번이라고." 그가 입을 크게 벌려 미소를 지으면서 얼굴을 들이밀었다. 그 작고 푸른 눈이 안경 너머에서 얼마나 번득이던지! "절대 안 돼, 안 돼. 어떻게 이럴 수가 있어요!" 그녀가 벌떡 일어섰지만 그는 아주 재빨랐다. 그녀를 벽에 밀어놓고 늙고 단단한 몸으로 무릎을 떨며 누르더니, 그녀가 머리를 좌우로 흔드는데도 입에 키스했다. 입에! 아주 친한 사이가 아니고는 여태 키스를 한 적이 없는 그곳에…

그녀는 거리로 달리고 또 달렸다. 마침내 전차가 다니는 큰길이 보였고, 길 한가운데에 경찰이 태엽 감는 인형처럼 서 있었다. "중앙역으로 가는 전차를 타고 싶어요." 그 어린 가정교사가 흐느꼈다. "아가씨?" 그녀가 그를 바라보며 자신의 두 손을 꽉 쥐었다. "중앙역이요? 저기, 저기 지금 오네요." 그런 뒤 그가 너무 놀라서 지켜보는 가운데 그 작은 여자는 한 손에 모자를 들고 손수건도 없이 울면서 전차에 뛰어올랐다. 운전사와 눈도 안 마주치고 귀부인(hochwohlgebildete Dame)이 추문이 퍼진 친구에 대해 이야기하는 것도 듣지 않았다. 몸을 떨며 큰 소리로 울었다. "아아, 아!" 두 손으로 입을 막았다. "치과에 갔다 왔나보네." 뚱뚱하고 나이 든 여자가 날카로운 목소리로 말했다. 모르고 하는 말이니 탓할 수도 없었다. "어디, 나한테 말해봐요(Na, sagen Sie'mal), 엄청난 치통이었구나! 저 애 이가 하나도 안 남았나보네." 전차는 무릎을 떠는 늙은 남자들로 가득한 세상을 가로질러 흔들리고 덜그럭거리며 나아갔다.

어린 가정교사가 그뤼네발트 호텔 로비에 도착했을 때 아침에 방에 올라왔던 그 웨이터가 테이블 옆에 서서 유리잔이 놓인 쟁반을 닦고 있었다. 어린 가정교사의 모습에 뭐라고 설명할 수는 없지만 중요한 것을 알게 된 것 같았다. 그는 그녀의 질문에 대답할 준비가 돼 있었다. 그의 대답은 재빠르고 정중했다. "예, 아가씨, 그 부인이 왔습니다. 아가씨께서 도착해서 한 신사 분과 함께 바로 다시 나가셨다고 말씀드렸습니다. 아가씨가 언제 돌아올지 물으셨어요. 하지만 저야 당연히 대답을 못 드렸지요. 그런 뒤 부인은 매니저에게 가셨습니다." 그가 테이블에서 잔을 하나 들어 불빛 아래 대고 한쪽 눈을 감은 채 살펴보더니 앞치마 자락으로 그것을 닦기 시작했다. "…" "뭐라고요, 아가씨? 아하, 아니요, 아가씨. 매니저가 부인한테 아무 말도 안 했을 겁니다. 안 했고말고요." 웨이터는 고개를 저으며 반짝이는 잔을 보고 미소를 지었다. "그 부인은 지금 어디 있지요?" 어린 가정교사가 몸이 너무 심하게 떨려 손수건을 입에 갖다 대고 물었다. "내가 그걸 어떻게 압니까?" 웨이터가 소리를 지르고는 새로 온 손님들에게 달려가느라 그녀를 지나쳐 가는데 심장이 갈비뼈에 닿을 만큼 세게 고동쳐서 하마터면 소리 내어 웃을 뻔했다. '괜찮아! 괜찮아!' 그는 생각했다. "무슨 뜻인지 알아들었겠지." 그런 뒤 새로 온 손님의 상자가 깃털이고 자신은 거인이라는 듯, 영차!, 상자를 어깨에 들어 올리면서 어린 가정교사가 했던 말을 따라 했다. "가세요(Gehen Sie). 어서 가세요(Gehen Sie sofort). 간다고! 가!" 그는 혼자 소리쳤다.

# 가든 파티

.

그래서 아무튼 날씨는 이상적이었다. 주문을 했다고 해도 가든 파티에 이보다 더 완벽한 날씨는 못 얻었을 것이다. 바람 한 줄기 없이 따뜻하고 하늘엔 구름 한 점 없었다. 푸른 하늘에 초여름이면 이따금 그러듯 금빛 안개가 옅게 드리워져 있을 뿐이었다. 정원사가 새벽같이 일어나 깎고 쓸고 한 덕분에 잔디밭과, 데이지 꽃이 있던 짙은 색의 평평한 장미 모양 화단이 반짝반짝 빛이 나는 것 같았다. 장미 얘기가 나왔으니 말인데, 장미들은 가든 파티 같은 데에서 손님들 기억에 남는 꽃이라면 단연 자신들밖에 없다는 것을 알고 있었던 것이 아닌가 싶다. 사람들 모두가 안다고 자신하는 유일한 꽃이라고 말이다. 그러니 단 하룻밤 사이에 수백 송이, 정말, 말 그대로 수백 송이가 피어났고 녹색 가지는 대천사를 맞이하는 듯 고개를 숙이고 있었다.

아침을 다 먹기도 전에 남자들이 천막을 설치하러 왔다.

"어디에 치는 게 좋을까요, 어머니?"

"얘야, 나한테 물을 필요가 없단다. 올해는 너희에게 다 맡기기로 했잖니. 내가 엄마라는 사실 자체를 잊어버리렴. 그냥 귀빈이라 생각해 줘."

그러나 메그가 가서 인부들을 감독할 리는 없었다. 아침 식사 전에 머리를 감은 메그는 양쪽 뺨에 젖어서 짙어진 곱슬머리 한 가닥을 붙인 채, 초록색 터번을 두르고 커피를 마시고 있었다. 조시, 그 멋쟁이는 늘 실크 페티코트에 기모노 재킷만 걸치고 내려왔다.

"네가 가야겠구나, 로라. 네가 미적 감각이 있잖아."

로라가 버터빵을 들고 재빨리 나갔다. 로라는 바깥에서 먹을 핑계가 생기니 아주 신이 났다. 게다가 뭐든 처리할 일이 생기는 것이 좋았다. 그리고 다른 사람들보다 훨씬 더 잘할 수 있다고 늘 자신했다.

남자 넷이 셔츠바람으로 정원 통로에 모여 있었다. 그들은 둘둘 만 캔버스 천 뭉치를 들고 커다란 연장 가방을 등에 메고 있었다. 인부들은 눈에 확 띄었다. 로라는 버터빵을 괜히 가지고 나왔다고 후회했지만 놔둘 곳도 없고 던져버릴 수도 없는 노릇이었다. 로라는 얼굴을 붉힌 채 짐짓 엄하게 보이려고 하면서 약간 눈이 나쁜 사람처럼 찡그린 채 인부들에게 다가갔다.

"안녕하세요." 어머니의 목소리를 흉내 냈다. 하지만 너무 부자연스럽게 들리는 것 같아 부끄러워서 어린애처럼 머뭇거리며 말했다. "어… 어… 천막 때문에 오신 거지요?"

"그렇습니다, 아가씨." 제일 키 큰 남자가 말했다. 후리후리하고 주근깨가 있는 그 남자는 연장 가방을 옮기고 밀짚모자를 뒤로 젖히더니 로라를 보고 씩 웃었다. "천막 때문이지요."

그의 편안하고 다정한 미소에 로라는 다시 자신감이 솟았다. 일꾼은 눈이 아주 멋졌다. 작은데 저렇게 짙푸른 눈이라니! 다른 인부들도 역시 미소를 짓고 있었다. 그 웃음은 "힘내요, 안 잡아먹어요"라고 말하는 듯했다. 정말 좋은 일꾼들이구나! 게다가 오늘 아침 날씨는 또 얼마나 좋아! 하지만 날씨 이야기는 하면 안 돼. 사무적으로 보여야 하니까. 천막 이야기만.

"그럼, 백합 화단 근처는 어떨까요? 괜찮겠지요?"

그러면서 그녀는 버터빵을 들고 있지 않은 손으로 백합 화단을 가리켰다. 인부들이 몸을 돌려 그쪽을 바라보았다. 작고 뚱뚱한 일꾼은 아랫입술을 내밀었고 키 큰 일꾼은 얼굴을 찌푸렸다.

"별로 안 어울리는데요." 키 큰 일꾼이 말했다. "눈에 잘 안 띄어요. 천막 같은 건, 그러니까"라고 한 뒤 스스럼없이 로라에게 말했다. "눈에 팍 꽂히는 곳에 놓고 싶으시잖아요. 알아들으시죠?"

로라는 여태 받은 교육이 있어서 일꾼이 자신에게 눈에 팍이라고 말하는 것이 과연 예의 바른 행동인지 생각하느라 잠시 멈칫했다. 하지만 일꾼의 말을 잘 알아듣기는 했다.

"테니스 코트 모퉁이는 어떤가요?" 로라가 제안했다. "하지만 한쪽에 악단이 있어야 되긴 해요."

"흠, 악단을 부르셨군요." 다른 일꾼이 말했다. 그는 얼굴이 창백했다.

짙은 색 날카로운 눈으로 테니스 코트를 훑어보았다. 무슨 생각을 하고 있는 걸까?

"아주 작은 악단이에요." 로라가 부드럽게 말했다. 악단이 아주 작다고 하면 별로 신경을 안 쓰겠지. 하지만 키 큰 일꾼이 끼어들었다.

"저기요, 아가씨. 저기가 좋겠습니다. 저 나무들 맞은편이요. 저쪽. 저기가 좋을 겁니다."

카라카 나무들 앞. 그러면 카라카는 가려질 텐데. 넓적하고 반짝이는 잎에 노란 열매들이 주렁주렁 달려 너무 예쁜 나무였다. 카라카라고 하면, 무인도에서 당당하게 홀로 자라 태양 아래 잎을 올리고 열매를 맺어 눈부시게 고요한 장관을 이루는 모습이 떠오르는 식물이었다. 그런 것들이 천막에 가려져야 할까?

가려져야 해. 일꾼들이 벌써 말뚝을 어깨에 지고 그쪽으로 가고 있었다. 키 큰 남자만 남아 있었다. 그가 몸을 숙여 라벤더 줄기를 문지르더니 엄지와 검지를 코 아래 대고 냄새를 맡았다. 로라는 저런 것, 라벤더 향기 같은 것을 좋아하는 남자의 모습에 놀라 카라카 나무는 까맣게 잊고 말았다. 저런 행동을 하는 남자가 도대체 몇이나 있을까. 유난히 멋진 일꾼들이구나, 하고 로라는 생각했다. 같이 춤을 추고 일요일 저녁식사 자리에 왔던 유치한 애들 말고 일꾼들과 사귀면 안 될까? 이런 남자들이라면 훨씬 더 잘 지낼 텐데.

키 큰 남자가 봉투 뒷면에 무언가를, 말아 올리거나 늘어뜨릴 것을 그리고 있을 때, 로라는 이 모든 것이 다 터무니없는 계급 차별 때문이라고 생각했다. 사실 로라로 말하자면, 그런 차별을 받아본 적이 없었다. 조금도, 먼지만큼도… 그때 나무망치로 쐐기 박는 소리가 들려왔다. 누군가는 휘파람을 불고, 누군가는 노래를 불렀다. "야야, 거기 괜찮아?" "야야!" 그 호칭의 친근함이라니. 로라는 키 큰 일꾼에게 자신이 아주 기분이 좋다는 것을 드러내 보이려고, 아무렇지 않고 편하다는 것을, 그리고 말도 안 되는 관습 따위는 아주 경멸한다는 것을 보여주려고 버터빵을 한입 크게 베어 물며 그 작은 도안을 빤히 보았다. 마치 일꾼이 된 것만 같았다.

"로라, 로라, 어디 있니? 전화 받아, 로라." 집에서 목소리가 들려왔다.

"가요!" 로라가 잔디밭 위를 미끄러지듯 달려 길을 오르고 계단을 올라 베란다를 가로질러 현관으로 들어갔다. 복도에선 아버지와 로리가 출근하려고 모자를 털고 있었다.

"있잖아, 로라." 로리가 매우 빠르게 말했다. "오늘 오전에 내 코트 한 번만 봐줘. 다림질해야 할지 아닐지 말이야."

"그럴게." 로라가 말했다. 갑자기 들뜬 마음을 자제할 수가 없었다. 달려가 로리를 재빨리 살짝 껴안았다. "음, 난 파티가 너무 좋아, 오빠는?" 로라가 가쁜 숨을 쉬었다.

"조오금." 로리가 다정하고 아이 같은 목소리로 말하고는 동생을 안더니 살짝 밀어냈다. "얼른 가서 전화 받으셔, 아가씨."

전화. "맞다, 맞다. 아, 그래. 키티구나? 아, 점심 먹으러 온다고? 당연히 괜찮지. 대충 있는 것만 먹어야 해. 샌드위치 부스러기랑 깨진 머랭

껍질 같은 것들 말이야. 그렇지, 정말 완벽한 아침이지? 네 하얀 옷? 그럼, 꼭 그렇게. 잠깐만, 끊지 마. 엄마가 부르셔." 그런 뒤 로라가 돌아앉았다. "뭐라고요, 어머니? 안 들려요."

셰리든 부인의 목소리가 계단 아래로 떠내려왔다. "키티한테 지난 일요일에 썼던 예쁜 모자 쓰라고 전해줘."

"어머니가 지난 일요일에 썼던 예쁜 모자 쓰라고 하셔. 좋아. 1시. 그럼, 끊어."

로라가 수화기를 내려놓고 머리 위로 팔을 들어 올린 채 깊게 숨을 들이마신 후 팔을 뻗었다가 툭 떨어뜨렸다. "휴." 한숨을 내쉬고는 곧 몸을 세우고 앉았다. 그녀는 가만히 귀를 기울였다. 집의 문이 모두 열려 있는 것 같았다. 집은 부드럽고 재빠른 발소리와 계속 이어지는 목소리로 생기가 넘쳤다. 주방 구역으로 연결된 녹색 모직천으로 만든 문이 열렸다가 둔한 소리를 내며 닫혔다. 그런 다음 이상하게 끽끽거리는 소리가 길게 이어졌다. 육중한 피아노가 뻑뻑한 바퀴 위에서 움직이는 소리였다. 그런데 이 공기! 가만히 맡아보면 느낄 수 있는데, 항상 이랬을까? 희미한 바람이 창문 꼭대기에서 술래잡기를 하며 들어와서 문으로 나갔다. 그리고 작은 햇살 두 조각이, 하나는 잉크병 위에 또 하나는 은색 사진 액자 위에 머물렀는데, 이것들도 장난질을 치고 있었다. 사랑스러운 작은 빛 조각들. 특히 잉크병 뚜껑 위에 있는 것. 아주 따스했다. 따뜻하고 작은 은빛 별이었다. 입을 맞춰주고 싶을 지경이었다.

현관문 벨이 크게 울리고 세이디의 날염 치맛자락이 계단에서 바스락거리는 소리가 들렸다. 남자 목소리가 웅얼거렸다. 세이디가 성의 없이 대답했다. "전 정말 몰라요. 잠깐만요. 셰리든 부인께 여쭤볼게요."

"무슨 일이에요, 세이디?" 로라가 현관 앞으로 나갔다.

"꽃집이에요. 로라 양."

정말 꽃이었다. 바로 문 안쪽에 분홍색 칸나 화분이 가득 차 있는 넙적하고 얕은 통이 놓여 있었다. 다른 꽃은 없었다. 칸나만, 커다란 분홍색 인도칸나만 밝은 진홍색 줄기 위에 놀라울 만큼 생생하고 눈부시게 활짝 피어 있었다.

"어어, 세이디!" 로라의 목소리가 약간 신음 소리처럼 들렸다. 그녀는 칸나의 불꽃을 쬐기라도 하는 듯 쪼그리고 앉았다. 그녀는 꽃들이 손에 잡히고 입술에 닿고 가슴속에서 자라나고 있는 것 같았다.

"뭔가 착오가 있나봐요." 로라가 자신 없는 목소리로 말했다. "이렇게 많이 주문했을 리가. 세이디, 가서 어머니 좀 찾아봐요."

그런데 그때 셰리든 부인이 왔다.

"제대로 갖고 온 거 맞아." 부인이 차분하게 말했다. "내가 주문한 거야. 예쁘지 않니?" 부인이 로라의 팔짱을 꼈다. "어제 꽃집 앞을 지나가는데 창문으로 저 꽃들이 보이지 뭐니. 그런데 갑자기 내 평생에 한 번은 칸나를 잔뜩 사보자 하는 생각이 들더라고. 핑계야 가든 파티면 충분하잖아."

"하지만 어머니가 파티에 관여하지 않는다고 하신 걸로 기억하는데요." 로라가 말했다. 세이디는 가버리고 없었다. 꽃집 남자는 바깥에 세워둔 짐마차 앞에 그대로 서 있었다. 로라가 어머니의 목을 감싸 안고 살짝, 아주 살짝 엄마의 귀를 물었다.

"요 녀석, 엄마가 너무 말한 대로 다 하면 별로 안 좋아할 거면서, 안 그러니? 그만 해라. 꽃집 주인이 오는구나."

꽃집 남자가 칸나가 가득한 통 하나를 더 가지고 왔다.

"현관 양쪽 문 바로 옆에 둬요." 셰리든 부인이 말했다. "별로야, 로라?"

"아뇨, 좋아요. 어머니."

응접실에서 메그, 조시, 그리고 일 잘하는 작은 한스가 마침내 피아노를 옮기는 데 성공했다.

"자, 이 소파를 벽에 붙이고 의자 말고 다른 건 전부 방 밖으로 빼버리면 어떨까?"

"좋아."

"한스, 이 탁자들을 흡연실로 옮기고 빗자루를 가져와서 카펫의 이 얼룩을 지워, 잠깐만 한스." 조시는 하인들에게 명령하는 것을 아주 좋아했고 하인들은 조시의 말을 아주 잘 따랐다. 조시의 명령을 듣고 있자면 연극에서 배역을 맡은 것 같은 느낌이 들었다. "어머니랑 로라 양을 이쪽으로 오시라고 해요."

"잘 알겠습니다, 조시 양."

조시가 메그 쪽을 보았다. "피아노 소리가 어떤지 들어보고 싶어. 오늘 오후에 노래를 부르게 될지도 모르잖아. '인생은 고단해' 한번 해보자."

빰! 따-따-따 띠-따! 피아노 소리가 너무도 열정적으로 터져 나오자 조시의 표정이 금세 바뀌었다. 그녀는 두 손을 모았다. 어머니와 로라 양이 들어오자 애처롭고 수수께끼 같은 눈길을 보냈다.

인생은 고단해,

눈물 한 방울. 한숨 한 줄기.

사랑은 변하지.

인생은 고단해,

눈물 한 방울. 한숨 한 줄기.

사랑은 변하지.

그럼… 안녕히!

하지만 '안녕히' 부분에서, 피아노 소리는 앞부분보다 더 절망적이었 는데 조시의 얼굴은 전혀 어울리지 않게 환하게 웃고 있어서 무서울 지 경이었다.

"목소리 좋죠, 엄마?" 조시가 활짝 웃어 보였다.

인생은 고단해,

희망은 사라지네.

한 번의 꿈, 한 번의 깨어남.

하지만 이때 세이디가 들어왔다. "무슨 일이에요, 세이디?"

"저, 음, 요리사가 샌드위치에 꽂을 깃발을 찾는데요?"

"샌드위치에 꽂을 깃발이라고, 세이디?" 셰리든 부인이 꿈꾸듯 되물었다. 아이들이 어머니의 표정을 보니 깃발이 없는 모양이었다. "어디 보자." 그러더니 세이디에게 단호하게 말했다. "요리사한데 10분 안에 준다고 해."

세이디가 나갔다.

"그러면, 로라." 어머니가 빠르게 말했다. "나랑 흡연실에 가자. 봉투 뒤 어딘가에 샌드위치 이름을 써놨거든. 네가 그걸 나 대신 깃발에 써 줘. 메그는 곧바로 위층에 가서 머리 좀 말려라. 조시는 얼른 가서 옷을 마저 입어. 알아들었지? 안 그러면 오늘 밤 아버지한데 다 이를 거야. 그리고, 그리고, 조시, 주방에 내려가거든 요리사 좀 달래줘. 아침에 보니 아주 화가 나 있더라."

그 봉투는 결국 식당 시계 뒤에서 발견됐다. 셰리든 부인은 봉투가 거기 있으리라곤 상상도 못 했다.

"너희들 중 누군가가 내 가방에서 몰래 꺼낸 게 분명해. 내가 아주 생생하게 기억하거든. 크림치즈랑 레몬커드. 다 썼니?"

"예."

"그다음엔 달걀이랑…" 셰리든 부인이 봉투를 멀찍이 들었다. "생쥐라고 쓴 거 같은데. 생쥐일 리는 없잖아, 그치?"

"올리브예요, 엄마." 로라가 어깨 너머로 보며 말했다.

"그래, 올리브여야지. 달걀과 생쥐라니 끔찍하구나. 달걀과 올리브."

마침내 깃발이 완성됐고 로라가 주방에 가지고 갔다. 주방에 들어섰을 때 조시가 요리사를 달래고 있었다. 하지만 요리사는 전혀 화난 것 같지 않았다.

"이렇게 완벽한 샌드위치는 처음 봐." 조시가 황홀해하는 목소리로 말했다. "몇 종류나 되는 거예요? 열다섯 가지인가요?"

"열다섯 종입니다. 조시 양."

"그래요, 고생 많으셨네요."

요리사가 기다란 샌드위치용 칼로 빵조각을 쓸어내고 활짝 웃었다.

"고드버 빵집에서 왔네요." 세이디가 식료품실에서 나오며 알려주었다. 빵집 남자가 지나가는 것을 창으로 보고 알았던 것이다.

크림퍼프가 도착했다는 뜻이었다. 고드버 가게는 크림퍼프로 유명했다. 아무도 그런 것을 집에서 만들 생각은 하지 않았다.

"가지고 들어와서 테이블에 놓아줘." 요리사가 지시했다.

세이디가 크림퍼프를 가져다놓고 다시 나갔다. 물론 로라와 조시는 그런 것들을 좋아할 나이는 아니었다. 하지만 크림퍼프가 아주 먹음직스럽기는 했다. 아주 많이. 요리사가 설탕가루를 적당히 털어내면서 정렬해놓기 시작했다.

"이것들을 보니 예전 파티가 다 떠오르지 않아?" 로라가 말했다.

"그럴 수도." 옛날 일 생각하는 것을 전혀 좋아하지 않는 현실적인 조시가 말했다. "예쁘게 부풀었고 부드러워 보이기는 해, 사실."

"하나씩 먹어요, 아가씨들." 요리사가 선선히 말했다. "어머니는 모르실 거예요."

아니, 못 먹지. 아침밥을 좀 전에 먹었는데 바로 크림퍼프라니. 생각만 해도 싫었다. 그랬는데도 2분 뒤 조시와 로라는 부풀어 오른 크림을 맛보았을 때만 지을 수 있는, 뭔가에 빠져든 멍한 표정을 지으면서 손가락을 빨고 있었다.

"정원으로 가자, 뒷길로 돌아서." 로라가 제안했다. "인부들이 천막을 어떻게 설치하고 있는지 보고 싶어. 무척 멋진 남자들이거든."

하지만 뒷문은 요리사, 세이디, 고드버 빵집 남자와 한스가 막고 있었다.

무슨 일이 있었다.

"쯧쯧쯧." 요리사가 화난 암탉처럼 혀를 찼다. 세이디는 치통이 있기라도 한 듯 뺨을 손으로 두드렸다. 한스의 얼굴은 이해하려 애쓰느라 일그러져 있었다. 고드버 빵집 사람만 신나 보였다. 그 사람이 전한 소식 때문이었다.

"왜 그래요? 무슨 일이에요?"

"끔찍한 사고가 났어요." 요리사가 말했다. "어떤 남자가 죽었어요."

"죽었다고요! 어디서요? 어떻게요? 언제?"

하지만 고드버 남자는 남들이 코앞에서 이야깃거리를 가로채 가도록 두지 않았다.

"여기 바로 아래에 작은 오두막집들 있는 거 알죠, 아가씨?"

아느냐고? 당연히 알고 있지. "그게, 거기 스콧이라는 젊은 짐마차꾼이 살고 있었거든요. 그런데 오늘 아침에 그 사람 말이 호크 가 모퉁이에서 증기트럭을 보고 놀라 뒷걸음질 치면서 그 사람을 떨어뜨렸는데 땅에 뒤통수를 부딪히고 만 거죠. 그래서 죽어버렸다네요."

"죽었다고!" 로라가 고드버 남자를 바라보았다.

"사람들이 일으켜보니 죽어 있었답니다." 고드버 남자가 맛깔나게 이야기를 들려주었다. "제가 여기 올 때 사람들이 시신을 집에 싣고 가고 있더라고요." 그런 뒤 요리사에게 말했다. "아내와 어린애 다섯이 있다던데."

"조시, 이리 와봐." 로라가 조시의 소매를 끌고 주방을 가로질러 녹색 문 반대편 쪽으로 갔다. 거기서 멈추더니 문에 기댔다. "조시." 로라는 겁에 질린 것 같았다. "그럼, 우리 전부 그만두어야겠지?"

"전부 그만둔다고, 로라!" 조시가 놀라서 외쳤다. "무슨 소리야?"

"가든 파티 말이지, 뭐긴." 왜 조시가 못 알아들은 척할까?

하지만 조시가 훨씬 더 놀랐다. "가든 파티를 그만두자고? 로라, 왜 그런 소리를 해. 그럴 순 없지. 다른 사람들도 그렇게 생각할 거야. 너무 과장하지 마."

"하지만 우리 집 문 바로 앞에서 사람이 죽었는데 파티를 할 수는 없잖아."

그 말은 사실 과장이었다. 그 작은 오두막들은 이 집으로 올라오는 비탈길 제일 아래쪽 도로에 있었으니까. 큰길이 사이에 있었다. 하지만 아주 가까운 것은 사실이었다. 그 오두막들은 흉물이었고 그 사람들이 근처에 살 권리도 전혀 없었다. 초콜릿 색으로 칠해진 작고 누추한 집들이 있었다. 작은 마당에는 양배추 줄기, 병든 암탉, 토마토 깡통밖에 없었다. 굴뚝에서 나오는 연기조차 가난에 찌들어 있었다. 넝마처럼 찢기고 조각난 연기는 셰리든네 굴뚝에서 피어오르는 커다란 은빛 기둥과는 전혀 달랐다. 그 골목에는 세탁부와 청소부, 구두수선공이 살고 있었고, 집 앞이 온통 작은 새장들로 가득한 곳에 어떤 남자가 살았다. 아이들도 우글거렸다. 셰리든 가에서는 아이들이 어렸을 때 그곳에 발도 못 들이게 했다. 상스러운 언어와 안 좋은 것을 배울까봐서였다. 그러나 로라와 로리는 어른이 되고 난 후 이따금 어슬렁거리다가 그곳을 지나가곤 했다. 억겁고 지저분했다. 진저리를 치며 빠져나오곤 했다. 하지만 사람이란 어디든 가보고 무엇이든 보아야 하는 법이고 그들도 그렇게 했다.

"그리고 악단 음악이 그 불쌍한 여자한테 어떻게 들릴지 생각해봐." 로라가 말했다.

"애, 로라!" 조시는 짜증이 끓어오르기 시작했다. "누군가가 사고를 당할 때마다 음악을 멈추게 한다면 앞으로 살기가 얼마나 힘들어지겠니. 나도 너랑 똑같이 그 일이 안타까워. 똑같이 불쌍하게 느껴." 조시의 눈이 굳어졌다. 둘이 어려서 싸울 때처럼 로라를 바라보았다. "네가 감정적이 된다고 해서 술 취한 노동자를 살려낼 수는 없어." 조시가 부드럽게 말했다.

"술 취했다고! 그 사람이 술 취했다고 누가 그랬어?" 로라가 조시에게 버럭 화를 내며 몸을 돌렸다. 로라는 그런 상황에서 자주 그랬듯 이렇게 말했다. "가서 어머니에게 다 말할 거야."

"말하셔." 조시가 아주 낮은 목소리로 말했다.

"어머니, 저 좀 들어가도 돼요?" 로라가 커다란 유리문 손잡이를 돌렸다.

"어서 들어오렴. 그런데 무슨 일이니? 안색이 왜 그러니?" 셰리든 부인이 화장대에서 몸을 돌렸다. 새 모자를 써보던 참이었다.

"어머니, 어떤 남자가 죽었어요." 로라가 말을 꺼냈다.

"우리 정원에서 죽은 건 아니지?" 어머니가 말을 잘랐다.

"아뇨, 아니에요!"

"휴우, 깜짝 놀랐잖니!" 셰리든 부인이 안심하며 숨을 내쉬고 커다란 모자를 벗어서 다리 위에 올려놓았다.

"그래도 들어보세요, 어머니." 로라가 말했다. 숨도 제대로 못 쉬면서 반쯤 목멘 소리로 그 끔찍한 이야기를 들려주었다. "당연히 우리가 파티를 할 수는 없잖아요, 그렇죠?" 로라가 애원했다. "악단이랑 사람들이 다 올 테고. 그 소리가 다 들릴 거예요, 어머니. 그 사람들은 우리 이웃이나 다름없잖아요!"

어머니의 반응이 조시와 거의 똑같아서 로라는 깜짝 놀랐다. 더군다나 어머니가 기분이 좋아 보여서 로라는 더 참기가 힘들었다. 어머니는 로라의 말을 심각하게 여기지 않았다.

"그렇지만 상식적으로 생각해봐. 우리는 그 소식을 아주 우연히 듣게 된 것뿐이잖아. 누군가가 거기서 정상적으로 죽었다면, 그런데 그 좁고 작은 구멍에서 어떻게 계속 사는지 이해를 못 하겠어, 여하튼 파티를 그냥 하지 않겠니?"

로라는 "그렇다"고 대답해야 했지만 그렇게 말하는 것이 아주 잘못이라고 생각했다. 로라는 소파에 앉아서 쿠션의 프릴을 쥐어뜯었다.

"어머니, 그러면 우리가 너무 매정한 거 아니에요?" 로라가 물었다.

"로라!" 셰리든 부인이 일어서더니 모자를 들고 다가왔다. 로라가 채 어쩌기 전에 어머니가 모자를 로라에게 씌웠다. "우리 딸!" 어머니가 말했다. "그 모자 너 줄게. 딱 네 모자구나. 젊은 사람한테 어울리는 모자야. 이렇게 예뻐 보인 건 처음인걸. 어떤지 보렴!" 그런 뒤 손거울을 로라 앞에 들이댔다.

"하지만 어머니." 로라가 다시 말을 꺼냈다. 차마 거울을 못 보고 고개를 돌렸다.

이제 셰리든 부인도 조시처럼 짜증을 부렸다.

"넌 말도 안 되는 생각을 하는 거야, 로라." 부인이 냉정하게 말했다. "그런 사람들은 우리가 희생하길 바라지 않아. 네 말대로 해서 다른 사람들의 즐거움을 다 망쳐버리는 건 다른 사람 생각을 전혀 안 해주는 거잖아."

"전 이해가 안 돼요." 로라는 이렇게 말하고 바로 자기 방으로 갔다. 방에서 어쩌다 처음 본 것이 바로 거울 속 아름다운 아가씨의 모습, 금빛 데이지와 긴 검정색 벨벳 리본으로 가장자리를 두른 검정색 모자를 쓴 자신의 모습이었다. 그렇게 예뻐 보일 줄은 상상도 못 했다. 어머니 말이 맞는 걸까, 하고 생각했다. 어느새 자기도 모르게 어머니 말이 맞기를 바라고 있었다. 내가 과장하고 있는 걸까? 어쩌면 과장일지도 몰랐다. 아주 잠깐 동안 그 가난한 여자와 어린아이들과, 집으로 옮겨지는 시신을 떠올려보았다. 하지만 그 모습은 모두 신문에 실린 사진처럼 흐릿하고 현실감이 없어 보였다. 파티가 끝나고 꼭 다시 생각해볼 거야, 하고 결심했다. 왠지 그것이 최선인 것 같았다.

점심 식사는 1시 반에 끝났다. 2시 반이 되자 결전의 준비가 다 되었다. 초록색 재킷을 입은 악단이 도착해서 테니스 코트 한구석에 자리를 잡았다.

"야아!" 키티 메이틀랜드가 호들갑을 떨었다. "저 사람들 진짜 개구리 같지 않아? 연못 가장자리에 앉히고 이파리 가운데에 단장을 세우지 그랬어."

로리가 도착해서 옷을 갈아입으러 가며 인사를 했다. 로리를 보자 로라는 그 사고 생각이 났다. 말해주고 싶었다. 로리도 어머니와 조시처럼 생각한다면 마음이 놓일 것 같았다. 그래서 혼자 로리를 쫓아갔다.

"오빠!"

"이야!" 로리가 계단을 올라가다가 돌아서서 로라를 보더니 갑자기 뺨을 부풀리고 눈을 휘둥그렇게 떴다. "세상에, 로라! 너 너무 예쁘다!" 로리가 말했다. "모자가 완벽해!"

로라가 기어들어가는 목소리로 말했다. "그래?" 그런 뒤 로리를 향해 웃어 보이고 아무 이야기도 하지 않았다.

이내 사람들이 밀려오기 시작했다. 악단이 연주를 시작했다. 출장 웨이터들이 집과 천막 사이를 바삐 오갔다. 보는 곳마다 커플들이 거닐고 몸을 숙여 꽃향기를 맡고 인사를 나누고 잔디밭을 줄곧 돌아다녔다. 오늘 오후에 어딘가로 날아가다가 일부러 셰리든네 정원에 내려앉은 화려한 새들 같았다. 그런데 어디로 가던 길일까? 아, 행복한 사람들과 함께, 손을 잡고, 뺨을 부비고, 눈을 마주치며 웃음 짓자니 너무도 행복했다.

"로라, 너 너무 좋아 보인다!"

"모자가 아주 잘 어울리는구나!"

"로라, 스페인 사람 같아. 이렇게 예쁜 모습은 처음 봐."

그러자 로라는 얼굴이 빨개져서 조심스럽게 대답했다. "차 마셨어? 아이스크림 먹을래? 패션푸르트 아이스크림이 정말 독특해." 로라가 아버지에게 달려가서 부탁했다. "아버지, 악단도 뭔가 좀 마시라고 하면 안 돼요?"

그렇게 완벽한 오후가 서서히 무르익었고, 서서히 시들더니, 서서히 꽃잎을 오므렸다.

"이렇게 즐거운 가든 파티는 처음이에요…" "대성공이었어요…" "최고의…"

로라가 어머니를 도와 손님들을 배웅했다. 그들은 배웅이 다 끝날 때까지 집 앞에 나란히 서 있었다.

"됐다! 이제 끝이구나. 끝이야." 셰리든 부인이 말했다. "식구들 다 오라고 해라, 로라. 가서 새로 커피 만들어 마시자꾸나. 피곤하구나. 물론

94

아주 잘 끝나긴 했어. 그렇지만, 아유, 이 파티란 게, 파티란 게! 그래도 너희들은 파티를 또 하자고 우길 거지!" 그리고 모두가 텅 빈 천막 아래 앉았다.

"샌드위치 드세요, 아버지. 깃발에 그 이름 제가 쓴 거예요."

"고맙구나." 셰리든 씨가 한입 베어 물더니 금세 다 먹어치웠다. 그리고 하나를 더 집어 들었다. "너희들은 오늘 일어난 끔찍한 사고 소식을 못 들은 것 같구나." 셰리든 씨가 말했다.

"여보," 셰리든 부인이 손을 들며 말했다. "들었어요. 그 소식 때문에 파티를 망칠 뻔했다니까요. 로라가 파티를 취소해야 된다고 했거든요."

"아이, 엄마!" 로라는 그 일로 놀림 받고 싶지 않았다.

"어쨌든 너무 끔찍한 일이잖아." 셰리든 씨가 말했다. "그 사람이 결혼도 했더라고. 바로 아랫길에 살았는데 아내랑 다섯 아이가 남았다던데."

잠시 어색한 침묵이 덮쳤다. 셰리든 부인이 컵을 만지작거렸다. 아버지가 정말 눈치 없게…

갑자기 부인이 고개를 들었다. 테이블 위에 샌드위치, 케이크, 크림퍼프, 남긴 것들이 죄다 그대로 있었다. 다 버려질 것이지. 부인에게 좋은 생각이 떠올랐다.

"자," 부인이 말했다. "바구니를 꾸리자꾸나. 불쌍한 것들에게 이 완벽하게 맛있는 음식을 좀 보내주자. 아무튼 아이들에게는 큰 횡재 아니겠니, 그렇지? 그리고 그 집에 이웃들도 찾아올 게 분명하고. 이렇게 다 준비가 돼 있는 걸 보내면 얼마나 쓸모가 많겠어. 로라!" 부인이 벌떡 일어났다. "계단벽장에서 큰 바구니 갖고 오렴."

"그런데 어머니, 그게 정말 잘하는 일일까요?" 로라가 말했다.

이번에도 이상하게 로라만 다른 식구들과 달라 보였다. 파티에서 남은 음식을 갖다주면 그 딱한 여자가 정말 반가워할까?

"당연히 잘하는 거지! 넌 오늘 왜 그러는 거니? 좀 전만 해도 인정을 베풀어야 한다더니."

그래! 로라가 바구니를 가지러 달려갔다. 어머니가 바구니를 가득 채웠고 그것도 모자라 위에 잔뜩 쌓아 올렸다.

"네가 가져가렴, 로라." 부인이 말했다. "평소처럼 달려서 가. 아, 잠깐만, 칼라 꽃도 줄게. 그런 부류는 칼라 꽃을 보면 아주 감격할 거야."

"꽃줄기가 레이스 드레스에 걸릴 텐데요." 실용적인 조시가 말했다.

그럴 것 같았다. 딱 알맞은 때에 말해주었다. "그럼 바구니만 가져가. 그리고 로라!" 어머니가 천막 밖으로 그녀를 따라 나왔다. "절대…"

"뭐요, 어머니?"

아니다, 아이의 머릿속에 그런 생각을 주입하지 않는 편이 더 낫다! "아니야, 얼른 가렴."

로라가 정원 문을 닫을 때 황혼이 막 퍼지고 있었다. 커다란 개 한 마리가 그림자처럼 옆에서 달렸다. 길은 하얗게 반짝였고 아래쪽 푹 꺼진 골목, 작은 오두막집들은 깊은 그늘에 잠겨 있었다. 해가 지자 너무 적막해 보였다. 이제 로라는 언덕을 내려가서 그 어딘가, 한 남자가 죽어 누워 있는 곳으로 가려 하는데 실감이 나지 않았다. 왜 그랬을까? 잠시 가만히 서 있었다. 하지만 어쩐지 로라 안에는 키스, 목소리, 숟가락 부딪히는 소리, 웃음소리, 으깨진 풀 냄새가 꽉 들어차 있는 것 같았다. 다른 것이 있을 자리가 없었다. 너무 이상해! 희끄무레한 하늘을 올려다보는데 이런 생각만 났다. "그래, 제일 성공한 파티였어."

이제 큰길을 건넜다. 뿌옇고 컴컴하고 좁은 길이 나왔다. 숄을 두른 여자들과 트위드 모자를 쓴 남자들이 바삐 지나갔다. 말뚝에 기댄 남자들도 있었다. 아이들은 문 앞에서 놀고 있었다. 작고 초라한 오두막들에서 낮게 흥얼거리는 소리가 흘러나왔다. 어떤 집에서는 불이 깜박였고, 게 모양의 그림자가 창을 지나갔다. 로라는 고개를 숙이고 걸음을 재촉했다. 코트를 입고 왔으면 좋았을걸 하고 생각했다. 드레스가 너무 반짝거리잖아! 게다가 벨벳 리본을 두른 커다란 모자라니. 다른 모자였다면 좋았을 텐데! 사람들이 보고 있을까? 그럴 거야. 온 것 자체가 잘못이야. 내내 잘못 왔다고 생각했다. 이제라도 돌아가야 할까?

아니야, 너무 늦어버렸어! 그 집 앞에 다 온 것 같았다. 틀림없었다. 어두침침한 사람들 무리가 바깥에 서 있었다. 문 옆에 목발을 든 어떤 늙은, 아주 늙은 여자가 의자에 앉은 채 바라보고 있었다. 신문지에 발을 올린 채였다. 로라가 다가가자 웅성거리는 소리가 뚝 그쳤다. 무리가 길을 내주었다. 로라가 올 것을 미리 알고 있었다는 듯.

로라는 끔찍하게 긴장했다. 벨벳 리본을 어깨 너머로 넘기고 옆에 선 여자에게 말했다. "여기가 스콧 씨 댁인가요?" 그러자 여자가 묘하게 웃으면서 대답했다. "그래요, 아가씨."

아, 이곳에서 벗어날 수 있기를! 좁다란 통로로 들어가 문을 두드릴 때 소리 내어 이렇게 말하기까지 했다. "하느님, 도와주세요." 빤히 보고 있는 저 눈들로부터 벗어날 수 있다면, 무언가로 몸을 덮을 수 있으면 좋겠어, 저 여자들의 숄이라도 가져와 덮을 수 있다면. 바구니만 놓고 바로 나갈 거야, 하고 결심했다. 바구니를 비워줄 때까지 기다리지 않겠어.

그때 문이 열렸다. 검은 옷을 입은 자그마한 여자가 어둠 속에서 나타났다.

로라가 말했다. "스콧 부인이신가요?" 하지만 여자의 대답에 로라는 겁에 질려버렸다. "들어오세요, 아가씨." 여자는 밖으로 나오려 하지 않았다.

"아니에요." 로라가 말했다. "들어가지 않을래요. 이 바구니만 드리려고요. 어머니가 보내셨…"

어둑한 복도에 있는 자그마한 여자는 그 말을 듣지 못한 것 같았다. "이쪽으로 오세요, 아가씨"라며 대접하는 듯 말했고 로라는 그녀를 따라갔다.

어둑한 등불이 켜진 낡고 작고 낮은 부엌이었다. 난로 앞에 어떤 여자가 앉아 있었다.

"엠," 로라를 들어오게 한 자그마한 여자가 말했다. "엠! 젊은 아가씨가 왔어." 여자가 로라 쪽을 돌아보고 중요하다는 듯 이렇게 말했다. "저는 쟤 언니랍니다, 아가씨. 쟤가 저러고 있어도 이해해주세요."

"어머, 괜찮아요!" 로라가 말했다. "그냥 두세요. 저는, 저는 이것만 두고…"

그런데 그 순간 난롯가의 여자가 몸을 돌렸다. 부어오른 뻘건 얼굴에 눈도 입술도 잔뜩 부어 끔찍해 보였다. 여자는 로라가 왜 거기 있는지 모르는 것 같았다. 어떻게 된 일일까? 낯선 사람이 왜 바구니를 들고 부엌에 서 있는 거지? 도대체 어떻게 된 일이야? 그러더니 그 불쌍한 얼굴이 다시 일그러졌다.

"괜찮아, 엠." 다른 여자가 말했다. "내가 아가씨께 감사 인사를 드릴게."

그리고 또 한 번 이렇게 말했다. "아가씨께서 이해해주세요." 그러면서 역시 부어 있는 얼굴로 미소를 지으려고 했다.

로라는 얼른 밖으로 나가서 집에 돌아가고 싶은 생각밖에 없었다. 복도로 다시 나갔다. 문이 열렸다. 로라는 죽은 남자가 누워 있는 방 앞에서 있게 되었다.

"제부를 보고 가실 거죠?" 엠의 언니가 이렇게 말하고는 로라를 스치고 침대 쪽으로 갔다. "무서워하지 마세요, 아가씨." 다정하고 음흉하게 말하면서 그녀는 천을 끌어내렸다. "그냥 그림 같아요. 유별난 것도 없어요. 이쪽으로 오세요."

로라가 다가갔다.

젊은 남자가 누워 있었다. 그는 깊이 잠들어서, 너무도 깊고 깊게 잠들어 버려서 그들로부터 아주 머나먼 곳에 가 있었다. 아, 너무 먼 곳에 아주 평화롭게 있었다. 남자는 꿈을 꾸고 있었다. 아무도 깨울 수 없으리. 머리는 베개에 푹 파묻혀 있었고 눈은 감은 채였다. 닫힌 눈꺼풀 아래 있는 눈은 아무것도 보지 못했다. 자신의 꿈속에 송두리째 빠져 있었다. 남자에게 가든 파티와 바구니, 레이스 드레스는 전혀 중요하지 않았다. 남자는 그 모든 것에서부터 멀리 떨어진 곳에 있었다. 남자는 아주 멋지고 아름다웠다. 그들이 웃고 있는 동안, 악단이 연주하고 있는 동안 이 골목에 이런 경이로운 일이 일어났던 거야. 행복해… 행복해… 모든 게 다 잘됐어, 잠든 얼굴이 말했다. 순리대로 된 거야. 만족스러워.

그래도 울지 않을 수 없었고, 로라는 남자에게 무슨 말이든 해야 방을 나설 수 있을 것 같았다. 로라가 아이처럼 큰 소리로 흐느끼며 말했다.

"제 모자 죄송해요." 로라가 말했다.

이번에는 엠의 언니에게 말을 붙일 틈을 주지 않았다. 로라는 문밖으로 나가는 길을 찾아 그 어두컴컴한 사람들을 다 지나쳐 길을 걸었다. 골목 어귀에서 로리를 만났다.

로리가 어둠에서 나왔다. "로라니?"

"응."

"엄마가 걱정하고 계셔. 잘 갔다 왔어?"

"그래, 잘, 아, 오빠!" 로라가 로리의 팔을 잡더니 몸을 기댔다.

"로라, 우는 거 아니지?" 로리가 물었다.

로라가 고개를 저었다. 하지만 울고 있었다.

로리가 로라의 어깨를 팔로 감쌌다. "울지 마." 로리가 따뜻하고 다정한 목소리로 말했다. "끔찍했어?"

"아니," 로라가 흐느끼며 말했다. "아주 경이로웠어. 그런데 오빠…"
로라는 말을 멈추고 오빠를 바라보았다. 그녀는 "인생이"라고 하고 머
뭇거렸다. "인생이…" 하지만 인생이 어떻다는 것인지 말로 표현할 수
없었다. 괜찮아. 로리는 그녀의 말을 잘 알아들었다.

"그렇지, 인생이." 로리가 말했다.

# 항해

.

픽턴 호는 11시 반에 떠나기로 되어 있었다. 아름다운 밤, 포근하고 별이 총총한 밤이었다. 그들이 택시에서 내려 항구 쪽으로 튀어나와 있는 옛 부두 쪽으로 걷기 시작하자 바다 쪽에서 바람 한 줄기가 은은하게 불어와 모자를 달싹거리는 바람에 페넬라가 모자를 손으로 눌러 잡았다. 부두는 어두웠다. 아주 컴컴했다. 양털 깎는 헛간, 가축 트럭, 높다랗게 솟은 크레인, 작고 땅딸막한 기관차, 이 모든 것이 단단한 어둠을 깎아서 만들어낸 것 같았다. 여기저기 둥그런 장작더미 위에, 그러니까 거대한 목이버섯 줄기처럼 생긴 것들 위에 등이 하나씩 매달려 있었지만 온통 어둠인 이곳에 차마 소심하게 떨리는 그 빛을 펼쳐놓기가 두려운 것처럼 보였다. 그저 스스로를 위해서라는 듯 등은 가만히 타올랐다.

페넬라의 아버지가 빠르고 신경질적으로 걸어갔다. 옆에서 페넬라의 할머니가 바스락거리는 검정색 얼스터*를 입고 바삐 따라 걷고 있었다. 두 사람이 너무 빨리 걸어서 페넬라는 방정맞게 종종거리며 한 번씩 뛰어야 따라잡을 수 있었다. 페넬라는 소시지 모양으로 단정하게 묶인 자신의 짐뿐만 아니라 할머니의 우산도 지고 날랐는데, 백조 머리 모양의 우산 손잡이가 재촉하는 듯 어깨를 살짝살짝 쪼았다… 남자들이 모자를 눌러쓰고 옷깃을 올린 채 힘차게 걸어서 지나갔다. 몇몇 여자들은 모두 소리를 죽이고 서둘러 지나갔다. 그리고 어떤 부모가 작고 검은 팔다리만 하얀색 모직 숄 아래로 내놓은 자그마한 소년을 화난 듯 획획 당기며 데려갔다. 아이는 크림에 빠진 새끼 파리 같았다.

그때 갑자기, 페넬라와 할머니가 펄쩍 뛸 정도로 너무도 갑자기, 양털 깎는 가장 큰 헛간 뒤에서 소리가 나더니 그 위로 한 줄기 연기가 흩어졌다. 미아-우우-우우-우-우!

"첫 기적이다." 아버지가 짧게 말하는 순간 픽턴 호가 보였다. 픽턴 호는 어두운 부두 옆에 정박했는데 둥근 금색 전구를 구슬처럼 친친 감아 걸고 있어서 차가운 바다가 아니라 별들 사이를 항해할 것 같았다. 사람들이 승강사다리로 몰려들었다. 할머니가 앞장서고 그 뒤에 아버지, 그리고 페넬라가 따라갔다. 갑판에 내려서려면 높은 계단을 한 칸 내려가야 했는데 저지 셔츠를 입은 늙은 선원이 옆에 서 있다가 페넬라에게 메마르고 딱딱한 손을 내밀었다. 그들은 배에 다 오른 후 서둘러 움직이는 사람들 틈을 비집고 나와 위 갑판으로 이어지는 작은 철제 계단 아래 서서 작별 인사를 나누기 시작했다.

---

\* 아일랜드 얼스터 지방에서 유래된 두껍고 거친 털외투.

"저, 어머니, 어머니 짐이에요." 페넬라의 아버지가 꽁꽁 묶인 소시지 모양 꾸러미를 건네며 말했다.

"그래, 프랭크."

"그리고 선실 표 잘 가지고 계시죠?"

"그럼, 얘야."

"다른 표들도요?"

할머니가 장갑 안쪽을 뒤지더니 표 끄트머리를 보여주었다.

"됐네."

아버지가 무뚝뚝하게 말했지만 아버지를 뚫어지게 보고 있자니 페넬라 눈에는 그가 지치고 서글퍼 보였다. 미아우우우우! 두 번째 기적이 머리 바로 위에서 요란하게 울리더니 울부짖는 듯한 목소리가 이렇게 소리쳤다. "아직 안 내린 분 있나요?"

"아버지에게 사랑한다고 전해주세요." 페넬라가 아버지의 입술을 읽었다. 할머니는 허둥대며 대답했다. "꼭 전해주마. 이제 가. 출발해야 해. 바로 가, 프랭크. 얼른 가."

"괜찮아요, 어머니. 3분 남았어요." 페넬라는 아버지가 모자를 벗는 것을 보고 깜짝 놀랐다. 아버지가 할머니를 끌어안았다. "몸조심하세요, 어머니!" 아버지의 목소리가 들렸다.

할머니가 네 번째 손가락에 구멍이 뚫린 검정색 뜨개장갑 낀 손을 내밀어 아버지의 뺨에 대더니 흐느껴 울었다. "몸조심하렴, 씩씩한 아들아!"

페넬라는 이 광경이 너무 못마땅해서 재빨리 등을 돌린 후 마른침을 한 번 삼키고 또 한 번 삼킨 다음 돛대 꼭대기 위에 뜬 작은 녹색 별을 올려다보며 인상을 찌푸렸다. 하지만 아버지가 간다고 해서 다시 몸을 돌려야 했다.

"잘 가렴, 페넬라. 착하게 지내야 돼." 아버지의 차갑고 축축한 콧수염이 페넬라의 뺨에 닿았다. 하지만 페넬라는 아버지 코트의 깃을 붙들었다.

"나 얼마나 오래 있어야 해?" 페넬라가 불안하게 속삭였다. 아버지는 페넬라와 눈을 맞추려 하지 않았다. 페넬라를 슬쩍 떼어놓고는 부드럽게 말했다. "두고 봐야 돼. 자! 손 내밀어봐." 손에 무언가를 쥐어주었다. "필요할지 모르니 1실링 가지고 있어."

1실링이라니! 영원히 떨어져 있어야 한다는 말이잖아! "아빠!" 페넬라가 소리쳐 불렀다. 하지만 아버지는 가버렸다. 그가 마지막으로 배에서 내렸다. 선원들이 승강사다리를 힘껏 걷어올렸다. 시커먼 밧줄의 거대한 똬리가 공중에 던져져 부두 위에 '쿵' 떨어졌다. 벨이 울렸다. 기적이 날카롭게 울렸다. 어두운 부두가 조용히 미끄러지듯 움직여 서서히 멀어지기 시작했다. 배와 부두 사이로 이제 물이 밀려들었다. 페넬라는 부두를 보기 위해 안간힘을 썼다. '아빠가 돌아서고 있나?' 아니면 손을 흔드나? 아니면 그냥 서 있나? 아니면 혼자 걸어서 가고 있나? 물의 띠가 점점 더 넓고 더 시커메졌다. 이제 픽턴 호가 서서히 돌아서 바다를 향하기 시작했다. 이제 아무리 보아도 소용이 없었다. 보이는 것은 불빛 몇 개, 공중에 떠 있는 듯한 마을 시계탑 앞면, 컴컴한 언덕 위의 또 다른 불빛 몇 개, 그것들이 비추는 좁은 땅바닥이 전부였다.

세진 바람이 페넬라의 치맛자락을 잡아당겼다. 할머니에게 돌아갔다. 이제 할머니가 슬픈 것 같지 않아서 마음이 놓였다. 할머니는 소시지 모양 짐 두 개를 들어 올려 포개어놓더니 그 위에 손을 마주 잡고 머리를 한쪽으로 약간 기울인 채 앉아 있었다. 무언가에 열중한 밝은 표정이었다. 그래서 페넬라는 입술이 움직이는 것을 보고 기도하는구나 생각했다. 그 나이 든 여자는 기도가 거의 끝났다는 듯 페넬라를 보고 쾌활하게 고개를 끄덕였다. 맞잡았던 손을 놓고 한숨을 쉬더니 다시 손을 잡고 앞으로 몸을 구부렸고 마지막에 몸을 살짝 떨었다.

"자, 이제, 애야." 할머니가 리본으로 묶인 보닛 끈을 만지작거리며 말했다. "우리 선실 주변을 둘러보아야 할 것 같아. 나한테 딱 붙어서, 미끄러지지 않게 조심해."

"예, 할머니!"

"그리고 우산이 계단 난간에 걸리지 않게 조심해. 오는 길에 예쁜 우산이 그렇게 걸려서 반으로 동강 난 걸 봤단다."

"예, 할머니."

남자들의 어두운 형체가 난간에 어슬렁거렸다. 파이프 불빛 속에 코하나가, 모자 꼭대기가, 놀란 듯한 눈썹 한 쌍이 보였다. 페넬라가 흘긋 위를 보았다. 높은 곳에 어떤 작은 사람이 짤막한 재킷 주머니에 양손을 넣고 바다를 바라보며 서 있었다. 배가 아주 약간 흔들렸는데 페넬라는 별들도 흔들렸다고 생각했다. 이때 리넨 코트를 입은 창백한 승무원이 쟁반을 높이 받쳐 들고 불 켜진 출입구에서 걸어 나오더니 그들을 스쳐 지나갔다. 그들이 그 출입구로 들어갔다. 가장자리에 놋쇠를 붙인 높은 단을 조심스럽게 넘어서 고무 매트 위에 선 다음 끔찍하게 가파른 계단을 내려가야 해서 할머니는 한 계단에 두 발을 다 올리며 가야 했고, 페넬라는 차고 끈적거리는 놋쇠 난간을 움켜잡고 내려가는 동안 백조 모양 우산 따위는 까맣게 잊었다.

다 내려가서 할머니가 멈추어 섰다. 페넬라는 할머니가 다시 기도하는 걸까 약간 걱정했다. 하지만 아니었다. 선실 표를 꺼내려고 했다. 그곳은 휴게실이었다. 불빛이 휘황하고 갑갑했다. 공기에서 페인트, 탄 고기 뼈다귀, 천연고무 냄새가 났다. 페넬라는 할머니가 그냥 지나가기를 바랐는데 그 늙은 여인은 바쁠 것이 없었다. 햄 샌드위치가 담긴 커다란 바구니가 눈에 들어왔다. 할머니가 바구니 앞으로 다가가서 제일 위에 있는 샌드위치를 조심스레 가리켰다.

"샌드위치 얼마예요?" 할머니가 물었다.

"2펜스!" 무례한 승무원이 포크와 나이프를 쾅 내려놓으며 고함을 쳤다.

할머니는 말도 안 된다고 생각했다.

"한 개에 2펜스라고요?" 할머니가 물었다.

"그럼요." 승무원이 대답하더니 동료에게 눈을 찡긋했다.

할머니가 놀란 표정을 지었다. 그런 뒤 페넬라에게 작은 목소리로 쌀쌀맞게 투덜거렸다. "사기꾼!" 그들은 반대쪽 문으로 나가서 한쪽에 선실들이 늘어선 복도를 따라 걸었다. 아주 친절한 여자 승무원이 그들을 만나러 왔다. 목 칼라와 소매에 커다란 놋쇠 단추가 달린 파란색 옷을 입고 있었다. 할머니를 잘 아는 것 같았다.

"저, 크레인 부인," 승무원이 세면대를 열쇠로 열어주며 말했다. "다시 오셨군요. 여태 선실은 자주 안 쓰셨잖아요."

"그랬지." 할머니가 말했다. "하지만 이번엔 내 아들이 배려해줘서…"

"삼가…" 승무원이 말을 꺼내다 말고 돌아서서 할머니의 검은 옷과 페넬라의 검은 코트와 치마, 검정 블라우스와 상장(喪章) 장미가 달린 모자를 애처로운 눈길로 오래 바라보았다.

할머니가 고개를 끄덕였다. 그러고는 말했다. "신의 뜻이었죠."

승무원은 입을 다물더니 말을 이을 것처럼 숨을 한 번 깊이 들이마셨다.

"저는 늘 이런 얘길 하곤 하는데요." 승무원이 자기가 발견한 사실이라는 듯이 말했다. "언젠간 우리 모두가 가야 한다고요. 그리고 그게 틀림없는 사실이라는 거예요." 그녀는 잠시 뜸을 들였다. "자, 그럼, 뭐 필요한 거 없으세요, 크레인 부인? 차 한 잔 드릴까? 뭘 드려도 추위를 막는 데는 도움이 안 되겠지만요."

할머니가 고개를 가로저었다. "고맙지만 아무것도 필요 없어요. 와인 비스킷 몇 개가 있고 페넬라가 아주 맛난 바나나를 가지고 있거든."

"그러면 나중에 또 뵈러 올게요." 승무원이 말하고 나가며 문을 닫았다.

선실이 너무 좁아! 할머니와 함께 상자 속에 갇힌 것 같았다. 세면대 위의 어둡고 둥그런 창이 무심하게 흐린 빛을 비추었다. 페넬라가 쭈뼛거렸다. 짐과 우산을 움켜쥔 채 문을 등지고 서 있었다. 여기서 옷을 벗어야 하는 건가? 할머니는 벌써 보닛을 벗고 끈을 하나씩 돌돌 말아서 안감에 핀으로 꽂은 뒤 걸었다. 하얀 머리카락이 실크처럼 반짝였다. 작게 쪽진 뒷머리는 검정색 망으로 감싸고 있었다. 페넬라는 할머니가 모자를 쓰고 있지 않은 모습을 거의 본 적이 없었다. 이상해 보였다.

"네 착한 엄마가 나한테 코바늘로 떠준 레이스 두건을 둘러야겠다." 할머니가 이렇게 말하더니, 소시지 모양 꾸러미를 풀어서 두건을 꺼내 머리에 둘렀다. 할머니가 온화하게 미소 지으며 쓰라린 듯 페넬라를 바라보자 작은 회색 방울이 달린 레이스 장식이 할머니의 눈썹 위에서 춤을 추는 깃 같았다. 그런 다음 자신의 보디스*를 벗었고 그 아래 입은 무언가, 그리고 또 그 아래의 무언가를 벗었다. 잠시 버둥거리며 누군가와 드잡이라도 하는 것 같더니 할머니의 얼굴은 살짝 붉어져 있었다. 딸까닥! 싹! 할머니가 코르셋을 벗었다. 그러더니 다 잘 됐다는 듯 한숨을 쉬고는 플러시** 침상에 앉아서 옆면이 늘어나는 부츠를 조심스레 벗어 나란히 세워두었다.

페넬라가 코트와 스커트를 벗고 플란넬 실내복을 입고 나서 보니 할머니는 이미 준비가 다 끝나 있었다.

"부츠도 벗어야 돼요, 할머니? 이거 끈이 있는데."

---

\*   코르셋 위에 입는 여성 옷의 하나. 가슴과 허리 둘레가 꼭 맞게 되어 있다.
\*\*   벨벳과 비슷하나 길고 보드라운 보풀이 있는 비단 또는 무명 옷감.

할머니가 잠깐 고민했다. "벗으면 훨씬 더 편할 거야." 할머니가 페넬라에게 뽀뽀를 해주었다. "기도하는 거 잊지 마라. 우리 주님은 우리가 육지에 있을 때뿐만 아니라 바다에 있을 때도 함께 계신단다. 그리고 내가 여행을 많이 다녔으니까 위쪽 침상을 쓸게"라고 할머니는 자신 있게 말했다.

"그렇지만 할머니, 거기 어떻게 올라가요?"

페넬라에게 보이는 것은 거미 같은 사다리 발판 세 칸이 전부였다. 그 나이 든 여자가 소리 없이 살짝 웃고는 발판을 민첩하게 올라가더니 어느새 높은 침상에서, 깜짝 놀라고 있는 페넬라를 내려다보았다.

"할머니가 이렇게 할 수 있을지 몰랐지?" 할머니가 말하고 나서 뒤로 누울 때 페넬라는 또다시 할머니의 작게 웃는 소리를 들었다.

단단한 갈색 사각형 비누는 거품이 잘 나지 않았고 병의 물은 파란색 젤리 같았다. 그 뻣뻣한 이불은 젖히기가 얼마나 힘들던지. 아예 찢고 들어가고 싶었다. 전혀 다른 상황이었다면 재미있어서 킬킬거렸을 텐데… 마침내 이불 속에 들어가서 씩씩거리고 누워 있는데 위쪽에서 오랫동안 부드럽게 속삭이는 소리가 들려왔다. 무언가를 찾으려고 얇은 종이 사이를 살살, 아주 살살 부스럭거리며 헤집는 소리 같았다. 할머니가 기도를 하는 소리였다…

한참이 지났다. 그런 뒤 여자 승무원이 왔다. 조심스럽게 걸어오더니 할머니의 침상에 손을 올렸다.

"이제 막 해협에 들어섰어요." 승무원이 말했다.

"아!"

"날씨는 좋지만 화물이 별로 없어서 배가 조금 흔들릴 거예요."

그리고 그 순간 정말 픽턴 호가 흔들리며 점점 뜨더니 공중으로 떠올랐다가 내려앉았다. 배가 떠 있는 동안 잠깐 몸이 떨릴 정도였다. 그런 다음 배 측면에 물이 부딪히는 소리가 크게 들렸다. 페넬라는 백조 우산을 작은 소파 위에 세워놓은 것이 기억났다. 그게 쓰러졌다면 부러지지 않았을까? 그런데 할머니도 동시에 우산을 기억해냈다.

"괜찮다면 내 우산을 좀 뉘어봐주겠어요?" 할머니가 속삭였다.

"그럼요, 크레인 부인." 그런 뒤 할머니에게 다시 와서 속삭였다. "손녀분이 니무 에쁘게 잠들었어요."

"신께 감사할 일이죠!" 할머니가 말했다.

"어린 것이 엄마 없이 참 딱해요!" 승무원이 말했다. 할머니가 승무원에게 그동안의 일을 이야기하는 동안 페넬라는 잠이 들었다.

하지만 꿈도 꾸기 전에 금세 잠에서 깼는데 머리 위에서 무언가가 공중을 휘휘 젓고 있는 것이 보였다. 저게 뭐지? 저게 무엇일까? 한쪽 발이었다. 작은 회색 발. 곧이어 다른 쪽 발도 보였다. 발은 무언가를 찾아 헤매고 있는 것 같았다. 그때 한숨 소리가 들렸다.

"나 깨어 있어요, 할머니." 페넬라가 말했다.

"그래, 내가 사다리 가까이 있냐?" 할머니가 물었다. "사다리가 이쪽 끝에 있었던 것 같은데 말이다."

"아니요, 할머니. 저쪽이에요. 내가 할머니 발을 사다리에 올려놔줄게요. 우리 거기 도착한 거예요?" 페넬라가 물었다.

"그래, 항구야." 할머니가 말했다. "일어나야 한단다, 페넬라. 일어나기 전에 정신 들도록 비스킷 하나 먹으렴."

하지만 페넬라는 침상에서 튀어 나갔다. 등불이 여전히 타고 있었지만 밤은 지났고 날이 추웠다. 둥근 구멍을 통해 내다보니 멀리 바위들이 보였다. 이제 바위가 거품으로 뒤덮였다. 그리고 갈매기 한 마리가 옆에서 퍼덕거렸다. 그러더니 기다란 진짜 땅덩어리가 다가오고 있었다.

"땅이에요, 할머니." 페넬라가 너무 놀랍다는 듯 말했다. 마치 바다 위에 몇 주는 있었던 것처럼 말이다. 페넬라는 자기 몸을 껴안았다. 한 발로 서서 한쪽 발끝을 다른 다리에 비볐다. 떨고 있었다. 아, 요즘 너무 슬펐는데. 이제 달라질까? 하지만 할머니는 이렇게 말할 뿐이었다. "서둘러라, 페넬라. 맛있는 바나나, 네가 안 먹으니 승무원한테 줘야겠구나." 페넬라가 다시 검정색 옷을 입었는데 장갑에서 단추 하나가 떨어져 손이 닿지 않는 곳으로 굴러갔다. 그들은 갑판으로 올라갔다.

선실이 그냥 추웠다면 갑판은 얼음장 같았다. 해는 아직 뜨지 않았지만 별은 이미 희미해져 있었고, 춥고 시퍼런 하늘은 춥고 시퍼런 바다와 같은 빛깔이었다. 육지에서 하얀 안개가 오르더니 이내 내렸다. 이제 짙은 들판이 아주 선명하게 보였다. 우산 모양 고사리의 형체까지 다 보였고 해골처럼 기이하게 은빛으로 시든 나무들도… 이제 부잔교(浮棧橋)*와 흐릿하기는 하지만 상자 뚜껑 위의 조개껍질처럼 한데 모여 있는 작은 집 몇 채도 보였다. 다른 승객들이 이리저리 저벅거리고 다녔지만 지난밤보다 더 느렸고 우울해 보였다.

그들을 맞이하러 부잔교가 다가왔다. 천천히 픽턴 호를 향해 미끄러져 왔고 말린 밧줄을 든 남자, 힘없어 보이는 작은 말 한 마리와 마차, 계단에 앉아 있는 또 다른 남자도 다가왔다.

"페네디 씨가 우리를 마중하러 나오신단다, 페넬라." 할머니가 말했다. 기분이 좋아 보였다. 할머니의 하얗고 반들거리는 뺨이 추워서 시퍼레졌고 턱은 떨렸으며 눈과 작은 분홍색 코는 계속 닦아야 했다.

"내 우산 챙겨서…"

"예, 할머니." 페넬라가 할머니에게 우산을 들어 보였다.

밧줄이 공중을 날아와서 갑판 위에 '턱' 떨어졌다. 승강사다리가 내려졌다. 이번에도 페넬라가 할머니를 따라 선착장으로, 그다음에 작은 마차로 갔고 잠시 뒤 그들은 마차를 타고 멀어져갔다. 작은 말발굽이 나무판 위를 구른 다음 모래투성이 길에 살짝살짝 빠졌다. 사람이라곤 보이지 않았다. 연기도 한 줄기 없었다. 안개가 피어올랐다 내려앉았고 해변으로 천천히 밀려 온 바다는 아직 잠들어 있는 듯한 소리를 냈다.

"어제 크레인 씨를 봤어요." 페네디 씨가 말했다. "어젠 괜찮아 보였어요. 아내가 지난주에 스콘 한 접시 들고 가서 문을 두드려 깨웠고요."

이때 작은 말이 조개 같은 여러 가옥 가운데 한 집 앞에 멈춰 섰다. 그

---

* 부두에 배를 연결하여 띄워서 수면의 높이에 따라 위아래로 자유롭게 움직이도록 한 잔교. 사람이 타고 내리거나 하역 작업을 하는 데 쓴다.

들은 마차에서 내렸다. 페넬라가 대문에 손을 올리자 흔들리는 커다란 이슬 방울이 장갑에 스며들었다. 하얗고 동글동글한 조약돌이 있는 작은 마당으로 다가갔는데 양쪽에 꽃들이 젖은 채 잠들어 있었다. 할머니의 여린 카네이션이 이슬 때문에 무거워서 고개를 숙이고 있었지만 달콤한 향기가 그 추운 아침을 가득 채우고 있었다. 작은 집에는 블라인드가 쳐져 있었다. 그들은 베란다로 가는 계단을 올랐다. 낡은 구두 한 켤레가 문 한쪽 옆에 놓여 있었고 다른 쪽에는 커다란 빨간색 물뿌리개가 있었다.

"쯧! 쯧! 네 할아버지 좀 봐라." 할머니가 말했다. 문손잡이를 돌렸다. 아무 소리도 나지 않았다. 할머니가 소리쳤다. "월터!" 그러자 곧바로 반쯤 숨이 막힌 듯한 낮은 목소리가 대답했다. "당신이야, 메리?"

"그냥 있어, 여보." 할머니가 말했다. "내가 가니까." 할머니가 페넬라를 작고 어둑한 응접실로 슬쩍 밀어 넣었다.

테이블 위에서 하얀 고양이 한 마리가 낙타처럼 등을 세우더니 일어나서 기지개를 켜고 하품을 하고는 발끝으로 뛰어내렸다. 페넬라가 그 하얗고 따스한 털 속에 차갑고 작은 손을 묻고 옅게 웃었다. 털을 쓰다듬으며 할머니의 부드러운 목소리와 할아버지의 우렁우렁 울리는 목소리에 귀를 기울였다.

문이 삐걱 하고 소리를 냈다. "들어와, 페넬라." 할머니의 손짓에 페넬라가 들어갔다. 커다란 침대 한쪽에 할아버지가 누워 있었다. 이불 위로 백발 머리와 붉은 얼굴, 은색의 긴 수염만 보였다. 할아버지는 잠이 완전히 깬 아주 늙은 새 같았다.

"어이구, 내 새끼!" 할아버지가 말했다. "뽀뽀해주라!" 페넬라가 뽀뽀
했다. "이런!" 할아버지가 말했다. "애 작은 코가 단추처럼 차갑네. 뭘 들
고 있는 거지? 할머니 우산이냐?"

페넬라가 이번에도 미소를 지었고 침대 난간 위쪽으로 그 백조 머리
를 숙여 보였다. 침대 머리맡에 걸린 검정색 액자에 글이 큼지막하게 적
혀 있었다.

> 잃어버렸네! 다이아몬드 육십 분이 박힌
> 황금의 한 시간.
> 아무것도 남은 게 없네
> 영원히 사라졌으니까!

"네 할머니가 쓴 거란다." 할아버지가 말했다. 그런 뒤 하얀 머리카락
을 매만지더니 페넬라를 바라보았다. 너무나 즐거운 표정이어서 페넬
라는 할아버지가 자신에게 윙크를 한 게 아닌가 생각했다.

# 브레헨마허 부인, 결혼식에 가다

준비는 끔찍한 일이었다. 브레헨마허 부인은 저녁을 먹고 나서 다섯 아이 중 네 아이를 침대에 밀어 넣고, 로사에겐 자신을 도와 브레헨마허 씨 제복 단추를 광내도록 했다. 그런 다음 남편의 가장 좋은 셔츠에 다리미를 들고 달려들었고 남편의 부츠를 광내고 남편의 검정 새틴 넥타이를 몇 땀 꿰맸다.

"로사," 부인이 말했다. "내 드레스 가져다가 주름이 펴지도록 스토브 앞에 걸어놔줘. 그리고 내 말 잘 들어, 넌 동생들을 돌봐야 하고 8시 반엔 자야 하고, 등불은 절대 건드리면 안 돼. 건드렸다간 어떻게 되는지 너도 알고 있지?"

"알았어요, 엄마." 로사가 말했다. 아홉 살인 로사는 자신이 등불 천 개라도 너끈히 관리할 만큼 컸다고 생각했다. "하지만 더 깨어 있게 해주세요. '버브'가 자다 깨서 우유 달라고 할 수도 있잖아요."

"8시 반!" 부인이 말했다. "안 그러면 아빠한테 혼내주라고 할 거야."

로사가 입을 삐죽거렸다.

"하지만… 그래도…"

"아빠 오시네. 방에 가서 내 파란 실크 손수건 가지고 와. 엄마가 없는 동안 엄마 검정 숄은 입고 있어도 돼. 얼른!"

로사가 엄마의 어깨에서 숄을 벗겨 자기 어깨에 꼼꼼하게 두르고 등 뒤로 양 끝을 당겨 묶었다. 어차피 8시 반에 자야 한다면 숄을 입은 채 자겠다고 생각했다. 그렇게 생각하니 마음이 푹 놓였다.

"어, 그런데 내 옷은 어디 있는 거야?" 브레헨마허 씨가 이렇게 소리 치며 빈 우편물 가방을 문 뒤에 걸고 발을 굴러 부츠에서 눈을 털어냈 다. "보나마나 준비가 하나도 안 돼 있겠지. 지금쯤 나들 결혼식장에 가 있을 거라니까. 올 때 음악 소리가 나는 걸 들었다고. 당신은 도대체 뭐 하고 있는 거야? 옷도 안 입었잖아. 그렇게 하고 갈 거야?"

"다 됐다구요. 당신 것들은 테이블 위에 다 준비돼 있고 세숫대야에 따뜻한 물도 있어요. 머리 좀 적셔요. 로사, 아빠한테 수건 갖다 드려. 바 지만 빼고 다 됐어요. 바지는 줄일 시간이 없었어요. 그러니까 거기 도 착할 때까지 부츠 안에 바짓단을 밀어 넣고 있으세요."

"이런." 브레헨마허 씨가 말했다. "좁아서 몸을 돌릴 수가 없잖아. 불 좀 켜. 당신은 저 복도에 가서 옷 입어."

어두운 곳에서 옷 입기 정도는 부인에게는 아무것도 아니었다. 셔츠 와 보디스 고리를 채우고 스카프를 목에 둘러 성모 메달 네 개가 달랑거 리는 아름다운 브로치로 고정한 다음 망토를 입고 후드를 썼다.

"이 봐, 와서 이 버클 좀 채워." 브레헨마허 씨가 아내를 불렀다. 그는 부엌에서 한껏 가슴을 내민 채 서 있었고 푸른 제복의 단추는 관복이 아니면 없었을 열정으로 반짝이고 있었다. "나 어때 보여?"

"멋져요." 작은 체구의 부인이 허리 버클을 당겨 채우고 옷 이쪽을 약간 당기고 저쪽을 밀어 넣으면서 대답했다. "로사, 이리 와서 아빠 좀 봐라."

브레헨마허 씨는 부엌을 이리저리 왔다 갔다 하고 시중을 받아가며 코트를 입은 다음 부인이 등불을 켜는 동안 가만히 기다렸다.

"자, 이제야 끝났네! 갑시다."

"등불 잘 봐, 로사." 부인이 주의를 주고 나가며 문을 닫았다.

하루 종일 눈이 전혀 내리지 않아서 땅이 빙판이 되어버린 터라 무척 미끄러웠다. 부인은 몇 주일 만에 집 밖으로 나온 데다 그날 너무 수선을 떨었더니 머리가 멍해져 제정신이 아닌 것 같았다. 로사가 자신을 집 밖으로 밀어낸 것이 좀 전 같았는데 남편은 이미 저쪽으로 멀어져가는 중이었다.

"기다려요! 기다려!" 부인이 외쳤다.

"싫어. 내 발 젖어. 당신이 빨리 오면 되잖아."

마을로 접어들자 걷기가 더 편해졌다. 붙잡을 울타리가 있고 철도역에서 여관까지 이어진 작은 길에는 결혼식 하객들을 위해 재가 뿌려져 있었다.

여관은 아주 흥성거렸다. 창문마다 빛이 뿜어져 나오고 창턱에는 전

나무 가지 리스가 달려 있었다. 열어젖힌 출입문에는 나뭇가지 장식이 달렸고 여관 주인은 현관에서 여자 급사를 윽박지르며 지위를 과시했다. 급사는 맥주와 잔과 접시, 와인을 계속 날라댔다.

"계단으로 올라가세요! 올라가요!" 주인이 굵은 목소리로 외쳤다. "코트는 층계참에 두십시오."

브레헨마허 씨는 이 당당한 태도에 완전히 위압되어 남들보다 먼저 가려고 자기 아내를 난간 쪽으로 거칠게 떠밀고도 사과할 생각도 못 했다.

브레헨마허 씨가 연회장에 들어서자 동료들이 환호하며 맞았고, 부인은 브로치를 바로잡고 손을 모아 깍지를 끼어 우체부 아내이자 다섯 아이의 엄마에게 이울리는 우아한 분위기를 내려고 했다. 연회장은 정말 아름다웠다. 기다란 테이블 세 개를 한쪽으로 밀어놓고 춤출 자리를 만들어놓았다. 천장에 매달린 기름 램프가 종이꽃과 화환으로 장식된 벽 위를 따스하고 환하게 비추었다. 한껏 차려입은 손님들의 붉은 얼굴 또한 더 따스하고 환하게 비추고 있었다.

중앙 테이블 머리맡에 신랑과 신부가 앉아 있었는데, 신부는 하얀 드레스를 입고 띠 장식을 휘감은 채 알록달록한 리본을 달고 있었다. 신부는 금방이라도 예쁘게 잘려서 옆에 있는 신랑에게 바쳐질 달콤한 케이크 같았다. 신랑은 너무 헐렁한 흰 양복을 입고 깃을 반쯤 세워 하얀 실크 타이를 매고 있었다. 주위로 서열과 지위에 맞춰 부모와 친척들이 앉아 있었다. 그리고 신부의 오른쪽 의자에 어린 여자아이가 한쪽 귀 위로 늘어지는 안개꽃 화관을 쓰고 구겨진 모슬린 드레스를 입은 채 걸터앉아 있었다. 모두가 웃고, 이야기하고, 악수를 나누고, 잔을 쨍그랑거리고, 요란하게 걸어다녔다. 맥주 냄새와 땀 냄새가 진동했다.

브레헨마허 부인은 신부 측에 인사하고 남편을 따라와서 이제 재미있게 놀면 된다고 생각했다. 익숙한 축제의 냄새를 맡으니 흥분되고 몸이 붉게 달아오르는 것 같았다. 누군가가 부인의 치마를 잡아당기기에 내려다보니 러프 부인이었다. 정육점 주인 부인인데 빈 의자를 빼더니 자기 옆에 앉으라고 했다.

"프리츠가 맥주 가져다줄 거예요." 러프 부인이 말했다. "자기, 치마 뒤쪽이 벌어져 있었어. 올라갈 때 하얀 페티코트 끈이 보여서 우리가 막 웃었지 뭐야."

"어머, 어째!" 브레헨마허 부인이 이렇게 말하고 의자에 주저앉아 입술을 깨물었다.

"아냐, 이제 괜찮아요." 러프 부인이 이렇게 말하며 퉁퉁한 손을 테이블로 뻗더니 유품 반지 세 개를 몹시 흐뭇하게 바라보았다. "그래도 늘 조심해야 해요, 특히 결혼식에서는."

"그런데 이런 결혼식에," 레더만 부인이 브레헨마허 부인 옆에 앉아 있다가 큰 소리로 말했다. "테레사가 그 애를 데리고 오다니. 테레사 아이 말이에요, 알죠, 부인? 그리고 같이 살 거래요. 혼전에 낳은 애가 제 엄마 결혼식에 참석하는 거야말로 불경스러운 죄악 아닌가요?"

세 여자가 앉아서 신부를 바라보았다. 신부는 입술에 약간 미소를 머금은 채 눈만 불안하게 이리저리 돌리고 있었다.

"애한테 맥주를 먹였대." 러프 부인이 소근거렸다. "화이트 와인하고 얼음까지. 애가 배는 전혀 안 아팠는데, 테레사가 애를 집에 두고 오게 하려고."

브레헨마허 부인이 몸을 돌려서 신부 어머니 쪽을 보았다. 어머니는 딸에게서 눈을 뗄 줄 몰랐는데 늙은 원숭이처럼 갈색 이마에 주름을 잔뜩 잡고 아주 엄숙하게 한 번씩 고개를 끄덕였다. 맥주잔을 들어 올릴 때 손이 떨렸고 다 마시고는 바닥에 침을 뱉고 옷소매로 상스럽게 입을 닦았다. 그런 다음 음악이 연주되기 시작하자 눈길로 테레사를 쫓으면서 함께 춤추는 남자들을 하나하나 뜯어보았다.

"기운 내, 여보." 그녀의 남편이 소리치며 옆구리를 찔렀다. "누가 보면 오늘이 테레사 장례식인 줄 알겠구먼." 그가 손님들에게 윙크를 하자 손님들이 일제히 크게 웃음을 터뜨렸다.

"내가 기운이 없긴 왜 없어." 늙은 여자가 웅얼거리더니 음악에 맞춰서 주먹으로 테이블을 두들기며 자신이 충분히 기분을 내고 있다는 것을 보여주었다.

"테레사가 그 난리를 피웠는데 테레사 어머니는 오죽하겠어요." 레더만 부인이 말했다. "도대체 어떻게 애를 데리고 온다고 할 수 있어요? 지난 일요일 저녁에 테레사가 성깔을 있는 대로 부리면서 이 남자랑 결혼 안 하겠다고 했대요. 그래서 목사님을 모시고 오기까지 했다고요."

"그 전 남자는 어디에 있어요?" 브레헨마허 부인이 물었다. "테레사랑 왜 결혼을 안 한 거예요?"

레더만 부인이 어깨를 으쓱했다.

"가버렸죠, 떠나버린 거지. 유랑자였는데 겨우 이틀 밤을 그 집에서 묵었죠. 셔츠 단추 장수였어요. 내가 그 단추를 샀는데, 아주 예쁘긴 했어요. 어쨌든 나쁜 놈이지 뭐야! 난 그 남자가 저렇게 매력 없는 애한테 왜 반했는지 모르겠어요. 하지만 사람 일은 아무도 모르는 거긴 해요. 테레사 어머니 말로는 테레사가 열여섯 살부터 불같았다고 하니까!"

브레헨마허 부인이 맥주잔을 내려다보고 입김을 불어 거품에 작게 구멍을 뚫었다.

"결혼이 그렇게 되지를 않죠." 그녀가 말했다. "두 남자를 사랑했다는 게 인생에서 그렇게 중요한 것도 아니고."

"이번엔 잘 되겠죠." 러프 부인이 큰 소리로 말했다. "저 신랑이 작년 여름에 우리 집에서 하숙을 했는데 내가 내쫓을 수밖에 없었어요. 옷을 두 달이 가도록 한 번도 안 갈아입어서 내가 방에서 냄새가 난다고 했더니 저 사람이 냄새가 가게에서 올라오는 거라고 펄펄 뛰더라고요. 휴, 아내들은 다 자기 십자가가 있는 거야. 안 그래요, 부인?"

브레헨마허 부인은 옆 테이블에 동료들과 함께 있는 남편을 보았다. 술을 너무 많이 마시고 있었다. 손짓 발짓을 마구 해대고 말할 때마다 입에서 침이 튀는 걸 보면 알 수 있었다.

"맞아요." 그녀가 맞장구를 쳤다. "다들 그래. 아가씨들이 알아둬야 할 게 많죠."

이 두 명의 뚱뚱한 늙은 여인들 사이에 끼어 있는 한, 아무도 같이 춤을 추자고 하지 않을 게 뻔했다. 그녀는 빙글빙글 도는 커플들을 구경했다. 그러자니 다섯 아이와 남편을 잊어버리고 다시 아가씨가 된 것 같은 기분이 들었다. 음악이 슬프고도 매혹적이었다. 치마 주름 속에서 거칠어진 손의 깍지를 끼었다 풀었다 했다. 음악이 이어지자 누군가와 눈이 마주칠까봐 두려워하며 억지로 미소를 짓고 있는데 긴장해서 입가가 약간 떨렸다.

"그런데, 저런." 러프 부인이 소리쳤다. "저 사람들 테레사 애한테 소시지를 먹였어. 애 입을 다물게 하려고. 이제 축사를 할 거야. 자기 남편이 해야지."

브레헨마허 부인이 몸을 세우고 앉았다. 음악이 그쳤고 춤추던 사람들이 각자 테이블로 돌아갔다.

브레헨마허 씨 혼자 일어서 있었다. 손에 커다란 은제 커피주전자를 들고 있었다. 모두가 그의 말에 웃음을 터뜨렸다. 그의 부인만 빼고. 그가 얼굴을 잔뜩 찌푸린 채 그 주전자가 마치 아기라도 되는 듯 안고 그 신혼부부에게 건네주자 모두가 환호성을 질렀다.

신부가 뚜껑을 열어서 들여다보더니 작게 비명을 지르고 닫은 다음 입술을 깨물며 앉아 있었다. 신랑이 신부에게서 그 주전자를 억지로 빼앗아 젖병 하나와, 도자기인형이 들어 있는 두 개의 작은 요람을 앞으로 꺼냈다. 테레사 앞에서 신랑이 이 선물들을 흔들자 그 더운 방이 웃음으로 들썩거리는 것 같았다.

브레헨마허 부인은 재미있지 않았다. 웃고 있는 얼굴들을 둘러보니 갑자기 모두가 너무 낯설게 느껴졌다. 집에 가고 싶고 다시는 외출하고 싶지 않았다. 사람들이 모두 자신을 보고 웃는 것 같았고 방에 실제보다 더 많은 사람이 있는 것 같기도 했다. 모두가 자신보다 훨씬 더 강하기 때문에 자신을 보고 웃는다고 생각했다.

• • •

그들은 입을 꾹 다물고 집으로 걸어갔다. 브레헨마허 씨가 앞에서 성큼성큼 걸었고 부인은 뒤에서 휘청거렸다. 하얗고 적막한 길이 철도역에서 집까지 쓸쓸히 이어져 있었다. 차가운 바람이 몰아쳐서 부인의 후드가 벗겨지자 그 순간 결혼 첫날 밤 남편과 함께 집에 돌아왔던 모습이 떠올랐다. 이제 그들에게 아이가 다섯이었고 돈은 두 배가 되어 있었다. 하지만…

"그게 도대체 무슨 소용이 있어?" 부인이 웅얼대며 그 바보스러운 질문을 계속했다. 집에 도착해서는 생각을 멈추고 남편에게 고기와 빵을 조금 차려주었다.

브레헨마허 씨는 자기 접시에 빵을 뜯어놓고 포크로 집어 접시 가장자리에 문지른 후 게걸스럽게 먹었다.

"맛있어요?" 부인이 팔을 테이블에 올리고 엎드려 물었다.

"맛있다마다!"

그가 빵조각을 집더니 자신의 접시 가장자리를 닦아 부인의 입 앞에

들이댔다. 부인은 고개를 저었다.

"배 안 고파요." 부인이 말했다.

"하지만 이게 제일 맛있는 부분이고 기름도 많은데."

그가 접시를 비웠다. 그런 뒤 부츠를 벗어 구석에 던져놓았다.

"결혼식이 그저 그랬지." 브레헨마허 씨가 이렇게 말하며 발을 쭉 뻗고 털양말 속에서 발가락을 꼼지락거렸다.

"그래, 그랬지." 부인이 대답하며 내던져진 부츠를 말리려고 오븐 위에 올려두었다.

브레헨마허 씨가 하품을 하고 기지개를 켠 다음 부인을 쳐다보며 싱긋 웃었다.

"우리가 집에 왔던 그날 밤 기억나? 당신이, 순결했을 때 말이야."

"무슨 소리예요! 너무 오래돼서 다 까먹었지." 그녀는 다 기억하고 있었다.

"그날 당신이 내 뺨을 얼마나 세게⋯ 내가 금세 버릇을 고쳐줬잖아."

"아, 이야기 시작하지 말아요. 당신 맥주를 너무 많이 마셨어. 가서 자요."

그가 의자에 뒤로 기대서 껄껄 웃었다.

"그날 밤엔 나한테 그런 식으로 말 안 했는데. 이런, 당신이 나한테 대드네!"

하지만 가엾은 부인은 초를 움켜쥐고 옆방으로 갔다. 아이들은 모두 깊이 잠들어 있었다. 그녀는 아기 침대의 매트리스를 걷어 젖지 않았는지 확인한 다음 블라우스와 치마를 벗기 시작했다.

"늘 똑같지." 부인이 말했다. "온 세상이 다 똑같아. 그래도, 젠장, 정말 너무 바보 같잖아."

그러고 나니 결혼식 기억조차 아주 희미해졌다. 브레헨마허 씨가 비틀거리며 들어올 때, 부인은 누운 채 얼굴 위로 팔을 엇갈려 올렸다. 누군가가 자신을 때릴 거라고 생각하는 아이처럼.

# 뜻밖의 사실

아침 8시부터 11시 30분이 넘을 때까지 모니카 타이렐은 끔찍한 불안에 시달렸다. 너무 힘들어서 그 시간은 고통 그 자체였다. 모니카는 자신이 그 불안을 이겨낼 수 있을 것 같지 않았다. "내가 10년만 더 젊었으면…" 그녀는 이렇게 말하곤 했다. 매사에 나이 탓을 하고 "그래, 20년 전에 어땠는지 기억이 나…"라며 심각한 아이 같은 눈으로 친구들을 바라보기도 했다. 또 젊은 여자들, 그러니까 정말 젊어서 팔이며 목이 여리고 식당에서 누가 옆에 앉으면 약간 망설이며 쭈뼛거리는 여자들에게 랠프가 곁눈질하는 것을 보고도 "내가 10년만 젊었더라면…" 하고 말했다. 이때 모니카는 서른세 살밖에 되지 않았으니 좀 이상한 행동이었다.

"마리를 당신 방 앞에 앉아 있으라고 해서 벨을 누르기 전엔 방 근처에 아무도 얼씬거리지 못하게 하면 어떻겠소?"

"어휴, 그렇게 간단한 일이면 좋겠네요!" 모니카는 자신의 작은 장갑을 바닥에 던져두고 그가 너무도 잘 아는 예의 그 손동작으로 눈꺼풀을 눌러댔다. "하지만 우선 나는 마리가 거기 앉아 있는 게 너무 신경 쓰여요, 마리가 러드와 문 부인에게 이래라저래라 할 거 아니에요. 자기가 교도관이나 정신병원 간호사라도 됐다는 듯이 말이죠! 게다가, 편지라도 오면 어떻게 하겠어요. 편지가 온 걸 누가 알려줄 거며, 편지가 왔다 치면 도대체 누가, 누가 11시까지 기다리고 있겠어요?"

남자의 눈이 점점 밝아지더니 재빨리 그녀를 살짝 껴안았다. "내 편지 이야기를 하는 거죠, 자기?"

"뭐, 그렇겠죠." 모니카가 부드럽게 우물거리고 남자의 불그스름한 머리카락을 따라 손을 움직이며 웃었지만 속으로 이렇게 생각했다. '흥! 무슨 멍청한 소리람.'

그런데 오늘 아침 그녀는 현관에서 한 차례 큰 소리가 나는 바람에 잠에서 깼다. 쾅. 바닥이 흔들렸다. 무슨 소리지? 모니카는 침대에서 몸을 웅크리고 이불을 움켜쥐었다. 심장이 두근거렸다. 무슨 소리일까? 그때 복도에서 목소리가 들려왔다. 마리가 문을 두드렸고, 문이 열리자 날카롭게 찢어지는 소리와 함께 블라인드와 커튼이 퍼덕거리고 덜그럭거리며 움직였다. 블라인드의 술 장식이 툭툭거리며 창에 부딪혔다. "어어, 이런!" 마리가 쟁반을 내려놓고 달려오며 소리쳤다. "바람이에요, 마담. 견딜 수 없는 바람이요(C'est le vent, Madame. C'est un vent insupportable)."

블라인드를 말아 올렸다. 별안간 창이 다 드러났다. 희끄무레한 빛이 방을 채웠다. 모니카가 넓고 뿌연 하늘과 찢어진 셔츠 같은 구름 한 덩이가 느릿느릿 움직이는 것을 보고는 옷소매로 눈을 가렸다.

"마리! 커튼! 얼른, 커튼 쳐!" 모니카가 침대로 돌아가 누웠는데 그때 "링-팅-어-핑-핑, 링-팅-어-핑-핑" 하는 소리가 들렸다. 전화였다. 모니카는 이제 더 이상 참을 수가 없었다. 아주 차분해졌다. "가봐, 마리."

"므슈예요. 마담이 프린스 식당에서 오늘 1시 30분에 점심 식사하실지 알고 싶다고요." 세상에나, 바로 그 므슈였다니. 그랬다고, 다른 사람도 아닌 그가 자기 말을 즉시 전해달라고 했단 말이지.

모니카는 대답 대신 잔을 내려놓고 마리에게 작은 목소리로 시간을 물었다. 9시 반이었다. 그녀는 가만히 누워서 눈을 반쯤 감았다. "므슈한테 내가 못 간다고 말해줘"라고 상냥하게 말했다. 하지만 문이 닫히자 분노가, 강렬한 분노가 갑자기 그녀를 사로잡았다. 분노가 세게, 아주 세게, 맹렬하게 그녀의 목을 반쯤 죄어왔다. 그이가 어떻게 이럴 수 있지? 아침마다 얼마나 불안에 시달리는지 뻔히 아는 랠프가 어떻게 이럴 수 있냐고! 그렇게 설명을 하고 알아듣게 이야기를 해주었는데 말이다. 아니, 대수롭지 않게 이야기했다고 해도 그럴 수는 없지. 그가 도저히 용서받지 못할 짓을 저지른 것은 맞지만 모니카는 그에게 대놓고 뭐라고 할 수는 없었다.

게다가 바람이 무섭게 부는 아침에 그런 짓을 하다니. 그는 그냥 그녀가 까탈스럽게 유난을 떠는 것으로 여긴 것일까? 여자들이란 으레 그러니까 별일 아니라고, 비웃고 무시해도 된다고? 그래도 바로 어젯밤에 이런 말까지 하지 않았던가. "휴, 그래도 내가 괜히 이런다고 생각하면 안 돼요." 그러자 그는 이렇게 대답했었다. "자기, 내 말을 안 믿을지 모르지만 당신이 자신에 대해 아는 것보다 내가 당신에 대해 훨씬 더, 무한정 잘 알고 있다고요. 당신의 사소한 생각과 느낌 하나하나가 나한테 얼마나 소중한지 몰라요. 그래요, 그렇게 웃어요! 웃고 있을 때 자기 입술이 얼마나 예쁜데요." 그런 뒤 그는 테이블 앞으로 몸을 기울이고 이렇게 속삭였다. "내가 당신을 이렇게 좋아하는 걸 누가 안다고 해도 전혀 상관 안 해요. 산꼭대기라고 해도 당신과 함께 있을 거고, 온 세상이 우리를 샅샅이 들여다본다고 해도 괜찮아요."

"맙소사!" 모니카가 자신의 머리를 와락 움켜잡았다. 그렇게 말했던 사람이 그럴 수가 있나? 남자들이란 정말 믿을 수가 없군! 그 남자를 사랑했다. 그렇게 말하는 남자를 왜 사랑했던 걸까. 몇 달 전 그 디너파티 때부터 도대체 무슨 짓을 하고 있었던 걸까? 그날 밤 그가 집에 데려다주고는 "그 은근한 아라비아 미소를 다시 보러" 와도 되겠냐고 물었지. 세상에, 말도 안 돼, 정말 왜 그랬을까. 하지만 그때 전에는 한 번도 느껴본 적 없는 생소하고 강렬한 떨림을 경험한 것을 기억하고 있었다.

"석탄! 석탄! 석탄! 낡은 다리미 같으니! 고물 다리미!" 아래에서 이런 소리가 들렸다. 다 끝났다. 이해해준다고? 그 사람은 아무것도 이해하지 못했다. 바람 부는 날 아침에 전화를 걸었다는 사실이 지극히 중요했다. 자신이 무슨 짓을 했는지 알고나 있을까? 모니카는 하마터면 웃음을 터뜨릴 뻔했다. "나를 이해하는 사람이라면 절대 전화하지 않을 시간에 전화를 한 거야." 그것으로 끝이었다. 그래서 마리가 "므슈께서 마담의 마음이 바뀔지도 모르니까 현관 대기실에 있겠다고 하셨어요"
라고 말했을 때 모니카는 이렇게 답했다. "아냐, 버베나 말고, 마리. 카
네이션으로. 두 다발."

사납고 끔찍한 아침, 미친 듯 바람이 불었다. 모니카는 거울 앞에 앉
았다. 창백한 얼굴. 하녀가 검은 머리를 뒤로 빗겨주었다. 전부 뒤로 넘
겨 빗었고, 윤곽이 날카로운 얼굴에 뾰족한 눈매, 짙은 붉은색 입술이
가면 같았다. 어둑하고 푸르스름한 거울을 바라보고 있던 모니카는 갑
자기, 아, 난생처음 느껴보는 크나큰 흥분이 천천히, 아주 천천히 차오
르는 느낌이 들더니, 마침내 팔을 쭉 뻗고 웃으면서 사방을 휘젓고 마
리가 깜짝 놀랄 만큼 크게 소리 지르고 싶었다. "난 자유로워. 나는 자유
야. 바람처럼 자유라고." 그러자 이제 이 떨리고, 요동치고, 신나고, 펄럭
이는 세상이 모두 그녀 차지였다. 그녀의 왕국이었다. 그래, 그렇지, 나
는 그 누구의 것도 아니야. 오직 인생의 것이지.

"이제 됐어, 마리." 그녀가 약간 더듬거렸다. "내 모자, 내 코트, 내 가
방. 그리고 택시 불러줘." 어디로 갈까? 음, 어디든. 이 고요한 아파트,
조용한 마리, 이 으스스하고, 차분하고, 여성스러운 인테리어를 견딜 수
가 없어. 나가야 해. 얼른 차를 타고 가버리자. 어디든, 아무 데로나.

"택시가 왔습니다, 마담." 모니카가 커다란 아파트 출입문을 밀었을
때 사나운 바람이 덮쳐 와 그녀를 인도 위로 붕 띄웠다. 어디로 가십니
까? 그녀는 차에 타서, 짜증 나고 추워 보이는 운전사에게 환한 미소를
지으며 미용실로 가달라고 말했다. 무슨 일을 하든 일단 미용사가 있어

야 하는 법이지. 모니카는 달리 갈 데가 없거나 할 일이 없을 때면 늘 미용실에 가곤 했다. 머리에 웨이브가 다 만들어지고 날 때쯤이면 계획이 서 있겠지. 짜증 나고 추워 보이는 운전사가 엄청난 속도로 차를 몰았기 때문에 그녀는 이쪽저쪽으로 내동댕이쳐지며 갔다. 그녀는 운전사가 빨리, 더 빨리 가기를 원했다. 프린스 식당의 1시 반 약속에서 해방되고 백조 털 바구니 안의 작은 고양이가 되지 않아도 되었고 아라비아 사람이라는 사실에서도, 걱정 많고 유치한 아이처럼 사는 것에서도, 그리고 그 작고 제멋대로인 존재로부터도 해방되는 것이다… "다시는 그렇게 되지 않겠어." 그녀가 작은 주먹을 불끈 쥐면서 큰 소리로 외쳤다. 그런데 택시가 어느새 멈추어 있었고 운전사가 문을 열고 서 있었다.

미용실은 따뜻하고 반짝거렸다. 비누와 탄 종이, 해바라기 기름 냄새가 났다. 카운터에 마담이 있었다. 마담은 동그랗고 뚱뚱하고 하얗고, 머리는 검정색 새틴 바늘꽂이 위에서 흔들거리는 파우더 퍼프 같았다. 모니카는 미용실 사람들이 자신을, 진짜 자신을 어느 친구들보다 훨씬 더 사랑하고 이해해준다고 늘 느꼈다. 이곳에서만은 진짜 자신이 되었고 마담과 자주, 이상하게도 아주 자주 함께 이야기를 나누었다. 게다가 머리를 만져주는 조지가 있었지. 어두운 피부에 호리호리하고 젊은 조지. 그녀는 조지가 정말 마음에 들었다.

그런데 오늘은 너무 이상하네! 마담이 그녀를 보고도 거의 인사도 하지 않았다. 얼굴은 어느 때보다 더 하얗고 푸른색 구슬 같은 눈 주위는 옅은 붉은색이었고 게다가 통통한 손가락에 낀 반지들조차 빛을 잃고 있었다. 그것들은 유리 조각처럼 차갑고 칙칙할 뿐이었다. 벽걸이 전화기로 조지를 부르는데 마담의 목소리에서 이전과 사뭇 다른 분위기가 느껴졌다. 하지만 모니카는 그런 느낌을 부인했다. 그렇지 않다고 생각하기로 했다. 그냥 그런 생각이 드는 것뿐이지, 뭐. 그런 뒤 따뜻하고 향기로운 공기를 한껏 들이마신 다음 벨벳 커튼을 걷고 작은 방으로 들어갔다.

모자와 재킷을 벗어 못에 걸었는데 아직 조지가 오지 않았다. 조지가 아예 오지 않고 그녀를 위해 의자를 빼주지도, 모자를 받지도, 가방을 걸어주지도 않은 적은 이번이 처음이었다. 조지는 가방이 처음 보는 물건이라는 듯, 상상 속의 무언가라는 듯 가만히 들고 있곤 했다. 게다가 이곳은 너무 고요하잖아! 마담도 아무 소리를 내지 않았다. 그저 바람만이 불어와 낡은 건물을 흔들어댔다. 바람이 우우 불었고 초상화 속의 퐁파두르* 시대 여인들이 내려다보며 교활하고 음흉하게 미소를 지었다. 모니카는 여기 오지 말았어야 했다고 생각했다. 아이고, 여기 온 건 큰 실수야! 치명적인 실수. 치명적이야. 조지는 어디에 있는 걸까? 조지가 바로 오지 않으면 나가버리려고 했다. 하얀 가운을 벗었다. 이제 자기 얼굴을 마주보며 더 이상 기다리고 싶지 않았다. 유리 선반에 놓인 커다란 크림통을 열 때 손가락이 떨렸다. 심장이 당기는 느낌이 들었다.

---

* 프랑스 왕 루이 15세의 애인. 미모와 재능으로 국왕의 사랑을 받았으며 방대한 국비를 탕진하여 후일 프랑스 혁명을 유발하는 원인을 제공했다.

행복이, 엄청나게 커다란 행복이 도망가려고 하는 것 같았다.

"가야겠어. 나갈래." 모니카가 걸어놓은 자신의 모자를 내렸다. 그런데 바로 그때 발소리가 들려서 거울로 보니 조지가 문간에서 고개 숙여 인사를 하고 있었다. 조지는 너무도 이상하게 웃고 있었다. 거울 속이라 그런 거지, 그래. 모니카가 재빨리 몸을 돌려서 보았다. 조지가 입술을 당겨 다시 미소를 지었다. 그런데 면도를 안 한 걸까? 얼굴이 너무 푸르스름해서 거의 녹색에 가까웠다.

"기다리시게 해서 대단히 죄송합니다." 조지가 앞으로 다가오면서 웅얼거렸다.

어머, 안 돼, 여기 있고 싶지 않아. "미안한데요." 모니카가 말을 꺼냈다. 그러나 조지가 가스불을 켜고 부젓가락을 걸쳐놓더니 가운을 내밀었다.

"바람이 부네요." 그가 말했다. 모니카는 어쩔 수가 없었다. 턱 아래 덮개를 고정하는 그의 젊고 생생한 손가락 냄새를 느꼈다. 그녀는 "그래요, 바람이 불어요"라고 말하며 의자에 앉았다. 그런 다음 침묵이 내려앉았다. 조지가 능숙하게 핀을 뽑았다. 그녀의 머리카락이 풀려 죄다 뒤로 흘러내렸지만 평소와 달리 그는 머리카락이 얼마나 곱고 부드럽고 묵직한지 느끼면서 머리채를 받쳐주지 않았다. "머릿결이 아주 좋아요"라고 말하지도 않았다. 그저 머리채를 그대로 내버려두고는 서랍에서 브러시를 꺼냈다. 작게 기침을 하고는 또 헛기침을 한 번 더 하더니 심드렁하게 말했다. "머리카락이 아주 튼튼한 편이네요."

모니카는 아무런 대꾸도 하지 않았다. 브러시가 머리에 올려졌다. 아아, 너무 슬프다, 너무 애처로워! 그가 브러시로 재빨리 가볍게 머리를 빗어 내렸다. 나뭇잎처럼 가볍게. 그런 다음 무겁게, 심장을 잡아당기듯 세게 당기며 빗어 내렸다. "그만하세요." 모니카가 소리치며 몸을 흔들어 빼냈다.

"제가 너무 세게 했나요?" 조지가 물었다. 그가 부젓가락 위로 몸을 구부렸다. "죄송해요." 탄 종이 냄새, 모니카가 좋아하던 냄새가 나더니 조지가 뜨거운 부젓가락을 들고 앞을 보면서 손을 움직였다. "금방이라도 비가 올 것 같아요." 조지가 머리카락을 조금 쥐고 들어 올렸을 때 모니카는 더 이상 참을 수가 없어서 그만하라고 했다. 그녀는 조지를 보았다. 거울 속에서 모니카 자신이 수녀처럼 하얀 가운을 입고 그를 보고 있었다. "여기 무슨 일이 있나요? 무슨 일이 일어난 건가요?" 하지만 조지는 슬쩍 어깨를 으쓱하더니 얼굴을 찌푸렸다. "아, 아니에요, 마담. 별일 아니에요." 그러더니 다시 그녀의 머리카락을 조금 쥐었다. 하지만, 아니야, 믿을 수 없어. 분명히 무슨 일이 있었어. 무언가 끔찍한 일이 일어난 거야. 정적이 정말 눈송이처럼 내려앉고 있는 것 같았다. 그녀는 몸을 떨었다. 그 작은 방은 추웠다. 사방이 춥고 반짝였다. 니켈 수도꼭지와 노즐과 분무기가 어쩐지 불길해 보였다. 바람이 창틀을 흔들었다. 쇳조각이 쾅 부딪히는 소리가 들렸고 그 젊은 남자는 부젓가락을 계속 바꿔가면서 그녀 위로 몸을 숙였다. 이런, 인생이 너무 끔찍하구나, 하고 모니카는 생각했다. 너무 지독해. 너무도 처참한 외로움이었다. 우리는 나뭇잎처럼 함께 휩쓸리지만 우리가 어디에 내려앉아 어떤 검은 강으로 떠내려가 사라질지 아무도 모르고 아무도 상관하지 않는 거야. 목 안쪽까지 막 잡아당기는 느낌이 들었다. 아팠다, 정말 아팠다. 소리를 지르고 싶었다. "그 정도면 됐어요." 모니카가 작게 말했다. "핀을 꽂아 주세요." 조지가 너무도 고분고분하고 조용하게 옆에 서 있었고 그녀는 엎드려 울 뻔했다. 더 이상 참을 수가 없었다. 그 젊고 명랑한 조지는 여전히 나무토막처럼 미끄러지듯 움직이며 모자와 베일을 건넸고 지폐를 받아 거스름돈을 내주었다. 그녀가 가방에 거스름돈을 넣었다. 이제 어디로 가지?

조지가 브러시를 들었다. "코트에 파우더가 약간 묻었네요." 그가 웅얼거리며 말했다. 코트를 털어주었다. 그런 다음 갑자기 앞으로 나서더니 모니카를 보면서 브러시를 이상하게 흔들고는 말했다. "사실은요, 마담, 마담이 오랜 단골이시니까 말씀드릴게요. 오늘 아침에 제 어린 딸아이가 죽었어요. 첫아이인데." 그런 뒤 그의 하얀 얼굴이 종잇장처럼 구겨지더니 등을 돌리고 면 가운을 털기 시작했다. "오, 이런." 모니카가 울기 시작했다. 미용실을 달려 나와 택시에 뛰어들었다. 몹시 화가 난 듯한 운전사가 자리에서 휙 몸을 틀어 일어나더니 문을 다시 세게 닫았다. "어디로 가십니까?"

"프린스 식당이요." 모니카가 흐느끼고 있었다. 가는 내내 그녀는 금색 깃털을 꽂고 작은 손을 모은 채 발을 꼬고 있는 작은 밀랍 인형만 바라보았다. 프린스 식당에 도착하기 직전에 하얀 꽃으로 가득 찬 꽃집이 보였다. 와, 이건 완벽한 생각이야. 은방울꽃, 하얀 팬지, 하얀 제비꽃과 하얀 벨벳 리본… 이름 없는 친구로부터… 당신을 이해하는 사람으로부터… 어린 소녀를 위하여… 모니카가 창을 두드렸지만 운전사는 듣지 못했다. 게다가 택시는 이미 프린스 식당 앞에 도착해 있었다.

# 나는 프랑스어를 못합니다

.

내가 왜 이 작은 카페를 좋아하는지 모르겠다. 이곳은 더럽고, 칙칙하고, 형편없다. 그렇다고 수많은 다른 카페들과 구별되는 무언가가 있는 것도 아니다. 좀 특이한 사람들, 그러니까 자리에 앉아서 슬쩍 보다가 알아보고 인사를 하고 다소간(소에 강세) 이해하게 된 사람들이 매일 여기 오는 것도 아니고 말이다.

하지만 저 괄호가 인간 정신의 신비 앞에서 내 겸허함을 고백하는 것이라고 생각하진 마시라. 전혀 그렇지 않다. 나는 인간 정신이라는 것 자체를 믿지 않는다. 믿어본 적도 없고. 나는 인간이란 커다란 여행가방 같은 것이라고 생각한다. 무언가로 채워지고 움직이기 시작하고 내동댕이쳐지고 덜컹거리며 보내지고 잃어버려졌다가 다시 찾아지고 갑자기 반쯤 비워지거나 아니면 더 꽉꽉 채워지다가 마침내 궁극의 짐꾼이 궁극의 기차에 홱 올려놓으면 덜그럭거리며 사라져버린다…

그렇다고 해서 그런 여행가방이 아주 매력이 없는 것은 아니다. 아니,

141

오히려 아주 매혹적이다. 나 자신이 그것들 앞에 서 있는 모습을 상상해 본다. 말하자면, 세관원처럼 말이다.

"신고하실 것 있습니까? 와인, 증류주, 담배, 향수, 실크 있습니까?"

그런 다음 내가 쓱 휘갈겨 서명을 하기 전에 혹시 내가 속는 것은 아닌지 망설이는 찰나와, 그렇게 망설이고 난 후에 내가 속은 것은 아닌지 멈칫하는 찰나가 인생에서 가장 떨리는 두 번의 순간이다. 그렇고말고.

그리고 이제 내가 길고 다소 터무니없는, 아, 그렇지만 아주 심하게 이상하지는 않은 이야기를 시작할 텐데 그 전에 아주 간단하게 짚고 넘어가고 싶은 것은, 이 카페에서는 여행가방을 검사할 수 없다는 것이다. 왜냐하면 이 카페 손님들이, 세상에나, 아예 앉지를 않으니까 말이다. 안 앉고 카운터에 서 있다는 말이다. 강에서 온 노동자들, 그러니까 하얀 밀가루인지 라임인지 뭔지를 잔뜩 뒤집어쓴 몇몇과 군인들, 귀에는 은색 귀걸이를 걸고 팔에는 시장바구니를 든 깡마르고 음울한 여자들을 데려온 자들이.

마담도 깡마르고 음울하며 뺨과 손은 하얗다. 어떨 때 보면 검정색 숄이 이상하게 빛을 내뿜고 있어서 거의 투명해 보인다. 접객 중이 아닐 때 마담은 얼굴을 항상 창 쪽으로 돌리고 스툴에 앉아 있다. 가장자리가 거무레한 눈으로 오가는 사람들을 쫓고 살피지만 누군가를 찾고 있는 것 같지는 않다. 어쩌면 15년 전에는 누군가를 기다렸을지도 모른다. 하지만 이제는 그냥 습관이 되었을 뿐이다. 그 지치고 절망한 분위기로 미뤄보면 적어도 10년 전에 이미 단념한 게 분명하다.

그리고 웨이터가 있다. 애처롭지도, 그렇다고 재미난 사람도 아니다. 웨이터라면 으레 하는 의미 없는 친절한 말 같은 건 한 마디도 하지 않는다.(이 불쌍한 자는 커피주전자와 와인병만 합쳐서, 다른 것은 한 방울도 안 들어 있는 인간 같아.) 회색 머리에 둔하고 지쳐 있고 손톱이 긴 데다가 잘 부러져서 동전을 긁어 담을 때마다 신경을 긁는 소리가 난다. 테이블을 닦거나 죽은 파리 몇 마리를 털어내지 않을 때는 한 손을 늘 의자 등받이에 올리고 서 있다. 터무니없이 긴 앞치마를 걸친 채 다른 쪽 팔에 더러운 냅킨을 삼각형으로 접어서 올리고 끔찍한 살인과 관련돼 사진이 찍히기를 기다리는 듯이 서 있다. "시체가 발견된 카페 내부." 다들 그런 웨이터 사진을 수백 번은 본 적 있을 것이다.

어느 곳이든 하루 중에 특정한 때가 되면 유난히 들썩거리며 활기를 띠게 되곤 하지 않는가? 아니, 좀 더 정확하게 말해야지. 이렇게 말하는 게 더 낫겠군. 아주 우연히 당신이 등장했는데 그게 바로 남들이 원하고 있던 바로 그 순간일 수 있다는 말이다. 모든 것이 다 준비돼 있다. 바로 당신을 위해서. 그렇지, 그러면 당신은 분위기의 지배자가 되는 거지! 당신은 바람이 잔뜩 들게 되지. 하지만 그러면서 동시에 어찌 될지 다 알고 있다는 듯 혼자 냉소하고 말지. 인생이, 그런 멋진 등장을 막고, 그럴 기회조차 낚아채 가버리고, 대기실에만 계속 앉혀놓아서 결국에는 너무 늦어버리게 만들 게 분명하니까… 사실은 말이지… 내가 딱 한 번 그 쭈그렁탱이 할망구를 이긴 적이 있기는 하다.

내가 처음 이곳에 왔을 때 그런 일이 있었지. 아마 그래서 자꾸 이곳에 오는 것 같다. 승리의 현장, 아니 내가 한 번 그 늙은 년의 목을 조르고 내 마음대로 했던 범죄의 현장에 재방문한 것이다.

질문: 내가 왜 인생에 대해 그렇게 불만이 많으냐고? 그리고 내가 왜 인생을, 쭈글거리는 손으로 지팡이를 움켜쥐고 더러운 숄을 두르고 발을 질질 끌며 걷는, 미국 영화에 나오는 넝마주이 취급을 하느냐고?

답: 미국 영화가 나약한 정신에 작용한 직접적 결과지.

어쨌든, 이른바 "짧은 겨울 오후가 끝에 다다르고 있었고" 나는 집에 갈까 말까 배회하다가 어쩌다보니 이곳에 와서 이 구석 자리로 걸어가고 있었다.

영국식 오버코드와 회색 펠트 모자를 뒤에 있는 못에 함께 걸고 나서, 웨이터에게 적어도 스무 명의 사진사가 사진을 찍을 수 있는 시간을 준 다음에 커피를 주문했다.

웨이터가 위쪽에 녹색 빛이 어른거리는 그 익숙한 보라색 물질을 나에게 한 잔 따라주고는 발을 질질 끌며 돌아갔고, 그날 바깥이 너무 추웠기 때문에 나는 잔을 두 손으로 감싼 채 앉아 있었다.

별안간 내가 나도 모르게 웃고 있다는 것을 깨달았다. 천천히 고개를 들어서 맞은편 거울 속의 나를 보았다. 그래, 내가 앉아 있었지. 테이블에 기대앉아 속을 알 수 없는 엉큼한 미소를 짓고 있었고 내 앞에는 흐릿하게 김이 오르는 커피 잔이 놓여 있고 그 옆에 설탕 두 조각이 담긴 동그랗고 하얀 접시가 있었다.

나는 눈을 아주 크게 번쩍 떴다. 이를테면 내가 그곳에 영원토록 있었는데 이제 드디어 살아나고 있다는 듯이…

카페는 몹시 조용했다. 밖을 봤다면 때마침 어스름 속에서 눈이 내리기 시작하는 것이 보였을 것이다. 하얗고 부드러운, 말과 마차와 사람의 형상이 솜털 같은 공기 중에 움직이는 것이 보였을 것이다. 웨이터가 자리를 뜨더니 짚을 한아름 안고 왔다. 문에서부터 계산대까지 바닥을 짚으로 덮더니 공손하게, 거의 숭배하는 듯한 동작으로 난로 주위에도 둘러 덮었다. 문이 열리고 성모마리아가 노새를 타고 고운 손을 부푼 배에 포개어 올린 채 들어온다고 해도 아무도 놀라지 않을 것 같았다…

엇, 이 성모마리아 부분 좀 괜찮지 않은가? 펜에서 그냥 나도 모르게 술술 흘러나온 건데 말이지. "극적이다가 갑자기 약해지면서 끝맺는" 부분이 멋지지 않은가? 나는 당시에 그렇게 생각했고 그것을 적어두기로 했다. 저런 짧은 구절은 문단 마무리에 언젠간 유용하게 쓰일 테니까. "마법"(무슨 말인지 아시지?)이 아직 깨지지 않았으니 가능한 한 적게 움직이려 조심하면서, 쓸 종이를 가지러 옆 테이블로 손을 뻗었다.

종이도 아니고 봉투도 아니었다. 분홍색 압지 몇 장이 손에 닿았다. 말도 안 되게 부드럽고 흐물거리고 거의 젖어 있는 것 같은, 죽은 새끼 고양이의 혀 같은, 처음 느껴보는 감촉이었다.

나는 앉아 있었다. 하지만 마음속으로는 계속 기대에 가득 차서 그 죽은 새끼 고양이의 혀를 손가락에 감고 그 보드라운 구절을 내 정신에 감았다. 눈은 여자들의 이름과 추잡한 농담, 쟁반에 안 맞는 병과 컵의 그림을 쫓으며 종이 위에서 바삐 움직였다.

그런 것들은 늘 똑같게 마련이잖아. 여자들 이름이란 게 다 거기서 거기고 컵은 받침에 잘 맞는 법이 없고 하트란 것들은 다 꼬챙이에 찔려서 리본으로 묶여 있지. 그런데 그때 그 종이 아랫부분에 녹색 잉크로 쓰인 시시하고 진부한 구절이 퍼뜩 눈에 들어오는 게 아닌가. 나는 프랑스어를 못합니다(Je ne parle pas français).*

세상에나! 그 구절이, 그 순간, 몸짓을 했다! 게다가 내가 그렇게 만반의 준비를 하고 있었는데도 나는 거기 걸려 넘어졌다. 그야말로 압도당하고 말았다. 몸의 감각이 아주 이상했고 너무 특이했다. 내 온몸이, 머리와 팔을 빼고 테이블 아래에 있는 몸 전체가 다 해체되고 녹아서 물이 된 것 같았다. 머리만 남아 있고 팔 두 개가 테이블을 짚고 있었다. 그런데, 이런! 그 순간의 괴로움! 그것을 어떻게 묘사할까? 아무 생각도 하고 있지 않았다. 아프다고 소리치지도 않았다. 단 한순간만 안 아팠다. 나는 고통, 극도의 고통, 고뇌였다.

그 순간이 지나가고 바로 다음 찰나에 나는 이런 생각을 하고 있었다. '이게 웬일인가! 그보다 더 강렬한 느낌은 결코 없다! 그렇지만 나는 완전히 무의식 상태였잖아! 그 구절과 관련된 생각을 하고 있던 것도 아니었어! 난 완전히 당했어. 정신없이 휩쓸려 넘어졌어! 그걸 쓰려는 시도는 조금도 하지 않았단 말이지!'

그리고 나는 점점 기세가 등등해지다가 마침내 이렇게 쏟아냈다. "어

---

* 원문에서 프랑스어로 쓰인 구절은 고딕으로 표기하고 원어를 병기하였다.

쨌든 난 최고임에 틀림없어. 내 정신이 2류였다면 이런 밀도 높은 감정을… 순수하게… 경험할 수 없었을 테지."

웨이터가 스토브에 기다란 성냥으로 불을 붙이고 넓적한 갓이 씌워진 둥그런 가스등을 켰다. 창밖을 봐도 아무 소용이 없어, 마담. 너무 어둡잖아요. 당신의 하얀 손이 어두운 숄 위를 맴도네. 쉬려고 집에 돌아온 두 마리 새 같아요. 그것들은 끊임없이 쉬지 않고… 마침내 당신은 따스하고 작은 겨드랑이에 손을 밀어 넣었구려.

이제 웨이터가 긴 꼬챙이를 가지고 와서 커튼을 닫았다. "다 가버렸네"라고 아이들처럼 말했다.

안 그래도 나는 무언가를 놓아주지 못하는 사람들을 참을 수가 없다. 뒤따라가면서 울부짖을 사람들 말이다. 무언가가 가버렸다면 그걸로 그만이다. 끝이다. 그러니까 놓아줘! 포기하고 마음을 편히 가져. 잃어버린 것과 똑같은 것은 절대 다시 가질 수 없다고 생각해버리면 마음이 편해질 거야. 그것은 항상 새로운 것이야. 당신을 떠나는 순간 달라지지. 예를 들면 모자를 잡으러 달려갈 때도 마찬가지란 말이지. 나는 피상적인 이야기를 하려는 게 아니야, 그러니까, 심오하게 말하자면… 나는 절대 후회하지 않고 절대 되돌아보지 않는 걸 내 인생의 신조로 삼고 있다. 후회는 끔찍한 에너지 낭비인 데다가 작가가 되려는 사람은 그렇게 낭비할 에너지가 없다. 후회는 구체적으로 빚어지지 않아. 후회를 바탕으로 뭔가를 할 수도 없다. 그냥 거기 젖어서 뒹굴기 좋을 뿐이다. 당연하게도, 되돌아보는 것은 마찬가지로 예술에도 치명적이다. 후회만 계속하다가는 죽 가난하게 살 뿐이다. 예술은 가난을 견딜 수 없고 견디려 하지도 않는다.

나는 프랑스어를 못합니다(Je ne parle pas français). 나는 프랑스어를 못합니다(Je ne parle pas français). 그 마지막 페이지를 쓰는 내내 나의 다른 자아가 저기 어둠 속에서 쫓아 올라왔다가 내려갔다. 그 자아는 내가 나의 위대한 순간을 분석하기 시작하고 마구 휘갈겨 쓴 바로 그때, 마침내, 결국 귀에 익은 발소리를 다시 들었다고 생각하는 길 잃은 개처럼 나를 떠났다.

"마우스! 마우스! 어디에 있어? 근처에 있지? 높은 창에서 몸을 숙이고 덧문으로 팔을 죽 뻗는 게 당신이야? 솜털 같은 눈을 통해 나한테 오고 있는 이 부드러운 뭉치가 당신이니? 식당 여닫이문을 밀고 들어오는 이 작은 여자가 당신인가? 택시에서 앞으로 구부리고 있는 검은 그림자가 당신이야? 어디에 있어요? 내가 어느 쪽으로 돌아가야 할까요? 어느 길로 달려가야 해? 내가 여기서 머뭇거리며 서 있는 순간 당신은 또 더 멀리 가버리는구나. 마우스! 마우스!"

이제 그 딱한 개가 카페에 돌아와 있다. 꼬리를 내리고 아주 지쳐서.

"그건… 거짓… 신호였어. 아무 데도… 보이지… 않아."

"엎드려, 이제! 엎드려! 엎드려!"

내 이름은 라울 뒤케트다. 스물여섯 살이고 파리 토박이, 진짜 토박이다. 내 가족은, 그건 전혀 중요하지 않다. 나는 가족이 없다. 있기를 바라지도 않는다. 내 어린 시절에 대해 생각해본 적도 없다. 깡그리 다 잊었다.

사실은, 도드라지는 기억이 딱 하나 있기는 하다. 그 기억은 지금, 문학적 측면에서 나 자신에 관해 아주 중요한 것 같아서 상당히 흥미롭다. 이런 기억이다.

내가 10살쯤 됐을 때 우리 집 세탁부가 아프리카계 여자였는데, 몸집이 아주 크고 아주 까맣고 꼬불꼬불한 머리에 체크무늬 수건을 두르고 있었다. 우리 집에 오면 항상 나한테 특별한 관심을 보였다. 바구니에서 빨랫감을 꺼내고 나면 나를 그 안에 넣고 흔들어주었다. 나는 좋기도 하면서 무섭기도 해서 손잡이를 꽉 잡은 채 비명을 지르곤 했다. 나는 또래에 비해 작았고, 하얗게 질려서 작고 귀여운 입을 반쯤 벌리고 있었다. 분명 그랬던 것 같다.

하루는 문에서 그녀가 가는 것을 지켜보고 있었는데 그녀가 뒤로 돌더니 나에게 손짓을 하고 은밀하고 묘하게 턱을 까딱하더니 미소를 지었다. 아무 생각 없이 따라갈 수밖에 없었다. 그녀는 나를 복도 끝의 작은 헛간으로 데려가더니 나를 안고 키스하기 시작했다. 이야, 그 키스! 특히 내 귀 안쪽에 키스할 때 나는 거의 귀가 먹어버렸지.

그녀는 나를 내려주더니 호주머니에서 설탕이 잔뜩 발린 작고 동그란 튀김 과자를 꺼냈고, 나는 문 쪽으로 돌아가는 복도를 따라 비틀비틀 걸었다.

이런 일이 일주일에 한 번씩 되풀이되었으니 이렇게 생생하게 기억할 만도 하다. 게다가 바로 그 첫날 오후부터 나의 어린 시절이, 귀엽게 표현하자면, "키스로 달래졌다". 나는 나른해졌고, 노곤하고, 더없이 탐욕스러워졌다. 그리고 아주 흥분하고 아주 예민해져서, 내가 모두를 잘 아는 것 같았고, 내가 모두와 같이 하고 싶은 것을 할 수 있을 것 같았다.

내가 다소 육체적인 흥분 상태였기 때문에 사람들에게 매력적이었던 것 같다. 절반도 넘는 파리 사람들이 아주, 어, 음, 이제 이 이야기는 그만하자. 내 어린 시절 이야기는 이만하면 됐다. 어린 시절은 장미 세례와 욕정 대신 빨래 바구니 이야기만 기억해줘.

내가 비로소 존재하기 시작한 것은, 수수하다고 할 수도 있고 아니라고 할 수도 있는 동네에 위치한 높다랗고 심하게 낡지 않은 작은 독신자 아파트 세입자가 된 순간부터였다. 아주 편리한… 그곳에 내가 나타나서, 빛 속으로 나와서 서재와 침실, 부엌을 등에 짊어지고 달팽이처럼 두 개의 뿔을 내밀었다. 게다가 그곳에는 진짜 가구가 있었다. 침실에는 기다란 거울이 달린 옷장, 노란색 폭신한 이불이 덮인 커다란 침대, 대리석무늬 상판 침실 탁자, 작은 사과를 여기저기 놓아둔 세면대가 있었다. 서재에는 서랍이 달린 영국식 책상, 가죽 쿠션이 있는 책상 의자, 책, 안락의자, 편지봉투용 칼과 램프가 놓인 보조 탁자가 있고 벽에는 누드 습작화 몇 점이 있었다. 부엌은, 지난 신문을 던져놓을 때 말고는 쓰지 않았다.

아, 그 첫날 저녁의 내 모습이 눈에 선하다. 가구점 남자들이 가고 나서 늙고 끔찍한 관리인까지 힘들게 내보내고 난 뒤에 말이다. 조심스레 다니며 정리를 하고 호주머니에 두 손을 넣고 거울 앞에 서서 그 빛나는 모습에게 말했다. "난 내 집을 가진 젊은이야. 신문 두 개에 글을 실지. 진지한 문학을 할 거야. 작가가 되는 거야. 내가 내놓을 책에 비평가들이 정말 놀라 자빠질 거야. 이전에 한 번도 다루어진 적이 없는 것에 대해 쓸 거야. 나는 침잠된 세상에 대해 쓰는 작가로 유명해질 거야. 하지만 다른 사람들과는 전혀 다르게 쓸 거야. 그럼, 달라야지! 아주 천진하게 부드러운 유머를 발휘하면서도 나의 내부로부터 아주 자연스럽고 간단하다는 듯이 쓸 거야. 완벽한 계획이지. 아무도 나처럼 쓴 적이 없지. 아무도 나처럼 살지 않았으니까. 나는 부자야, 부자라고."

지금도 돈이 없지만 과거에도 돈이 없었다. 돈 없이 살아갈 수 있다는 것이 아주 특이하다… 나는 좋은 옷이 많고, 실크 속옷에 이브닝 수트 두 벌, 갑피가 가벼운 에나멜 가죽 부츠 네 켤레와 장갑, 파우더 상자, 매니큐어 세트, 향수, 최고급 비누 같은 자질구레한 온갖 것들을 가지고 있지만 돈 주고 산 것은 아무것도 없다. 내가 진짜 현금이 필요하다고 느꼈다면, 뭐, 아프리카계 세탁부와 헛간은 늘 있는 것이고, 나는 나중에 받는 작은 튀김 과자 위의 수많은 설탕에 대해서는 전혀 가식이 없고 천진난만(bon enfant)하니까…

이 대목에서 무언가를 기록해두고 싶어졌다. 잘난 척하기 위해서가 아니라 약간 궁금해서이다. 나는 여태 여자에게 먼저 접근해본 적이 한 번도 없다. 그렇다고 한 부류의 여자만 상대했던 것은 아니다. 어떤 의미에서든 말이다. 하지만 몇몇 창녀와 첩, 늙은 과부, 여자 점원들과 점잖은 남자들의 아내, 심지어 고급 식사 자리와 밤 공연인 수아레(나는 거기 가봤다)에 오는 진보적 현대문학을 하는 여자들까지 모두 똑같이, 얼마든지 나와 연애를 할 용의가 있었을 뿐만 아니라 나를 적극적으로 유혹하기까지 했다. 처음엔 너무 놀랐다. 나는 테이블 건너를 바라보며 이렇게 생각하곤 했다. "저 젊은 여자는 엄청 유명하잖아? 갈색 수염의 신사와 그 유명한 키플링을 논하고 있는데, 저 여자가 정말 내 발에 자기 발을 부비고 있는 걸까?" 내가 그 여자의 발을 부비고 나서야 비로소 확인할 수 있었다.

신기하지 않아? 나는 소녀들의 이상형 같은 건 전혀 아닌데…

나는 작고, 가볍고, 피부는 올리브색이고, 검정색 눈에, 속눈썹이 길고, 부드러운 검정색 머리는 짧게 잘랐고, 웃을 때는 작고 네모난 치아가 보인다. 손은 보들보들하고 작다. 한번은 빤가게 여자가 이렇게 말했다. "손이, 작고 예쁜 페이스트리를 잘 만들 것 같아요." 고백하자면 나는 옷을 안 입고 있을 때 좀 매력적이다. 거의 여자애처럼 토실토실하고, 어깨가 매끈하고, 왼쪽 팔꿈치 위로 가느다란 금팔찌를 차고 있다.

그런데, 잠깐! 내 몸에 대해 이렇게 주절주절 쓰는 건 좀 이상하지 않아? 내 인생이 엉망이라서, 내 인생이 깊이 침잠돼 있어서 그렇게 된 것이다. 나는 사진 몇 장으로 자신을 소개해야 하는, 카페에 오는 어린 여자와 비슷하다. "슈미즈 입은 게 나예요. 달걀 껍질에서 나오는 것 같죠… 머리를 뒤로 젖혀 그네 타느라 콜리플라워 같은 페티코트가 다 보이는 애." 다들 그게 어떤 건지 알잖아.

내가 쓴 것이 피상적이고 무례하고 천박할 뿐이라고 생각한다면 잘못 생각한 것이다. 그렇게 보일 수 있다는 것을 인정하겠지만 사실은 전혀 그렇지 않다. 그랬다면 내가 종이에 녹색 잉크로 쓰여진 저 평범하고 짧은 구절을 읽고 그런 경험을 할 수 있었겠는가? 그런 경험을 했다는 사실이 내가 그 이상이고 내가 정말로 중요한 사람이라는 증거 아니겠는가? 내가 그 고뇌의 순간을 아주 약간이라도 과장한 것 아니냐고? 아니, 전혀! 그건 진짜다.

"웨이터, 위스키 한 잔."

나는 위스키가 싫다. 입안에 위스키를 부을 때마다 위장이 들고일어나는데, 여기 있는 위스키가 특히 끔찍한 게 분명하다. 영국인에 관해 쓰려고 할 때만 위스키를 주문한다. 우리 프랑스인들은 믿을 수 없을 정도로 구식이고 어떤 면에서는 시대에 뒤떨어져 있다. 내가 트위드 니커보커스*와, 파이프, 긴 치아, 생강색 구레나룻을 같이 달라고 했어야 했나 생각했다.

"고마우이, 형씨(mon vieux). 형씨는 생강색 구레나룻이 없는 거 같군?"

"없습니다." 웨이터가 안타까운 듯 말했다. "우린 미국 술은 안 팔아요."**

그러더니 탁자 귀퉁이를 문질러 닦고 인공조명을 받고 있는 몇몇 패거리들에게 돌아간다.

우웩! 냄새하고는! 그다음에는 목이 오그라드는 역겨운 느낌.

---

* 무릎 근처에서 졸라매게 되어 있으며 품이 넓고 느슨한 바지.
** 'ginger whisker'와 'ginger whisky'를 혼동하고 있다.

"위스키에 취하면 좋지 않아." 딕 하몬이 작은 술잔을 손가락으로 만지작거리고 천천히 꿈꾸는 듯한 미소를 지으면서 말한다. 그래서 위스키에 꿈꾸듯 천천히 취했고 때가 되면 아주 저음의, 낮고 낮은 목소리로 노래를 부르기 시작한다. 저녁 먹을 곳을 찾아 이리저리 다니는 남자의 노래를.

하! 그 노래 정말 좋았는데! 딕 하몬이 아주 천천히, 느리게 음울하고 부드러운 목소리로 부르는 것이 정말 좋았지!

> "한 남자가 있다네.
> 이리저리 다니지.
> 시내에서 저녁 먹으려고…"

그 낮고 낮춘 목소리에 너무도 영국적인 높은 회색 건물과 안개, 끝없이 펼쳐진 거리, 경찰관들의 선명한 그림자를 담고 있는 것 같았다.

그런데 그 내용 말인데! 마르고 굶주린 사람이 집이 없어서 이리저리 다니지만 거절당한다. 그건 또 얼마나 엄청나게 영국적인가… 내 기억에 그 노래는 이렇게 끝난다. 결국 그 남자가 "어떤 곳을 찾아서" 작은 생선완자를 주문하면서 빵도 같이 달라고 하자 웨이터가 큰 소리로 업신여기며 고함을 쳤다. "생선완자 한 개에 빵은 못 줘."

더 듣지 않아도 알 만하지 않은가? 그런 노래들은 너무도 심오하다! 인간의 심리가 다 들어 있어. 게다가 프랑스적인 것과는 너무 다르다.

프랑스적인 것과는 전혀 달라!

"한 번 더, 딕, 한 번 더!" 나는 박수를 치고 그를 향해 입을 귀엽게 오므리며 청하곤 했다. 그는 아주 기꺼이, 얼마든지 노래를 부르려 했다.

그런데 이번에도 그랬다, 딕의 경우에도. 내 말은, 딕이 먼저 접근했다는 이야기다.

새 평론을 맡은 신문의 편집자가 개최한 파티에서 딕을 만났다. 그 파티는 아주 고급스럽고 최신 유행을 향유하는 사람들이 오는 곳이었다. 나이 든 남자 한두 명이 왔고 여자들은 극도로 품위가 넘쳤다(comme il faut). 여자들은 이브닝드레스를 완벽하게 갖추어 입고 복잡한 기하학 무늬의 소파에 앉아 있었고, 우리는 그 여자들에게 체리브랜디를 골무만큼만 조금 건네주고 그들의 시에 대해서 이야기할 수 있었다. 내 기억으로는 다들 시인이었다.

딕은 눈에 띄지 않을 수가 없는 사람이었다. 거기 있는 유일한 영국인이었고, 다들 우아하게 방을 돌아다녔는데 딕은 벽에 가만히 기대어 있었다. 손을 호주머니에 넣고 꿈꾸는 듯 희미한 미소를 입술에 담고 서 있다가 누군가가 말을 걸어오면 완벽한 프랑스어로 낮고 부드러운 목소리로 대답했다.

"저 사람은 누굽니까?"

"영국인. 런던에서 왔죠. 작가고, 그런데 현대 프랑스 문학을 전문으로 연구하는 작가예요."

그 정도면 충분했다. 짧은 내 책 『가짜 동전들』이 그때 막 출간된 터

155

였다. 나는 젊고 진지한 작가이고 현대 영국 문학을 전문으로 연구하고 있었다.

그러나 내가 낚싯줄을 채 던지기도 전에 그가 몸을 살짝 떨더니 미끼를 물고 물 밖으로 나와서 이렇게 말했다. "내 호텔에 오시지 않겠어요? 5시쯤에 오시면 이야기를 나누다가 나가서 저녁식사를 하면 될 것 같은 데요."

"낚였어!"

나는 너무도 심하게 우쭐해져 그 자리에 그대로 있을 수가 없어서, 곧바로 그 기하학 무늬의 소파 앞에서 옷매무새를 가다듬고 또 가다듬었다. 월척이야! 영국인에, 점잖고 진지하고, 프랑스 문학을 전문으로 연구하다니…

그날 밤 『가짜 동전들』에 특별히 다정하게 서명을 해서 보냈고, 하루 이틀 뒤 우리는 같이 식사를 하고 이야기를 나누며 저녁을 함께 보냈다.

이야기는 문학 이야기만은 아니었다. 나는 현대소설의 경향이나 새로운 형식의 필요성 혹은 우리 젊은이들이 그것들을 못 따라가고 있는 것처럼 보이는 이유와 그것들을 계속 쫓아갈 필요가 없다는 것을 알고 나니 안심이 됐다. 한번씩 그저 그가 어떻게 받아들이는지 볼 요량으로 우연을 가장해서 게임과 무관한 카드를 던지기도 했다. 그러나 딕은 매번 꿈꾸는 듯한 눈길과 미소를 그대로 띤 채 카드를 받아 들었다. 그는 이렇게 웅얼거렸던 것 같다. "아주 궁금하네." 하지만 별로 궁금해 보이지 않았다.

그렇게 조용히 받아들이는 것을 보다가 마침내 나는 취했다. 매혹당했다. 그래서 내가 가진 카드를 모두 그에게 던지고 뒤로 물러나 딕이 손에 들어온 카드를 정리하는 모습을 보며 이렇게 말하는 것을 바라보는 꼴이 되고 말았다.

"아주 궁금하고 흥미진진하네…"

그 즈음이 되자 우리 둘 다 상당히 술에 취했는데, 그가 아주 가만가만, 아주 낮은 소리로 노래를 부르기 시작했다. 식사할 곳을 찾아 오고 가는 남자의 노래.

그러나 내가 저지른 일을 떠올리자 숨이 막힐 지경이었다. 내 인생의 양면을 다 보여주고 말았다. 할 수 있는 한 성실하고 진실하게 모든 걸 말해주었다. 정말 역겨운, 문학적 빛을 결코 볼 수 없었던 침잠한 인생에 대해 엄청난 고통을 감수하고 이야기했다. 대체로 나를 실제보다 훨씬 나쁘게 표현했다. 더 허풍을 떨고 더 냉소적이고 더 계산적인 사람으로.

내가 비밀을 털어놓은 남자가 저쪽에 앉아서 혼자 노래를 부르고 미소를 띠고 있구나… 그 모습에 너무도 뭉클해서 진짜 눈물이 흘러나왔다. 눈물은 내 길고 실크 같은 속눈썹에서 반짝였다. 너무 멋있지.

그 이후로 딕을 어디에나 데리고 갔고, 그는 내 아파트에 와서 안락의자에 앉아 아주 나태하게 편지봉투 칼로 장난질을 쳤다. 왠지는 모르지만 게으르고 꿈꾸는 듯한 딕의 모습을 볼 때마다 그가 바다에서 지내다 온 것이 아닐까 생각했다. 게다가 여유롭게 느릿느릿 움직이는 모습이 배의 움직임을 감안해서 그러는 것 같았다. 그런 느낌이 너무 강해서, 같이 있다가 그가 먼저 일어나서 어린 여자를 두고 가버릴 때가 종종 있었는데 그럴 때마다 당황한 여자에게 내가 이렇게 설명해주곤 했다. "어쩔 수 없어, 자기야. 딕은 배로 돌아가야 해." 그리고 나는 그 말을 그 여자보다 더 믿었다.

우리가 함께 지내는 동안 딕은 한 번도 여자를 사귀지 않았다. 어떤 때는 그가 완전히 순결한 것은 아닐까 궁금하기도 했다. 왜 직접 물어보지 않았냐고? 그에게 그 자신에 관해 아무것도 물어보지 않았으니까. 그런데 어느 늦은 밤 그가 수첩을 꺼냈는데 거기서 사진이 한 장 떨어졌다. 나는 그것을 주워서 그에게 건네주기 전에 슬쩍 보았다. 여자 사진이었다. 그리 젊지 않은 여자. 피부가 어둡고 잘생기고 흐트러진 모습이었지만 주름 하나하나에 고통에 지친 매서운 자부심 같은 것이 가득해서, 딕이 사진을 그렇게 재빨리 가져가려고 하지 않았는데도 내가 오래보고 있을 수 없었다.

"꺼져버려. 향내 나는 프랑스 폭스테리어." 그녀가 말하는 것 같았다.

(나는 최악의 순간마다 폭스테리어 냄새가 떠오른다.)

"우리 어머니야." 딕이 수첩을 들어 올리며 말했다.

그가 딕이 아닌 다른 사람이었다면 나는 장난으로 성호를 그을 뻔했다.

우리는 이렇게 헤어졌다. 어느 날 딕의 호텔 앞에서 수위가 덧문의 걸쇠를 열어주기를 기다리며 서 있었는데 딕이 하늘을 보면서 말했다. "내일 날씨가 맑으면 좋겠어. 아침에 영국으로 떠날 거거든."

"농담도 참."

"농담 아니야. 돌아가야 해. 여기서 할 수 없는 일이 좀 있어."

"하지만, 준비를 이미 다 했다는 거야?"

"준비?" 그가 거의 활짝 웃었다. "준비할 게 아무것도 없는걸."

"그러니까 내 말은(enfin), 딕, 큰길 건너에 영국이 있는 게 아니잖아."

"아주 멀진 않지." 그가 말했다. "몇 시간이면 되잖아." 문이 삐걱 하고 열렸다.

"허, 아까 저녁 때 일찍 알았으면 좋았을 텐데!"

아팠다. 남자가 손목시계를 보며 다른 약속을 기억해냈을 때 그 약속에 자신이 간섭할 수 없다는 것을 아는 여자가 느끼는 아픔이었다. 내가 더 어쩔 수 없는 상황이라는 것 말고는 비슷했다. "왜 나한테 말 안 한 거야?"

그는 한 손을 내밀고 서서 호텔 전체가 자신의 배라는 듯 계단에서 가볍게 흔들흔들하더니 닻을 올렸다.

"잊어버렸어. 정말이야. 어쨌든 넌 글 쓸 거지, 안 그래? 잘 있게, 친구. 금방 돌아올 거야."

그래서 나는 해변에 홀로 서 있게 됐다. 작은 폭스테리어와 한층 더 비슷해져서…

"그렇지만 어쨌거나 휘파람을 불어서 나를 부른 건 너였잖아! 꼬리도 못 흔들고 네 주위를 뛰어다니지도 못한 채 배가 천천히, 꿈꾸는 듯 떠나는 동안 남겨지다니 이게 무슨 꼴인가… 이런 빌어먹을 영국인들! 세상에, 이건 너무도 무례한 짓이야. 도대체 나를 뭘로 보는 거지? 파리 야경을 안내해주고 몇 푼 받는 가이드? … 아니야, 므슈. 난 젊은 작가라고, 그것도 아주 진지하고 영국 현대문학에 엄청난 관심을 가지고 있는 작가란 말이야. 그런데 그런 내가, 이런 모욕을 당했어, 모욕을."

이틀 뒤 딕에게서 길고 멋진 편지가 왔다. 너무 프랑스적인 기미가 있는 프랑스어였지만, 내가 너무나 그립고, 우리 우정이 너무나 소중하며, 우리가 계속 연락하기를 바란다고 쓰여 있었다.

나는 그 편지를 (돈 내고 산 게 아닌) 옷장 거울 앞에 서서 읽었다. 이른 아침이었다. 나는 하얀 새들이 수놓인 푸른 기모노를 입고 있었고 머리카락은 젖은 채였다. 미리카락이 반짝이며 이마에 드리워져 있었다.

"사랑하는(ce cher) 핑커턴이 온다는 소식을 듣는 마담 버터플라이의 초상이군." 내가 말했다.

책에서라면 내가 마음을 푹 놓고 기뻐했을 것이다. "…그가 창가로 가서 커튼을 걷고 파리의 나무들을 내다보았다. 그때 막 꽃봉오리가 맺히고 녹색으로 물이 들어… 딕! 딕! 내 영국인 친구여!"

나는 그러지 않았다. 그저 약간 구역질이 났을 뿐이었다. 처음엔 비행기에 기꺼이 탔지만 지금 당장은 다시 타고 싶지 않았다.

그런 뒤 몇 달 후 겨울에, 딕이 돌아가는 날을 정하지 않고 파리로 돌아와 머물 것이라고 편지를 보냈다. 내가 방을 마련해줄까? 여자 친구와 함께 올 것인데.

당연히 마련해줄 것이다. 작은 폭스테리어가 날 듯이 달려갔다. 때마침 나한테도 큰 도움이 될 수 있었다. 내가 끼니를 해결하는 호텔에 식대가 많이 밀려 있었는데, 무기한으로 방을 쓸 영국인 두 명이라면 최고의 돈벌이였으니까.

사실 내가 마담과 함께 두 방 중에 더 큰 곳에서 "멋지다"라고 말하고 있을 때, 그 여자 친구가 어떤 사람인지 공연히 궁금하기는 했다. 그 여자 친구는 아주 수수해서 철저하게 평범하거나, 아니면 키가 크고 금발에 초록색 옷을 입고 이름은, 음, 데이지 정도고, 달착지근한 라벤더 냄새가 좀 날지도 모르겠다.

여태 나는 되돌아보지 않는다는 내 신조에 따라 딕을 거의 잊고 있었다. 내가 그 불쌍한 남자의 노래를 흥얼거려보려 했더니 심지어 곡조도 약간 틀릴 지경이었⋯

자칫하면 역에 아예 안 갈 수도 있었다. 하지만 가기로 했고, 사실은, 상황에 잘 맞게 옷도 꼼꼼히 차려입었다. 이번에는 딕에게 새로운 모습을 보여줄 생각이었으니까. 이젠 비밀도 안 털어놓고 눈썹에 눈물 따위도 묻히지 않는다. 암, 그러지 않아야지!

"네가 파리를 떠난 이후에," 나는 벽난로 위의 (역시 돈 내고 산 게 아닌) 거울 앞에서 은색 점이 박힌 검정색 타이를 매며 말했다. "있잖아, 나 아주 성공했어. 책 두 권을 더 준비 중이고, 연재소설을 썼지. 『잘못된 문들』인데 금방 출간될 거고 나한테 많은 돈을 벌어다주겠지. 그리고 내 짧은 시집 있잖아," 나는 옷솔을 거머쥐고 내 인디고블루 오버코트의 벨벳 목깃을 솔질하면서 외쳤다. "그 짧은 시집 『남겨진 우산들』은 정말이지 엄청난," 나는 웃으며 솔을 흔들었다. "엄청난 돌풍을 일으켰지."

머리에서 발끝까지 살피고 마지막으로 부드러운 회색 장갑까지 낀 이런 사람을 안 믿을 수 없겠지. 그 역할에 잘 어울렸다. 그리고 그 역할을 맡았다.

이런 생각이 떠올랐다. 공책을 꺼내서 거울 앞에 그대로 선 채 몇 줄 썼다… 누군가가 어떤 역할에 어울리는데 그 역할을 안 할 수 있는가? 아니면 역할을 하는데 안 어울릴 수 있는가? 어울리면 하는 것이 아닌가? 아니면 하면 어울리는 것인가? 그건 그렇고 그것은 누가 결정하는가?

그 생각이 당시 나에게 이상하게도 심오하고 아주 신선해 보였다. 하지만 고백하자면, 내가 공책을 꺼낼 때 무언가가 미소를 지으면서 이렇게 속삭였다. "너, 문학가 맞아? 경마장에서 돈 건 사람처럼 보이는데!" 하지만 나는 무시하고 나가서, 아파트 문을 재빨리 살짝 당겨 닫았다. 내가 나가는 걸 관리인이 모르게 하려고. 그래서 토끼처럼 잽싸게 계단을 달려 내려갔다.

하지만 역시! 늙은 거미다. 그녀는 너무 빨랐다. 내가 거미줄의 마지막 몇 계단까지 내려가게 내버려두더니 갑자기 덮쳤다. "잠시만. 잠깐, 므슈." 그녀가 은밀하고 징그럽게 말했다. "들어와요. 들어와." 그런 뒤 소스가 뚝뚝 떨어지는 국자를 든 채 손짓했다. 나는 문 쪽으로 다가갔지만 쑥 들어가지는 않았다. 들어가 문 바로 뒤에 서 있는데 그녀가 문을 닫았다.

돈이 없을 때 관리인을 다루는 방법이 두 가지 있다. 하나는 고압적으로 굴어서 그 여자를 적으로 만들어 엄포를 놓고 이야기 자체를 거부하는 것이다. 다른 하나는 친하게 잘 지내면서 비위를 맞추고 비밀을 다 털어놓는 척하면서 그녀가 가스 검침원과 합의를 보고 집주인을 막아주기를 바라는 것이다.

나는 두 번째 방법을 썼다. 사실 두 가지 방법 모두 지긋지긋하게 싫고 제대로 잘 먹히지 않는다. 여하튼 어느 쪽을 선택하든 그 방법이 최악의, 가장 효과 없는 것이 되고 만다.

이번에는 집주인이 문제였다… 관리인은 집주인이 나를 내던져버리겠다고 협박하는 흉내를 냈다… 사나운 황소를 길들이는 관리인 시늉을 했다… 다시 날뛰는 집주인 흉내, 집주인이 관리인 얼굴에 대고 씩씩거리는 흉내를 냈다. 그때는 내가 관리인 역할이었다. 싫어, 너무 역겨웠다. 그러는 동안 계속 가스 불 위의 검정 냄비가 부글부글 끓어 넘쳤다. 세입자의 심장과 간이 고아지고 있었다.

"아, 참!" 나는 벽난로 위의 시계를 쳐다보았는데 시계가 가지 않았다. 하지만 떠오른 생각과 시계가 가지 않는 것이 아무 상관도 없다는 듯이 이마를 딱 쳤다. "마담, 제가 9시 반에 신문사 부장님이랑 아주 중요한 약속이 있습니다. 잘하면 내일 드릴 수 있을…"

밖으로, 밖으로. 그런 뒤 지하철 만원 객차에 꾸역꾸역 탔다. 많으면 많을수록 좋지. 모두가 나와 관리인 사이를 채워주는 쿠션이니까. 나는 즐거워 미소를 지었다.

"어머! 실례해요, 므슈!" 검정색 옷을 입은 키가 크고 가슴이 크고 풍만한 매력적인 인간이 말했다. 큼직한 제비꽃 다발이 가슴에 달려 있었다. 기차가 흔들리면서 꽃다발이 바로 내 눈을 찔렀다. "어머! 실례해요, 므슈!"

그러나 나는 그녀를 올려다보며 짓궂게 웃었다.

"전 발코니의 꽃을 더없이 사랑한답니다, 마담."

말하는 순간 그 매력덩어리가 기대 있던 모피 코트를 입은 거대한 남자가 눈에 들어왔다. 그는 머리를 그녀의 어깨 위로 내밀었는데 코까지 하얘져 있었다. 사실 거의 치즈처럼 푸르스름했다.

"당신, 내 아내한테 뭐라고 한 거요?"

생라자르 역이 나를 구했다. 아무리 『가짜 동전들』, 『잘못된 문들』, 『남겨진 우산들』의 저자이면서 두 권을 더 준비 중인 작가라고 해도 뻔뻔스럽게 계속 버티기가 쉽지 않았다.

마침내 수많은 기차가 내 마음에 증기를 불어넣고 수많은 딕 하몬이 나를 향해 굴러오고 난 뒤에야 진짜 기차가 왔다. 개찰구에서 기다리던 몇 사람이 다닥다닥 붙어서 고개를 앞으로 빼고 고함을 쳤다. 머리 많은 괴물이라도 된 것처럼. 그리고 우리 뒤에 있는 파리는 나른한 멍청이들을 잡기 위해 우리가 쳐놓은 거대한 덫일 뿐이었다.

그 멍청이들이 덫으로 걸어와서 붙잡혔고 먹히기 위해 가죽이 벗겨졌다. 내 먹이는 어디에 있는 걸까?

"어이구!" 나는 미소와 들어 올린 손을 함께 접었다. 섬뜩한 찰나의 순간, 나는 딕의 코트를 입고 모자를 쓴 채 나를 향해 걸어오고 있는 이 사람이 사진 속 그 여자, 그러니까 딕의 어머니라고 생각했다. 그가 억지로 웃으려고, 직접 보면 얼마나 애를 많이 쓰는지 잘 알 텐데, 입술을 억지로 끌어올리고 애를 쓰면서, 고통에 지친 매서운 자부심이 넘치는 흐트러진 미소를 지었다.

왜 그런 거지? 왜 이렇게 변한 거지? 물어봐야 할까?

딕을 기다렸다가 어떻게 반응하는지 보려고 무리해서 폭스테리어 꼬리를 흔들기까지 했다. 이렇게 말했다. "안녕, 딕! 잘 지냈나, 친구? 별일 없어?"

"별일 없어, 별일 없지." 그가 거의 헐떡거렸다. "방은 잡아놓았나?"

스무 번 맙소사다! 이제 알겠어. 빛이 어두운 물 위에서 부서졌고 나의 뱃사람은 익사하지 않았다. 나는 웃겨서 공중제비를 돌 뻔했다.

물론 조바심 때문이겠지. 당황해서 그런 거겠지. 영국인 특유의 진지함이지. 점점 더 재미있어지겠지! 하마터면 그를 끌어안을 뻔했다.

"그럼, 방을 잡아뒀지." 나는 거의 고함을 쳤다. "그런데 마담은 어디 있지?"

"짐을 가지고 오느라." 그가 숨 가빠했다. "저기 오네."

늙은 짐꾼 옆에서 걸어오는 저 아기를 말하는 건 아니겠지. 짐꾼이 유모라도 되듯 저 아기를 이제 막 유아차에서 내려놓고 거기에 짐을 실어 날라오고 있을 것 같은데 말이다.

"그런데 마담은 아니야." 딕이 갑자기 우물쭈물하면서 말했다.

그 순간 여자가 딕을 보더니 자그마한 토시를 흔들었다. 그녀는 갑자기 유모를 내팽개치고 달려오더니 영어로 아주 빠르게 무언가를 말했다. 그런데 딕은 프랑스어로 대답했다. "그럼, 아주 잘됐네. 내가 처리할게."

하지만 딕은 짐꾼 쪽으로 몸을 돌리기 전에 어정쩡한 손짓으로 나를 가리키고는 뭐라고 중얼거렸다. 우리는 서로 소개했다. 그녀는 영국 여자들이 하듯 남자애처럼 손을 내밀고, 내 앞에 턱을 치켜들고 아주 꼿꼿하게 서서 자신의 터무니없는 흥분을 가라앉히려고 역시나 애를 쓰면서, 내 손을 쥐어짜면서(그게 내 손인지 몰랐던 거야) 이렇게 말했다. 나는 프랑스어를 못합니다(Je ne parle pas français).

"그런데 잘하시는군요." 나는 아주 다정하게 안심시키며 대답했다. 그녀의 첫 번째 유치를 뽑을 치과의사인 양.

"당연히 그렇지." 딕이 우리 쪽으로 몸을 틀었다. "있잖아, 택시 같은 거 타면 안 될까? 이 지긋지긋한 역에 밤새껏 있고 싶진 않지. 그렇지?"

너무 무례한 말이어서 내가 정신을 차리는 데 시간이 필요했다. 그리고 그가 내 생각을 알았던 게 분명하다. 나에게 예전에 하던 대로 어깨에 팔을 두르고 이렇게 말했던 것을 보면 말이다. "아, 미안, 친구. 하지만 너무도 역겹고 불쾌한 여정이었어. 오느라 엄청나게 오래 걸렸잖아. 안 그래?" 그녀에게 물었다. 하지만 대답하지 않았다. 그녀는 고개를 숙이고 자신의 회색 토시를 쓰다듬기 시작했다. 그리고 우리 옆에서 걷는 동안 내내 자신의 토시를 쓰다듬었다.

'내가 잘못한 것일까?' 나는 생각했다. '저들의 상황에선 그저 미칠 듯 짜증이 나는 것이 당연한 것 아닐까? 저들은 그냥 말 그대로, "잠자리가 필요"한 것이지 않나? 여행하느라 몹시 힘들었을까? 여행 담요 하나를 같이 덮고 찰싹 붙어 앉아서 따스하게 앉아 있었을 텐데?' 운전수가 상자들을 줄로 묶는 동안 이런 생각 저런 생각을 했다. 다 됐군.

"이봐, 딕. 난 지하철로 집에 갈게. 호텔 주소 여기 있어. 예약은 다 해 놨어. 되는 대로 빨리 날 만나러 와."

맹세코 나는 그가 졸도하는 줄 알았다. 그의 입술이 하얘졌다.

"아냐, 같이 가야지." 그가 소리쳤다. "난 그렇게 정해진 걸로 알았는데. 당연히 같이 가야지. 우릴 두고 가면 안 되지." 그래, 난 포기했다. 나한테는 너무 어렵고 너무 영국적인 일이었다.

"당연히, 물론, 가야지. 기분 좋게 가지. 나는 그냥 생각한 게, 어쩌면…"

"꼭 가야 돼!" 딕이 작은 폭스테리어에게 말했다. 그리고 또 그녀를 향해서 아주 크고 어색하게 몸을 돌렸다.

"타, 마우스."

그러자 마우스가 그 검은 구멍으로 들어가 마우스 2를 쓰다듬으며 앉아서 한 마디도 안 했다.

우리는 인생이 내던진 작은 주사위 세 알처럼 별안간 딸그락거리며 떠났다.

나는 둘의 맞은편 간이 좌석에 앉겠다고 우겼다. 우리가 전등 불빛의 하얀 원에 들어갔을 때 재빨리 훑어볼 수 있을 테니 하나도 빼놓지 않고 다 보고 싶었기 때문이다.

불빛이 딕을 비추었다. 자기 자리에 뒤로 완전히 기대 앉아 있었고 코트 깃을 세운 채 손은 주머니에 찔러 넣고 어두운 색의 넓적한 모자가 그의 일부분인 양 그림자를 드리우고 있었다. 그가 일종의 날개 아래 숨어 있는 셈이었다. 불빛이 그녀를 보여주었다. 아주 꼿꼿하게 앉아 있었고 사랑스러운 작은 얼굴은 진짜라기보다 그린 것 같았다. 선 하나하나에 의미가 가득 차 있었고 그 선들이, 흐르는 어둠을 아주 예리하게 가르고 있었다.

그러니까 마우스는 아름다웠다. 몹시 아름다웠지만, 너무도 나약하고 섬세해서 볼 때마다 처음 보는 것 같았다. 이런 충격이었다. 얇고 흠 하나 없는 찻잔으로 차를 마시고 있었는데 갑자기 찻잔 바닥에 작은 생물이 보인다. 반은 나비이고 반은 여자인 생물이 옷소매로 노를 저어 오고 있는 상황이라는 말이다.

내가 본 바로 그녀는 검은 머리카락에 눈은 푸른색이거나 검은색이었다. 긴 속눈썹과 위에 두 개 그어져 있는 짧은 털들이 가장 인상적이었다.

그녀는 옛날 사진 속 영국 여자들이 여행할 때 입었던 것 같은 길고 어두운 색의 망토를 입고 있었다. 팔이 나오는 곳에 회색 모피가 달려 있었다. 모피는 목 주위에도 둘러져 있었고 꼭 끼는 모자도 모피였다.

'마우스 이야기를 전개해봐야겠어.' 나는 결심했다.

아, 그것이 너무도 흥미로웠지, 너무도 흥미진진했어! 그 흥분이 나에게 점점 더 가까이 느껴졌다. 내가 그 흥분을 느끼려고 달려가고, 그것에 흠뻑 젖고, 나의 깊은 곳으로부터 나 자신을 머나먼 곳으로 내던져버려서 마침내 내가 그 흥분을 다스리느라 힘들 지경이었다.

하지만 나는 그냥 아주 이상하게 굴고 싶었다. 어릿광대처럼. 크고 과장된 몸짓을 하며 노래를 부르기 시작하고, 창을 가리키며 소리치는 것. "신사 숙녀 여러분, 우리는 우리의 파리에서(notre Paris) 두말할 것 없이 가장 유명한 곳을 지나고 있습니다." 그러면서 달리는 택시에서 뛰쳐 나와 지붕으로 올라가서 다른 쪽 문으로 들어온다. 창을 내다보며 깨진 망원경을 거꾸로 들고 호텔을 찾는다. 그런데 그 망원경은 이상한 소리로 귀를 찢는 트럼펫이 된다.

나는 이런 짓거리를 하지 않도록 자제했다, 이해하시겠지. 그리고 내 장갑 낀 손을 살포시 모아 남몰래 박수까지 치면서 마우스에게 이렇게 말했다. "그러면 파리에는 처음 오신 거지요?"

"예, 이전에 와본 적이 없어요."

"어이구, 그러면 보실 게 많겠군요."

그래서 흥미로운 것들과 박물관을 슬쩍 언급하려는 참이었는데 택시가 멈추어 섰다.

있잖아―아주 말도 안 되는데―내가 그들에게 문을 열어주고 계단을 올라 층계참에 있는 사무실로 가면서, 왜 그런지 몰라도 나는 이 호텔이 내 것 같다는 느낌이 들었다.

사무실 창틀에 꽃병이 하나 놓여 있었는데 나는 한두 송이의 자리를 바꾸어놓고 물러서서 어떤지 보기까지 했다. 그러는 동안 여자 매니저가 그들을 맞이했다. 그리고 그녀가 나를 향해서 열쇠를 건네며 (급사가 상자들을 풀고 있었다) 이렇게 말했다. "므슈 뒤케트가 여러분에게 방을 보여드릴 겁니다." 그때 나는 열쇠로 딕의 팔을 톡톡 건드리고 아주 잘 안다는 듯이 이렇게 말하고 싶어 안달이었다. "이봐, 친구. 내 친구라고 하면 기꺼이 할인도 받아줄 수…"

우리는 위로, 더 위로 올라갔다. 돌고 돌아서. 예비용 부츠를 지나서(그런데 아무도 문밖에 있는 예쁜 부츠를 보지 않는 것은 왜일까?) 높이 더 높이.

"방이 좀 높아서 걱정이군." 내가 바보처럼 웅얼거렸다. "하지만 내가 이 방을 고른 이유는 말이지…"

그들은 내가 방을 선택한 이유에는 전혀 관심이 없는 게 너무도 분명해서 나는 말을 그만두었다. 그들은 모든 것을 받아들였다. 무언가가 바뀌기를 바라지 않았다. 그저 겪어내고 있을 뿐이었다. 내가 분석한 바로는 그랬다.

"드디어 도착이네." 나는 통로 한쪽 끝에서 반대편 끝으로 달려가서 불을 켜고 설명하기 시작했다.

"이 방은 딕이 쓰는 게 좋겠어. 저 방은 더 크고 작은 드레스룸이 딸려 있어."

"주인의" 눈으로 나는 깨끗한 수건과 덮개를 보았고 붉은 면사로 수

170

놓인 침대 시트도 보았다. 그 방들이 꽤 괜찮다고, 지붕이 경사지고 사방이 트여 있어서 파리에 와본 적 없는 사람이라면 묵고 싶어할 방이라고 생각했다.

딕이 모자를 침대 위에 내던졌다.

"상자 들고 있는 저 녀석, 내가 도와줘야 하지 않을까?" 딕이 누구에게랄 것도 없이 물었다.

"그래, 도와줘." 마우스가 대답했다. "상자가 엄청 무거워."

그런 뒤 그녀가 나에게 처음으로 희미한 미소를 지었다. "책이에요, 아시겠지만." 어라, 그가 나가기 전에 그녀에게 너무도 이상한 눈길을 던지고 나갔다. 그리고 그가 그냥 도와주는 데 그치지 않고 급사(garçon)의 등에서 상자를 끌어 내려야 할 상황이었던 것 같다. 그래서 그는 휘청거리며 상자를 하나 지고 와서 내려놓고 또 가지러 갔다.

"그건 자기 거야, 딕." 그녀가 말했다.

"아, 잠깐 여기 둘 테니 신경 쓰지 마. 괜찮지?" 그가 숨을 몰아쉬며 힘들게(상자가 엄청나게 무거웠던 게 틀림없어) 물었다. 동전을 한 줌 꺼냈다. "급사한테 줘야 할 것 같아."

급사도, 옆에 서서 같은 생각을 하는 것 같았다.

"더 시키실 일 있습니까, 므슈?"

"없어! 없다고!" 딕이 짜증을 부렸다.

그런데 바로 그때 마우스가 앞으로 나왔다. 아주 차근차근 딕을 보지 않고 딱 부러지는 영국 억양으로 말했다. "있어요. 차 좀 줘요. 차 석 잔."

그러더니 갑자기 토시 안에 손이 끼었다는 듯 토시를 올렸다. 그리고 그 헬쑥하고 땀을 뻘뻘 흘리는 급사에게 힘이 다 빠져버렸다는 몸짓을 하며 "차를 당장!" 가져와서 자신을 구해달라고 외쳤다.

직접 보니 너무도 놀라웠고 영국 여자가 위기에 처했을 때 힘들게 겨우겨우 할 법한(사실 나는 그런 걸 상상해본 적도 없지만) 몸짓과 외침인 것 같아서 손을 들어 저항하고 싶은 충동을 느낄 지경이었다.

"아니! 아니! 그만. 됐어요. 됐어. 차라는 말, 이제 그만해요. 정말이지, 정말이라니까, 급사가 충분히 알아들었잖아요. 급사가 한 마디만 더 들으면 터져버릴지도 몰라요."

그 말에 심지어 딕도 동조했다. 그는 오랫동안 의식이 없었던 사람처럼 아주 천천히 마우스 쪽으로 돌더니 지치고 퀭한 눈으로 천천히 바라보다 꿈꾸는 듯한 목소리로 웅웅거렸다. "그래, 그 말이 맞아." 그런 다음 이렇게 말했다. "자기도 피곤할 거야, 마우스. 앉아."

그녀는 손잡이에 레이스 장식끈이 달린 의자에 앉았다. 딕은 침대에 기대어 있었고 나는 등받이가 곧은 의자에 앉아서 다리를 꼬고는 바지 무릎께에 묻은 상상 속의 먼지를 털어냈다(파리 사람들이 편하게 앉은 자세).

짧은 침묵이 흘렀다. 그때 딕이 말했다. "코트 벗지 않겠어, 마우스?"

"됐어. 지금은 싫어."

나한테는 안 물어봐주려나? 아니면 내가 손을 들고 아기 목소리로 물어봐야 할까? "이제 나한테 물어볼 차례예요."

아니, 그러지 않겠어. 나한텐 묻지 않았다.

짧은 침묵이 긴 침묵이 됐다. 진짜 침묵.

"…야야, 파리 폭스테리어! 이 불쌍한 영국인들을 즐겁게 해줘! 개들한테 영국은 대단한 나라잖아."

하지만, 어쨌거나 내가 왜 그래야 해? 영국인들 말마따나 그건 내 "알바"가 아니었다. 그런데도 나는 마우스에게 약간 촐랑촐랑 까불었다.

"낮에 도착하지 않은 게 정말 안됐네요. 여기 창 두 개로 보면 너무도 전망이 좋아요. 그러니까, 호텔이 한쪽 구석에 있어서 창 두 개에서 모두 엄청나게 길고 쭉 뻗은 길이 보이죠."

"그렇군요." 마우스가 말했다.

"길에서 들리는 소리가 그렇게 좋다는 뜻은 아니지만요," 내가 웃었다. "무척 활기가 넘쳐요. 우스꽝스러운 어린애들이 자전거를 많이 타고 사람들이 창밖을 내다보고 있고요. 아, 그렇지, 아침에 직접 보시겠네요… 아주 재미나죠. 아주 활기차고."

"아, 그렇겠네요." 그녀가 말했다.

때마침 그 순간 핼쑥하고 땀 많은 급사가 들어왔다. 컵들이 대포알이고 자신이 영화에 나오는 역도 선수라는 듯이 한 손에 차 쟁반을 들고 있었다.

둥그런 탁자에 쟁반을 잘도 내려놓았다.

"탁자를 이리로 옮겨 와요." 마우스가 말했다. 웨이터에게만 말하고 싶은 것 같았다. 손을 토시에서 빼고 장갑을 벗고 그 구식 망토를 뒤로 벗어던졌다.

"우유랑 설탕 가져왔나요?"

"우유 없어요, 고맙지만, 설탕 없어요."

나는 꼬마 신사처럼 내 차를 가지러 갔다. 그녀는 다른 잔에 차를 따랐다.

"저건 딕 거예요."

그러자 충직한 폭스테리어가 그것을 딕에게 가지고 가서, 말하자면, 그의 발치에 놓았다.

"어, 고마워." 딕이 말했다.

그런 다음 나는 내 의자로 돌아갔고 그녀는 그녀의 의자에 기대앉았다.

하지만 딕은 또 침묵이었다. 잠시 찻잔을 사납게 응시하고 주위를 둘러보더니 찻잔을 침대 탁자에 내려놓고 모자를 집어 든 후 황급히 더듬거리며 말했다. "아, 그런데 내 편지 좀 부쳐줄 수 있어? 오늘 밤에 보내고 싶은데. 꼭 보내야 해. 아주 급한 거거든…" 그녀의 시선이 자신에게 향해 있는 것을 느끼면서 딕이 말을 던졌다. "우리 어머니한테 보내는 거야." 나에게 이렇게 말했다. "오래 안 걸릴 거야. 필요한 걸 다 준비해뒀거든. 어쨌든 오늘 밤에 부쳐야 해. 해줄 거지? 그건… 바로, 바로 보내야 해."

"당연히, 부쳐주지. 기꺼이."

"차부터 마시지그래?" 마우스가 조심스레 권했다.

…차? 차를? 그렇지, 차… 침대 탁자에 차가 한 잔 있지… 휙휙 내달리는 꿈속에서 그는 가장 밝고 가장 멋진 미소를 자신의 작은 여자에게 슬쩍 내비쳤다.

"지금은 안 마실래. 지금은."

그러더니 내가 꼭 부쳐주기를 바란다면서 방을 나가 문을 닫았고 우리는 그가 복도를 지나가는 소리를 들었다.

나는 서둘러 잔을 탁자에 내려놓으려다가 데었고 그대로 선 채 이렇게 말했다. "내가 주제 넘는데도 이해해주세요… 너무 대놓고 말하는 건지도 모르지만요. 하지만 덕이 애써 숨기려고 하지 않았잖아요? 무슨 일이 있지요? 도와드릴까요?"

(부드러운 음악. 마우스가 일어서서 잠시 무대에 서 있다가 의자로 돌아와 그에게 차를 따라주는데, 이런, 너무 찰랑찰랑하게 따르고, 너무 뜨거워서 그가 한 모금 마시는 동안 눈물을 다 글썽거렸다. 그래도 쓴 찌꺼기까지 다 마신다…)

내가 그러고 나서야 그녀가 대답했다. 먼저 찻주전자를 들여다보더니 뜨거운 물을 채우고 스푼으로 저었다.

"그래요. 일이 있어요. 하지만 안 돼요, 당신은 도울 수 없을 거예요." 또 한 번 그 희미한 미소를 보았다. "정말 미안해요. 너무 불쾌한 일일 거예요."

불쾌하다고, 설마! 몇 달 동안 재미난 일이 하나도 없었다고 말할걸 그랬나?

175

"하지만 힘드시잖아요." 내가 마치 그대로 두고 볼 수 없다는 듯이 조심스레 말했다.

그녀는 부정하지 않았다. 고개를 끄덕이며 아랫입술을 깨물었고 내가 보기에는 턱이 떨리고 있었다.

"그런데 내가 해줄 수 있는 게 정말 없나요?" 더 조심스럽게 말했다.

그녀가 고개를 젓고 테이블을 밀더니 벌떡 일어났다.

"어, 금세 괜찮아질 거예요." 그녀가 숨을 내쉬고 화장대로 다가가서 등을 돌리고 섰다. "괜찮아질 거예요. 계속 이럴 리는 없죠."

"물론 그렇죠." 내가 맞장구를 쳤다. 나는 이런 때에 담뱃불을 붙이면 인정머리 없어 보이지 않을까 궁금했다. 갑자기 담배 생각이 간절해서.

어찌 된 일인지는 모르지만 내 손이 가슴 주머니로 향해 담뱃갑을 반쯤 꺼냈다가 다시 밀어 넣는 것을 그녀가 보았던 게 분명하다. 그녀가 이렇게 말했으니까. "성냥은… 촛대에. 제가 봤어요."

울고 있는 목소리였다.

"어! 고마워요. 그래요, 그래. 찾았어요." 나는 담뱃불을 붙이고 이리저리 왔다 갔다 하며 담배를 피웠다.

너무 조용해서 오전 두 시 같았다. 너무 조용해서 시골집에서 그러듯 바닥이 삐걱이고 뚝뚝거리는 소리가 들렸다. 나는 담배를 다 피우고 내 접시에 꽁초를 눌러 껐고 그때 마우스가 뒤로 돌아서 탁자로 돌아왔다.

"딕이 좀 오래 걸리는 거 아닌가요?"

"아주 피곤하시겠어요. 침대에 눕고 싶으실 것 같은데요?" 내가 친절하게 말했다. (그리고 눕고 싶으면 난 신경 쓰지 마세요, 라고 속으로 말했다.)

"하지만 너무 오래 걸리는 거 아닌가요?" 그녀가 다시 말했다.

나는 어깨를 으쓱했다. "좀, 그러네요."

그런 뒤에 나는 그녀가 나를 이상한 눈초리로 보는 것을 보았다. 그녀는 귀를 기울이고 있었다.

"너무 오래 걸려요." 그녀가 말했고 문을 향해 종종걸음으로 가더니 문을 열고 복도를 건너 그의 방으로 갔다.

나는 그대로 있었다. 나도 이제 귀를 기울이고 있었다. 한마디도 놓치고 싶지 않았다. 그녀가 방문을 열어두었다. 나는 몰래 방을 가로질러 그녀의 뒤를 쫓았다. 딕의 방도 문이 열려 있었다. 하지만… 놓치고 말고 할 게 없이, 아무 소리도 안 들렸다.

나는 그들이 저 조용한 방에서 키스를 하는구나 하고 바보 같은 생각을 했다. 길고 기분 좋은 키스 말이다. 슬픔을 침대에 눕히고, 깊이 잠들 때까지 다독여주고, 따뜻하게 해주고, 잘 덮어주고, 꽉 안아주는 키스. 아! 키스는 얼마나 좋아.

드디어 끝났나보다. 누군가가 움직이는 소리를 듣고 발소리를 죽여 돌아왔다.

마우스였다. 그녀가 돌아왔다. 마우스는 나에게 줄 편지를 가지고 조심스레 방으로 들어왔다. 그런데 편지는 봉투에 들어 있지 않았다. 그냥 낱장의 종이였고 그녀는 그것이 젖어 있기라도 하듯 한쪽 귀퉁이를 들고 있었다.

마우스는 머리를 아주 아래까지 숙여서, 그런데 모피 칼라 속에 너무 깊숙이 웅크리고 있어서 내가 알아채지 못했지만, 편지가 거의 바닥에 닿고 그녀 자신도 침대 옆 바닥에 거의 쓰러지다시피 하고는 뺨을 침대에 기대고 손을 내밀었다. 볼품없고 작은 자신의 마지막 무기가 사라졌고 이제 자신이 휩쓸려 가도록, 깊은 물에 잠겨 사라지도록 내버려둔다는 듯이.

번쩍! 생각이 들었다. 딕이 총으로 스스로를 쏘았고, 그다음 몇 번 더 번쩍이는 동안 나는 달려 들어가서 몸과 멀쩡한 머리와 관자놀이에 난 작고 푸른 구멍을 보았고 호텔을 들썩거리게 만들고 장례식을 준비하고 장례식에 참석하고 택시 문을 닫고 새 모닝코트를…

나는 구부정하게 몸을 굽혀 그 종이를 집어 들었는데—내가 너무 프랑스식 품위가 몸에 배서—세상에나, 그걸 읽기 전에 "실례(comme il faut)"라고 낮게 말했다.

"마우스, 내 작은 마우스에게,

안 되겠어. 불가능해. 나는 끝까지 버틸 수가 없어. 아, 나는 정말 너를 사랑해. 정말 너를 사랑해, 마우스. 하지만 어머니에게 상처를 줄 수 없어. 사람들이 평생 어머니를 아프게 했어. 차마 어머니께 치명타를 가할 수 없어. 어머니가 우리 둘보다 강하기는 하지만 너무도 다치기 쉽고 자부심이 강하다는 걸 알잖아. 그게 어머니를 죽일 거야. 죽인다고, 마우스. 그러니, 아 어쩌지, 나는 어머니를 죽일 수 없어! 너를 위해서라고 해도. 우리 둘을 위해서라고 해도. 넌 이해할 거야, 그렇지?

우리가 이야기를 나누고 계획을 세웠을 때는 모든 게 너무도 그럴싸해 보였지만 기차가 출발한 바로 그 순간 모든 게 끝이었어. 나는 어머니가 나를 다시 끌어당기는 것을 느꼈어. 부름을. 나는 이걸 쓰는 지금도 어머니 목소리를 들을 수 있어. 그리고 어머니는 혼자이고 알지 못해. 어머니에게 말하려면 악마가 되어야 하는데 나는 악마가 아니야, 마우스. 어머니는 알면 안 돼. 아, 마우스, 조금은 내 말에 동의하지 않아? 나는 나 스스로가 가고 싶어 하는지 아닌지 모른다는 것이 말로 다 할 수 없을 만큼 끔찍할 뿐이야. 내가 가고 싶은가? 아니면 어머니가 그냥 나를 끌어당기는 걸까? 모르겠어. 내 머리가 너무 지쳤어. 마우스, 마우스… 너는 어떻게 할래? 하지만 나는 그것도 생각할 수가 없어. 절대 못해. 나는 지쳐버렸어. 그런데 나는 지치면 안 돼. 내가 할 일은… 너한테 말하고 가는 거야. 너한테 말을 안 하고는 갈 수가 없어. 너는 깜짝 놀라겠지. 그렇지만 놀라면 안 돼. 안 그럴 거지? 난 더 이상 견딜 수 없어. 그게 다야. 그리고 나한테 편지 쓰지 말아줘. 나는 네 편지에 답장할 용기가 없고 네가 쓴 거미 다리 같은 글씨를 읽을 수도 없어…

용서해줘. 이제 나를 사랑하지 마. 아니. 나를 사랑해줘. 나를 사랑해줘. —딕."

어떤가? 이런 일은 아주 드물지 않은가? 내 마음속에서는 그가 자살하지 않았다는 안도감이 기쁨이라는 놀라운 감정과 뒤섞였다. 나는 "그거 아주 궁금하고 재미있네"로 그 영국인에게 앙갚음을, 두 배로, 했다.

그녀는 이상하게 흐느껴 울었다. 눈을 감은 채, 얼굴은 너무도 고요하고 눈꺼풀만 떨렸다. 눈물이 뺨을 타고 굴러 내려왔고 떨어지게 그냥 내버려두고 있었다.

하지만 내 시선을 느끼고 눈을 뜨더니 내가 편지를 들고 있는 것을 보았다.

"그거 읽었어요?"

목소리가 아주 차분했지만 더 이상 그녀의 목소리가 아니었다. 그것은 짜디짠 파도에 밀려 높이 올려져 마침내 말라버리고 만 작고 차가운 조개에서 나오는 소리 같았다.

나는 고개를 끄덕였고 어쩔 줄 모르다가, 그럴 만하지 않은가, 그 편지를 내려놓았다.

"믿을 수가 없어! 믿을 수가!" 내가 속삭였다.

그때 그녀가 일어서서 세면대로 다가가 손수건을 물에 담근 뒤 눈을 닦으며 말했다. "아니, 아니에요. 전혀 그렇지가 않아요." 그러더니 젖은 손수건으로 눈을 계속 훔치며 나에게 돌아와서, 레이스 줄이 달린 의자에 앉았다.

"저는 줄곧 다 알고 있었어요. 당연하죠." 그 차갑고 짜디짠 작은 목소리가 말했다. "우리가 출발한 바로 그 순간부터. 전부 다 알고 있었지만, 그래도 희망을 버리지 않았던 거예요." 그리고 손수건을 내려놓고 나에게 마지막 웃음을 지어 보였다. "다들 어리석게도, 그러잖아요."

"그렇죠."

침묵.

"그런데 어떻게 하실 거예요? 돌아갈 건가요? 딕을 만날 건가요?"

그 말에 그녀가 똑바로 앉더니 나를 바라보았다.

"말도 안 되는 말씀이에요!" 그녀가 한층 더 차갑게 말했다. "딕을 만날 생각은 전혀 없어요. 돌아가냐고요? 그건 말할 필요도 없어요. 갈 수가 없어요."

"하지만…"

"갈 수가 없어요. 우선 내 친구들이 전부 내가 결혼한 줄 알아요."

나는 손을 내밀었다. "휴, 정말 안됐네요."

하지만 그녀는 움츠렸다.(그러는 척했다.)

그럼 이제, 내내 마음에 두고 있던 질문이 하나 있었다. 나는 그 질문을 하기 싫었다.

"돈 있어요?"

"있어요. 20파운드. 여기." 그러더니 자신의 가슴에 손을 올렸다. 나는 고개를 숙였다. 내 예상보다 훨씬 많은 돈이었다.

"그러면 이제 어쩔 계획이에요?"

그래, 알지. 이것이 여태 한 것 중에 가장 둔하고 가장 멍청한 질문이었다는 것을. 그녀는 지금껏 너무도 고분고분하게, 너무도 속을 잘 털어놓고, 어쨌든 성심성의껏 이야기하면서, 내가 자신의 작고 떨리는 몸을 한 손에 안고 복슬복슬한 머리를 쓰다듬게 두었다. 그런데 이제, 나는 그녀를 밀어내버렸다. 아, 내가 왜 그랬지.

마우스가 일어섰다. "아무 계획이 없어요. 그런데, 너무 늦었네요. 이제 가주세요."

어떻게 그녀를 나에게 돌아오게 할 수 있지? 그녀가 돌아오기를 바랐다. 맹세컨대 연기하는 게 아니었다.

"내가 친구라고 생각하나요?" 내가 소리쳤다. "내일 일찍 와도 되지요? 내가 당신을 좀 보살펴줘도 되지요? 돌봐주는 것 말이에요. 당신이 원하는 만큼 내 도움을 받아요."

성공. 마우스가 자신의 구멍 밖으로… 쭈뼛거리면서도… 여하튼 나왔다.

"그래요, 아주 친절하시네요. 그래요, 내일 오세요. 오시면 좋겠어요. 좀 힘들어지기는 할 텐데요, 왜냐하면…" 그러고는 다시 소년 같은 손으로 내 손을 마주 잡았다. "나는 프랑스어를 못합니다(Je ne parle pas français)."

큰길에 반쯤 내려가서야 그 손이 느껴졌다. 그 손의 힘이 다 느껴졌다.

음, 그들은 힘들어하고 있었다… 그 둘은… 정말 힘들었다. 나는 두 사람이 힘들어하는 것을 본 것이다. 그렇게 힘든 사람은 다시 볼 수 없을 거라 생각할 정도로…

당연히 이제 어떻게 될지 다 알겠지. 내가 뭐라고 쓸지 아주 뻔하다. 안 그러면 내가 아니겠지.

나는 그 근처에 다시 가지 않았다.

그래, 내가 아직도 상당한 액수의 식대를 빚지고 있는 건 사실이지만 그래서 안 간 것은 절대 아니다. 내가 마우스를 다시 만나지 않은 사실과 식대를 같이 들먹이는 것은 천박한 일이다.

당연히, 가려고 했다. 밖으로 나갔고 문 앞에 갔고 편지를 썼고 찢었다. 그 모든 것을 다 했다. 하지만 마지막 일은 할 수가 없었다.

지금도 왜 그랬는지 확실히는 모른다. 물론 내가 그 마지막 일을 계속할 수 없다는 것은 알고 있었다. 그게 큰 이유이기는 했다. 하지만 남들은 그것이 가장 중요하지 않은 이유라고 보고, 호기심 때문에 내 폭스테리어의 코를 돌릴 수 없었을 텐데라고 생각할 테지…

나는 프랑스어를 못합니다(Je ne parle pas français). 그것은 그녀가 부르는 백조의 노래였다.[*]

하지만 그녀는 내가 내 신조를 깨게 만든다. 아, 다들 직접 들어서 잘 알고 있겠지만 예라면 수없이 많이 들어줄 수 있다.

…저녁 때, 내가 어떤 음침한 카페에 앉아서, 자동피아노가 '마우스' 곡을 연주하기 시작하면(그녀를 떠오르게 하는 곡이 수십 곡 있다) 나는 이런 꿈을 꾸기 시작한다.

멀고 먼 어딘가에 있는 바닷가 작은 집. 아메리카 원주민 여자들이 입는 것 같은 드레스를 입고 한 여자가 바깥에서, 해변에서 달려오는 맨발의 가벼운 소년을 맞이한다.

"뭐 잡았어?"

---

[*] 백조는 살아 있을 때 울지 않고 죽기 직전에 아름답고 긴 울음소리를 낸다고 해서(과학적으로는 사실이 아님) 예술가의 은퇴 혹은 죽음 전의 마지막 작품이나 공연을 '백조의 노래'라고 부른다.

"물고기 한 마리." 내가 웃으며 그녀에게 물고기를 건넨다.

…바로 그 소녀, 바로 그 소년이 다른 옷을 입고 열린 창가에 앉아서, 과일을 먹으며 바깥으로 몸을 내밀고 웃는다.

"산딸기는 너 다 먹어, 마우스. 난 손도 안 댈게."

…비 오는 저녁. 그들은 우산을 함께 쓰고 집에 돌아올 것이다. 문 앞에 서서 젖은 뺨을 서로 맞댄다.

이러저러하게 생각이 계속된다. 약간 지저분하고 늙은 남자가 내 테이블로 다가와 맞은편에 앉아서 웃으며 지껄이기 시작할 때까지. 마침내 나는 이렇게 말하고 만다. "나한테 당신에게 소개해줄 작은 여자가 있어요, 형씨(mon vieux). 아주 작고… 아주 조그맣지." 나는 내 손가락 끝에 입을 맞추고 손을 내 심장에 올려놓는다. "신사로서, 진지하고 젊고 영국 현대문학에 극도로 관심이 있는 작가로서 말해주는 겁니다."

나는 가야 한다. 가야 해. 나는 코트와 모자에 손을 뻗는다. 마담이 나를 본다. "아직 식사 안 했죠?" 그녀가 웃는다.

"아직요, 마담."

# 서곡

.

마차에 로티와 키지아가 탈 자리가 전혀 없었다. 팻이 아이들을 짐 위로 들어 올려주자 아이들이 기우뚱거렸다. 할머니 다리 위도 이미 꽉 찼고 잠깐 동안이라 한들 린다 버넬이 어느 한 녀석이라도 다리 위에 앉힐 리가 없었다. 아이들 중 나이가 제일 많은 이사벨은 운전석에 앉은 새 허드레꾼 팻 옆자리에 앉혀졌다. 바닥에 여행가방, 자루, 상자 들이 쌓였다. "이것들은 최고 필수품이니까 단 한순간도 내 눈에서 벗어나면 안 돼." 린다 버넬이 지치고 들떠서 떨리는 목소리로 말했다.

로티와 키지아는 대문 바로 안쪽 잔디밭에 있었다. 놋쇠 닻 단추가 달린 코트에 해군 리본이 달린 작고 둥근 모자를 쓴 채 만반의 준비가 돼 있었다. 서로 손을 잡고 심각한 표정으로 눈을 동그랗게 뜬 채 최고 필수품을 빤히 바라본 다음 어머니를 쳐다보았다.

"저것들은 두고 가는 수밖에 없네. 간단해. 그냥 버리는 수밖에." 린다 버넬이 말했다. 입술에서 야릇한 미소가 옅게 흘러나왔다. 린다는 가죽 쿠션에 등을 기대고 눈을 감았는데 웃음을 참느라 입술이 떨렸다. 다행히 그때 새뮤얼 조지프스 부인이 자기 집 거실 블라인드 너머로 이 광경을 보고 있다가 뒤뚱거리며 정원으로 나섰다.

"아이들을 오후에 우리 집에 있게 하시죠, 버넬 부인? 애들은 저녁 때 창고지기가 오면 집바차를 타면 되죠. 저기 있는 것들도 다 가지고 가셔야 하죠?"*

"그래요, 건물 밖에 있는 걸 다 가져갈 거예요." 린다 버넬이 하얀 손으로 앞마당에 거꾸로 세워진 탁자와 의자 쪽을 손짓하며 말했다. 저것들은 너무 우스꽝스러워! 저것들을 바로 세우든가, 아니면 로티랑 키지아도 물구나무를 서든가 해야지. 린다는 이렇게 말하고 싶어 입이 근질거렸다. "애들아, 물구나무를 서서 창고지기를 기다리렴." 린다는 그 생각이 너무 재미있어서 새뮤얼 조지프스 부인 말은 제대로 듣고 있지 않은 것 같았다.

새뮤얼 조지프스 부인이 그 뚱뚱하고 삐걱거리는 몸을 대문 너머로 걸치고 커다란 젤리 같은 얼굴에 미소를 띠었다. "걱정 바세요. 버넬 부인. 로디와 키지아는 우리 애들이랑 같이 차 마시고 놀면 되고 제가 나중에 바차에 태워 보낼게요."

할머니가 잠시 생각하더니 말했다. "그래요. 정말 더없이 좋은 생각이네요. 대단히 감사해요, 새뮤얼 조지스프 부인. 얘들아 부인께 '감사

---

* 코 막힌 발음으로 이야기하고 있다.

186

합니다' 해야지."

두 아이의 얌전한 짹짹거림. "감사합니다. 새뮤얼 조지프스 부인."

"그런데 착하게 굴어야 해. 그리고 더 가까이 와봐…" 아이들이 다가
왔다. "새뮤얼 조지프스 부인께 꼭 말씀드려, 너희가 화…"

"예, 그럴게요. 할머니."

"걱정 바세요, 버넬 부인."

마지막 순간에 키지아가 로티의 손을 놓고 마차 쪽으로 내달렸다.

"난 할머니한테 뽀뽀 한 번 더 할래."

하지만 이미 늦었다. 마차는 도로를 향해 가버렸다. 이사벨은 기고만
장해져 코를 쳐들었고, 린다 버넬은 몸을 엎드렸으며, 할머니는 딸에게
무언가를 꺼내주려고 검정색 실크 손가방 속을 헤집었다. 가방은 마지
막 순간 밀어 넣은 아주 별난 잡동사니로 가득했다. 마차는 햇살을 받아
반짝거리며 고운 금빛 먼지를 뚫고 언덕에 오르더니 가버렸다. 키지아
는 입술을 깨물었지만 로티는 가만가만 손수건을 찾아 울음을 터뜨릴
준비를 했다.

"어머니! 할머니!"

새뮤얼 조지프스 부인이 커다랗고 따스한 검정색 실크 찻주전자 덮
개처럼 로티를 감싸 안았다.

"괜찮단다, 아가. 씩씩해져야지. 애들 방에 가서 놀려무나!"

부인은 우는 로티를 팔로 감싸준 후 아이들 방으로 보냈다. 키지아가
뒤따라가면서 새뮤얼 조지프스 부인의 치마 여밈 부분을 보며 인상을

찌푸렸다. 평소 때처럼 분홍색 코르셋 줄 두 개가 기다랗게 삐져나와 있었다.

로티는 계단을 올라가는 동안 울음을 그쳤지만 아이들 방문 앞에 섰을 때 눈은 붓고 코는 빨개져 있었다. 그 모습에 새뮤얼 조지프스 집 아이들은 아주 고소해했다. 아이들은 긴 탁자 앞 기다란 의자에 앉아 있었다. 방수 테이블보가 씌워진 탁자에 빵과 기름이 놓인 거대한 접시들이 있었고 희미하게 김이 오르는 갈색 물주전자 두 개가 놓여 있었다.

"에구! 너 울었구나!"

"이야! 눈이 쑥 들어갔어."

"애 코 웃기지 않냐."

"아주 울긋불긋하네."

로티가 관심을 한몸에 받았다. 그렇다고 생각하니 가슴이 벅차서 소심하게 씩 웃었다.

"가서 제이디 옆에 앉으렴, 우리 친구야." 새뮤얼 조지프스 부인이 말했다. "키지아는 보시스 옆에 앉고."

모지스가 활짝 웃고는 키지아가 앉을 때 꼬집었다. 하지만 키지아는 모른 척했다. 남자애들은 정말 싫었다.

"어떤 거 먹을래?" 스탠리가 물었다. 아주 정중하게 식탁 앞쪽으로 몸을 기울이며 키지아를 향해 빙그레 웃고 있었다. "처음에 어떤 거부터 먹을 거냐고. 크림 바른 딸기, 아니면 기름에 찍어 먹는 빵?"

"크림 바른 딸기 먹을래." 키지아가 말했다.

"아-하-하-하." 다들 얼마나 크게 웃으며 찻숟가락으로 식탁을 두드리던지. 놀리는 거였지! 속여먹었어! 키지아를 놀린 거야! 약삭빠른 스탠리!

"엄마! 애가 진짜인 줄 알아요."

새뮤얼 조지프스 부인조차 물 탄 우유를 따르면서 웃음을 참을 수가 없었다. "오늘 이사 갈 애들인데 못되게 굴지 마." 부인이 숨소리를 쌕쌕거리며 말했다.

하지만 키지아는 기름에 찍은 빵을 한 입 크게 베어 문 다음 나머지를 접시 위에 세워놓았다. 빵은 베어 문 자리 때문에 작고 귀여운 대문처럼 보였다. 칫! 괜찮아! 눈물이 뺨을 타고 흘러내렸지만 우는 소리는 내지 않았다. 저 끔찍한 새뮤얼 조지프스 앞에서 차마 울 수가 없었다. 키지아는 고개를 숙인 채 앉아 있었고 눈물이 아래로 천천히 흘러내리자 얼른 혀를 내밀어 남들이 보기 전에 눈물을 핥아 먹어버렸다.

2

키지아는 차를 다 마시고 자기 집으로 갔다. 천천히 뒤쪽 계단을 올라 부엌방을 거쳐 부엌으로 갔다. 그곳에는 아무것도 남아 있지 않았다. 창턱 한구석에 모래투성이 비누 한 개가 놓여 있었고 다른 쪽 구석에는 청분 얼룩이 남은 플란넬 조각이 있을 뿐이었다. 벽난로에는 쓰레기가 가득했다. 키지아가 뒤적여보았지만 머리카락 모으는 접시 말고는 아무것도 없었다. 접시는 하녀의 것이고 하트가 그려져 있었다. 그것도 그냥 놓아두고 응접실로 이어지는 좁은 복도를 따라 걸었다. 블라인드가 드리워져 있었지만 완전히 가려진 것은 아니었다. 블라인드 틈으로 연필처럼 가늘고 기다란 햇살이 비쳐 들었고 밖에 있는 나무의 너울거리는 그림자가 금빛 햇살 위에서 춤을 추었다. 그림자는 금세 가만히 멈추더니 다시 퍼덕이기 시작했고 거의 키지아의 발까지 다가왔다. 붕! 붕! 청파리가 천장에 부딪혔다. 카펫 고정용 압정에는 붉은 보푸라기가 끼여 있었다.

식당실 창은 양쪽 모서리에 사각형 채색 유리가 끼워져 있었다. 하나는 파란색, 다른 하나는 노란색이었다. 키지아는 파란색 채색 유리를 통해 대문 앞 파란 칼라 꽃이 자라는 파란 풀밭을 다시 보려고, 그다음에는 노란색 채색 유리 너머로 노란색 백합과 노란색 울타리가 있는 노란 풀밭을 보려고 몸을 숙였다. 작은 중국인 같은 로티가 마당으로 오더니 긴 앞치마 귀퉁이로 탁자와 의자 들을 닦기 시작했다. 저게 진짜 로티일까? 키지아는 색 없는 유리창으로 보기 전에는 확실히 알 수가 없었다.

위층에 있는 아버지와 어머니 방에서 겉은 광택이 나는 검정색이고 안쪽은 빨간색인 약상자를 찾았다. 안에는 탈지면이 들어 있었다.

"안에 새 알을 넣으면 되겠어." 키지아는 생각했다.

하녀 방에는 바닥 틈에 코르셋 단추가 하나 박혀 있었고 또 다른 틈에는 구슬 몇 개와 긴 바늘이 박혀 있었다. 할머니 방에는 아무것도 없다는 것을 알고 있었다. 아까 할머니 짐을 보았으니까. 창으로 다가가 기댔다. 손은 유리에 대고.

키지아는 그렇게 창 앞에 서 있는 것이 좋았다. 뜨거운 손바닥에 닿는 차갑고 빛나는 유리의 감촉이 좋았고, 손바닥을 유리에 꾹 누를 때 손가락 끝이 하얗게 되는 것을 보고 있으면 좋았다. 그곳에 서 있을 때 낮이 깜박거리며 꺼지고 어둠이 찾아왔다. 어둠과 더불어 바람이 코를 킁킁거리고 울부짖으며 천천히 기어 왔다. 텅 빈 방의 창문이 흔들리고, 벽과 바닥이 삐걱거리고, 지붕의 헐거운 철 조각이 외롭게 부딪혔다. 키지아는 갑자기 눈을 크게 뜨고 무릎을 모은 채 가만히, 아주 가만히 있었다. 겁이 났다. 아래층으로 내려가 집 밖으로 나가는 내내 로티를 부르며 계속 소리를 지르고 싶었다. 하지만 '그것'이 바로 뒤에 있었다. 문에서 기다리고, 계단 꼭대기에서, 계단 아래에서 기다리고 복도에 숨어 뒷문에서 달려 나오려고 기다렸다. 하지만 로티도 뒷문에 있었다.

"키지아 언니!" 로티가 명랑하게 불렀다. "창고지기가 왔어. 말 세 마리 딸린 마차에 전부 다 실었어, 언니. 새뮤얼 조지프스 부인이 우리 쓰라고 큰 숄을 주셨어. 그리고 언니 코트 단추 다 잠그래. 부인은 천식 때문에 밖에 안 나오신대."

로티가 아주 거들먹거렸다.

"자, 가자. 얘들아." 창고지기가 불렀다. 커다란 엄지손가락을 아이들의 팔 아래에 끼워 아이들을 위로 들어 올렸다. 로티는 '가장 아름답게' 숄을 둘렀고 창고지기는 아이들의 발을 낡은 담요로 단단히 덮어 감쌌다.

"고개 들어, 천천히 가."

어린 조랑말들이었다. 창고지기는 짐을 묶은 끈을 매만져본 후 바퀴의 브레이크 체인을 풀고, 휘파람을 불면서 아이들 옆에 휙 올라탔다.

"나한테 딱 붙어." 로티가 말했다. "안 그러면 솔이 당겨져서 내가 못 덮어. 언니."

하지만 키지아는 창고지기 쪽에 붙었다. 옆에 앉은 창고지기는 거인처럼 우뚝 솟아 있었고 견과와 새로 만든 나무 상자 냄새가 났다.

## 3

로티와 키지아가 그렇게 늦도록 밖에 있는 것은 처음이었다. 모든 것이 달라 보였다. 채색된 목조주택들은 낮보다 훨씬 더 작았고 마당은 훨씬 더 크고 황량했다. 빛나는 별들이 하늘에 박혀 있었고 달은 금빛 물결이 출렁이는 항구 위에 걸려 있었다. 쿼런틴 섬의 불 켜진 등대와 낡은 석탄선의 녹색 불빛도 보였다.

"픽턴 호가 오네." 창고지기가 밝은 구슬을 친친 감은 작은 증기선을 가리키며 말했다.

그런데 언덕 꼭대기에 다다른 뒤 반대쪽으로 내려가자 항구가 보이지 않았고, 여전히 마을에 있었음에도 완전히 길을 잃은 것 같았다. 다른 마차들이 덜컥거리며 스쳐 갔다. 모두가 창고지기를 알았다.

"잘 지내나, 프레드."

"그럼요." 프레드가 외쳤다.

키지아는 프레드 목소리가 아주 좋았다. 멀리서 마차가 나타날 때마다 그 목소리가 들려오기를 기다리며 프레드를 올려다보았다. 프레드 와는 오래전부터 아는 사이였다. 할머니와 함께 포도를 사러 그의 집 에 자주 갔었다. 그 창고지기는 직접 지은 오두막에 혼자 살았는데 오두 막 한쪽에 온실이 있었다. 온실 전체에 아름다운 포도나무 한 그루가 아 치 모양으로 가로질러 자라고 있었다. 프레드가 키지아에게서 갈색 바 구니를 건네받아 커다란 포도 잎 세 장을 안에 깔고, 벨트를 더듬어 작 은 뿔 칼을 꺼내 커다랗고 푸른 송이 하나에 손을 뻗어 잘라낸 다음, 잎 위에 올려놓았는데 너무도 조심스러운 몸짓이어서 보고 있던 키지아는 숨을 참았다. 프레드는 아주 거구였다. 갈색 벨벳 바지를 입고 진한 갈 색 수염을 길렀다. 하지만 일요일에도 칼라 달린 셔츠는 절대 입지 않았 다. 뒷목이 연한 붉은색으로 그을어 있었다.

"여기 어디예요?" 아이 중 하나가 자꾸 물었다.

"어, 여기는 호크 가, 그러니까 샬럿 크레센트지."

"역시 그렇군." 로티가 샬럿이라는 이름에 귀를 쫑긋 세웠다. 항상 샬 럿 크레센트가 특별하게 느껴졌다. 거리의 이름과 자기 이름이 같은 사 람*은 거의 없으니까.

"봐봐, 언니. 여기가 샬럿 크레센트야. 좀 달라 보이지 않아?" 이제 익 숙한 곳은 모두 지나버렸다. 그 큰 마차가 모르는 동네로 덜컹거리며 들 어갔다. 처음 가보는 길 양쪽에는 높은 진흙 언덕이 있었다. 그 길들을

---

* 샬럿(Charlotte)의 애칭이 로티이다.

193

따라 가파른 비탈을 오르고 또 오르고 언덕을 올랐다가 나무가 우거진 계곡으로 내려와 넓고 얕은 강을 건넜다. 멀리멀리 가고 있었다. 로티가 머리를 꾸벅꾸벅했다. 몸이 늘어졌다. 키지아의 다리 위로 반쯤 미끄러져 누웠다. 그러나 키지아는 눈을 엄청 크게 뜨고 있었다. 바람이 불었고 몸이 떨렸다. 하지만 뺨과 귀는 불타는 듯했다.

"별들도 바람 불면 떨어요?" 키지아가 물었다.

"눈에 띨 만큼은 아닐걸." 창고지기가 말했다.

"우리 새 집 근처에 이모부랑 이모가 살아요." 키지아가 말했다. "이모부네에 애들이 둘인데 젤 큰 오빠가 핍이고 젤 작은 오빠가 래그스예요. 그런데 숫양이 한 마리 있어요. 네나무엘* 찻주전자로 먹이를 준대요. 주전자 주둥이에 장갑을 씌워서요. 우리한테 보여준댔어요. 숫양이랑 면양이 뭐가 달라요?"

"음, 숫양은 뿔이 있고, 타고 달릴 수 있지."

키지아는 곰곰이 생각해보았다. "난 숫양을 절대 안 보고 싶어요." 키지아가 말했다. "동물들이 개나 앵무새처럼 달리는 게 싫어요. 동물들이 나한테 달려드는 꿈을 자주 꾸는데요, 낙타가 달려들 때도 있어요. 그런데 달려오면서 개네들 머리가 어-엄청나게 부풀어요."

창고지기는 아무 말도 하지 않았다. 키지아는 그를 가만히 쳐다보며 눈을 게슴츠레하게 떴다. 그런 다음 손가락을 내밀어 그의 옷소매를 만

---

* 에나멜(enamel)을 잘못 발음한 것이다.

져보았다. 거칠거칠했다. "다 와가요?" 키지아가 물었다.

"얼마 안 남았어." 창고지기가 대답했다. "피곤하니?"

"어, 아주 쪼금도 안 졸려요." 키지아가 말했다. "그런데 눈이 너무 웃기게 계속 위로 말려 올라가요." 키지아는 크게 한숨을 쉬고 눈이 위로 말려 올라가지 않게 하려고 눈을 감았다… 눈을 다시 떴을 때 마차는 정원을 가로지르는 진입로를 채찍질하듯 철럭거리며 달리다가 갑자기 작은 녹색 섬 하나를 빙 돌아 갔고 그 섬 뒤에, 다 돌아 가기 전에는 보이지 않던 집이 있었다. 길쭉하고 낮은 건물이었는데 건물을 빙 둘러 기둥이 있는 베란다 겸 발코니가 보였다. 커다랗고 은은한 흰색 건물이 잠자는 짐승처럼 초록색 정원까지 몸을 뻗고 누워 있었다. 그리고 이때 창이 차례차례 하나씩 밝아졌다. 누군가가 등불을 들고 빈 방들을 지나 걸어오고 있었다. 아래층 창으로 난로 불빛이 가물가물 빛났다. 이상하고 아름다운 흥분이 집에서 잔물결처럼 떨리며 번져 나오는 것 같았다.

"여기가 어디야?" 로티가 일어나 앉으며 말했다. 리퍼 모자는 한쪽으로 완전히 기울어져 있고 자는 동안 눌린 뺨에는 닻 단추 모양이 찍혀 있었다. 창고지기가 조심스레 로티를 들어 내리고 모자를 바로 씌워주고 쭈글쭈글해진 옷을 펴주었다. 로티는 베란다 제일 아래 계단에 눈을 깜박이며 서서 키지아를 보고 있었는데 키지아가 허공을 걸어오는 줄 알았다.

"누구지!" 키지아가 소리치고 놀란 듯 팔을 벌렸다. 할머니가 어두운 복도에서 작은 램프를 들고 나왔다. 미소를 짓고 있었다.

"어두운데 잘 왔구나?" 할머니가 말했다.

"아주 잘 왔지요."

그런데 로티가 둥지에서 떨어진 새처럼 베란다 계단에서 비틀거렸다. 잠깐이라도 가만히 서 있었다면 잠이 들어버렸을 것이다. 어딘가에 기댔다면 눈을 감고 말았을 것이었다. 한 발자국도 더 걸을 수 없었다.

"키지아," 할머니가 말했다. "등불을 너에게 맡겨도 괜찮겠니?"

"그럼요, 할머니."

할머니가 몸을 구부려 그 환하고 살아 숨 쉬는 것을 키지아에게 건네준 다음 늘어진 로티를 안아 들었다. "이쪽으로 가자."

심짝과 앵무새 수백 마리(사실은 벽지의 무늬)로 가득한 사각형 홀을 가로질러 날아오르려고 애쓰는 앵무새들을 지나 키지아가 등불을 든 채 지나갔다.

"아주 조용히 해야 해." 할머니가 주의를 준 뒤 로티를 내려놓고 식당 문을 열었다. "네 엄마가 두통이 너무 심하단다."

린다 버넬은 치직거리는 불 앞에, 쿠션에 발을 올리고 다리에는 타탄 무늬 천을 덮은 채 기다란 등나무 의자에 누워 있었다. 버넬과 베릴은 방 가운데에 놓인 탁자에서 고기 튀김을 먹으며 갈색 도자기 찻주전자에서 차를 따라 마시고 있었다. 이사벨은 어머니의 의자 등받이에 기대 있었다. 그녀는 빗을 들고 어머니의 앞머리를 살살 빗는 데 열중해 있었다. 등불과 난롯불의 빛 웅덩이 가장자리부터는 어둠이 텅 빈 창문까지 펼쳐져 있었다.

"애들이 온 거야?" 하지만 린다는 사실 관심이 없었다. 눈을 떠보지도 않았다.

"등불 내려놔, 키지아." 이모 베릴이 말했다. "안 그러면 우리가 짐을 다 풀기도 전에 집에 불이 날 거야. 차 더 드려요, 형부?"

"아, 딱 8분의 5컵만 줘." 버넬이 식탁 위로 몸을 기울이며 말했다. "고기 좀 더 먹어, 처제. 맛이 최고야, 그치? 너무 퍽퍽하지도 않고 너무 기름지지도 않군." 그는 아내 쪽으로 몸을 돌렸다. "여보, 당신 마음 안 바꿀 거 확실해?"

"아주 충분히 생각했어." 린다가 자주 하듯 한쪽 눈썹을 치켜올렸다. 할머니가 아이들에게 빵과 우유를 가져다주니 모락모락 김이 올라오는 식탁 앞에 앉은 아이들은 얼굴이 달아오르고 졸렸다.

"난 저녁에 고기 먹었는데." 이사벨이 계속 빗질을 하며 말했다.

"나는 저녁으로 고기를 한 덩이 통째로, 뼈 붙어 있는 그대로 우스터소스를 발라 먹었어. 그랬죠, 아버지?"

"야야, 자랑하지 마, 이사벨." 베릴 이모가 말했다.

이사벨이 깜짝 놀란 것 같았다. "자랑하는 게 아니야. 그렇죠, 어머니? 자랑할 생각은 전혀 없어. 애들이 알고 싶어할까봐 말해주는 거지. 그냥 알려주려고 그런 것뿐이야."

"그래, 잘했어. 이제 그만해도 돼." 버넬이 말했다. 그러더니 자신의 접시를 밀어놓고 호주머니에서 이쑤시개를 꺼내 튼튼하고 하얀 이를 쑤시기 시작했다.

"어머니는 프레드가 가기 전에 부엌에서 뭘 좀 먹게 하시지요?"

"그러세." 할머니가 나가려고 돌아섰다.

"아, 잠깐만. 아무도 내 슬리퍼 어디 들어 있는지 모르지? 한두 달은 그걸 못 신을 거 같은데… 뭐라고?"

"알아." 린다의 대답이었다. "캔버스 여행가방 제일 위에 '최고 필수품'이라고 표시돼 있어."

"그럼, 어머님이 좀 갖다주실래요?"

"그럴게."

버넬이 일어서서 기지개를 켜고 난롯가로 가더니 돌아서서 코트 뒷자락을 들어 올렸다.

"아, 이거 난처하네. 안 그래, 처제?"

베릴은 팔꿈치를 식탁에 괴고 차를 홀짝이다가 컵 너머로 버넬을 보며 미소를 지었다. 베릴은 생소한 핑크색 앞치마를 두르고 있었다. 블라우스 소매를 어깨까지 말아 올려서 팔에 있는 귀여운 주근깨가 보였고, 머리는 뒤로 넘겨 하나로 길게 땋아 내리고 있었다.

"정리가 다 되는 데 얼마나 걸릴까, 몇 주면 돼, 응?" 버넬이 비아냥거렸다.

"어머, 아니에요." 베릴이 별일 아니라는 듯 말했다. "힘든 건 이미 다 됐어요. 하녀랑 제가 하루 종일 뼈 빠지게 일했고 어머니도 오셔서 엄청 열심히 했어요. 잠시 앉지도 못했어요. 하루 온종일 일했다고요."

스탠리가 비난의 기미를 느꼈다.

"그래서, 내가 사무실에서 달려와 카펫에 못질이라도 했어야 한단 말은 아니지, 그치?"

"아니죠, 당연히." 베릴이 웃었다. 그녀는 컵을 내려놓고 식당을 나갔다.

"도대체 처제는 우리한테 뭘 바라는 거야?" 스탠리가 물었다. "내가 엄청나게 많은 전문가들이랑 일하는 동안 야자수 이파리로 부채질이나 하고 앉아 있잖아? 세상에, 처제가 손가락 하나 까딱 안 하면서 뭘 한 게 있다고, 저렇게 유난 떨지는 말아야지…"

그리고 그는 예민한 위장에서 고기와 차가 투닥거리기 시작하자 우울해졌다. 그러나 린다가 한 손을 내밀더니 스탠리를 긴 의자 옆에 끌어 앉혔다.

"당신 힘든 거 알아." 린다가 말했다. 그녀의 뺨이 질린 듯이 창백해져 있었지만 빙그레 웃으면서 자신이 잡고 있는 남편의 커다랗고 붉은 손에 자기 손가락을 넣었다. 버넬은 입을 다물었다. 갑자기 휘파람으로 "백합처럼 순수하고 명랑하고 자유로워"를 불었다. 좋은 징조였다.

"당신 그거 좋을 것 같아?" 그가 물었다.

"어머니, 말 안 하고 싶은데 말해야 할 거 같아. 키지아가 베릴 이모 컵으로 차 마시고 있어." 이사벨이 말했다.


4

할머니가 아이들을 침실로 데려갔다. 초를 들고 앞서갔다. 계단을 오르는 발소리가 울렸다. 이사벨과 로티가 한 방에 누웠고 키지아는 할머니의 부드러운 침대에 웅크렸다.

"시트가 있지 않아, 할머니?"

"오늘 밤에는 없어."

"간질간질해요." 키지아가 말했다. "그런데 인디언 같아요." 키지아는 할머니를 끌어당겨 턱 아래에 뽀뽀했다. "얼른 와서 할머니가 제 인디언 전사 해주세요."

"어리광 그만 부리렴." 할머니는 이렇게 말하며 자신이 덮는 방식으로 손녀에게 이불을 꼭꼭 덮어주었다.

"초를 나한테 주고 가면 안 돼요?"

"안 돼. 쉿. 자."

"그럼, 문 열어둬도 돼요?"

키지아는 몸을 둥글게 말았지만 잠이 들지는 않았다. 집 전체에서 발소리가 들렸다. 집이 삐걱거리고 딱딱딱 소리가 났다. 아래층에서 요란한 휘파람 소리가 올라왔다. 베릴 이모가 터뜨리는 높은 웃음소리가 한차례 들렸고 버넬이 크게 코 푸는 소리도 들렸다. 창밖에선 노란 눈의 검은 고양이 수백 마리가 하늘에 앉아 키지아를 바라보았다. 하지만 무섭지 않았다. 로티는 이사벨에게 이렇게 말하고 있었다.

"오늘 밤엔 침대에서 기도할래."

"안 돼, 로티." 이사벨은 아주 단호했다. "하느님은 네가 열날 때만 침대에서 기도하는 걸 용서하셔." 그러자 로티가 말을 들었다.

200

온하하신 예수님, 온유하고 너구러우신 주님,

작은 오린이를 돌보소셔.

제 무지를 불쌍히 여기소서.

제가 주님께 가도욕 내버려두소서.[*]

그런 다음 둘은 등을 맞대고 작은 엉덩이가 서로 살짝 닿게 누워서 잠이 들었다.

베릴 페어필드는 달빛의 웅덩이 속에서 옷을 벗었다. 피곤하기는 했지만 실제보다 더 피곤한 척했다. 옷이 흘러내리게 두고 따스하고 무거운 머리카락을 나른한 몸짓으로 뒤로 넘겼다.

"아아, 너무 피곤하다. 너무 피곤해."

눈을 잠깐 감으면서도 입은 웃고 있었다. 가슴이 두 개의 퍼덕이는 날개처럼 숨으로 차올랐다가 가라앉았다. 창은 활짝 열려 있었다. 공기는 따스했고, 정원 어딘가에서 가무잡잡하고 호리호리하고 장난기 있는 눈빛의 젊은 남자가 수풀 사이를 발끝으로 가만가만 걸으며 꽃을 꺾어 커다란 꽃다발을 만들어서 창 아래로 밀어 넣어 베릴 앞에서 세워 들었다. 베릴은 자기도 모르게 앞으로 몸을 숙였다. 그 남자가 그 환하고 부드러운 꽃 사이에 머리를 들이밀고 은밀하게 웃었다. "아냐, 내가 무슨 생각을 하는 거야." 베릴이 창에 등을 돌리고 머리 위로 잠옷을 덮어 입

---

[*]  원문에서처럼 정확하지 않은 아이의 발음을 살려 옮겼다.

었다.

"가끔 형부는 정말 말도 안 되게 부당해" 하고 생각하며 단추를 잠갔다. 그런 뒤 누워 있으니 오래전부터 했던 괴로운 생각이 다시 떠올랐다. 아, 내 돈이 있으면 좋을 텐데.

엄청나게 부자인 젊은 남자가 잉글랜드에서 막 도착한다. 그 남자가 아주 우연히 그를 만난다… 신임 시장이 총각이다… 시장 집에서 무도회가 열린다… 옅은 녹색 새틴 드레스를 입은 너무도 아름다운 저분은 누구지? 베릴 페어필드입니다…

"내가 기분이 좋은 건 말이야." 스탠리가 잠자리에 들기 전 침대 옆에 기대어 어깨와 등을 시원하게 긁으면서 말했다. "거기를 아주 헐값에 사들여서야, 린다. 내가 오늘 작은 월리 벨한테 그 이야기를 했더니 월리 벨도 그 사람들이 왜 내가 제시한 금액을 받아들였는지 전혀 이해가 안 된다더라고. 당신도 이 근처 땅이 훨씬 더 오를 걸 알잖아… 10년 정도만 있으면… 물론 우리는 아주 잘 참고 견디고 가능한 한 생활비를 줄여야지. 자는 거 아니지?"

"응, 안 자, 당신 말 다 들었어." 린다가 말했다.

스탠리가 침대로 뛰어들더니 린다 위쪽으로 몸을 기울여 초를 불어 껐다.

"잘 자. 사업가 양반." 린다가 스탠리의 귀 옆을 잡고 머리를 당겨 짧게 키스했다. 희미하고 아득한 목소리가 깊은 우물에서 나오는 것 같았다.

"잘 자, 여보." 스탠리가 팔을 린다의 목 아래에 밀어 넣어 자기 쪽으로 당겼다.

"응, 안아줘." 깊은 우물 속 희미한 목소리가 말했다.

잡역부 팻이 부엌 뒤에 있는 작은 방에 쫙 뻗고 누웠다. 세면도구 가방, 코트, 바지가 교수형 당한 사람처럼 문의 못에 걸려 있었다. 담요 가장자리에 휘어진 발가락이 삐져나와 있었고 바닥에는 빈 등나무 새집이 있었다. 만화에 나오는 사람처럼 보였다.

"크윽. 크윽." 하녀의 소리였다. 하녀는 편도 비대증이 있었다.

마지막에 자러 간 것은 할머니였다.

"어어? 아직 안 잤니?"

"예, 할머니 기다리고 있었지요." 키지아가 말했다. 할머니는 한숨을 쉬고 아이 옆에 누웠다. 키지아는 할머니 팔 아래 머리를 밀어 넣고 작게 끽끽 소리를 냈다. 하지만 할머니는 아이를 살짝 안아주기만 하고 다시 한숨을 쉬더니 치아를 빼내서 침대 옆 바닥에 놓인 물 잔에 넣었다.

정원에서 작은 부엉이 몇 마리가 레이스바크 나무에 앉아 울었다. "부엉부엉." 멀리 미개간지에서 빠르게 지저귀는 거친 소리가 들려왔다. "하-하-하… 하-하-하."


# 5

새벽이 급히 오더니 쌀쌀해졌다. 녹색 빛이 도는 하늘엔 구름이 붉었고, 나뭇잎과 풀잎마다 물방울이 맺혔다. 정원에 한 줄기 바람이 불어 이슬과 꽃잎을 떨어뜨리더니 축축한 방목장을 훑고 컴컴한 미개간지로 사라졌다. 하늘에 작은 별 몇 개가 잠깐 떠 있더니 사라졌다. 거품처럼 꺼져버렸다. 이른 아침의 고요 속에서 똑똑히 들리는 것은, 방목장의 시냇물이 갈색 사암 위를 흘러 모래 웅덩이 속에 들어간 후 어둑한 베리나무 덤불 아래 숨었다가 노란 물꽃들과 물냉이 습지로 흘러 들어가는 소리였다.

그런 다음 첫 햇살에 새들이 깨어나기 시작했다. 찌르레기 같은 커다랗고 경박스런 새들은 풀밭에서 휘파람을 불었고 황금방울새와 홍방울새, 부채꼬리딱새 같은 작은 새들은 이 가지 저 가지를 파닥파닥 날았다. 귀여운 물총새 한 마리가 방목장 울타리에 앉아 그 화려한 몸을 단장했고 투이새가 세 가지 음으로 노래하고는 웃다가 다시 노래를 불렀다.

"새들은 너무 시끄러워." 린다가 꿈속에서 말했다. 아버지와 함께 데이지 꽃이 흩뿌려진 푸른 풀밭을 걷고 있었다. 아버지가 갑자기 몸을 숙이더니 린다의 발 바로 옆 풀을 헤치고 자그마한 솜털 뭉치가 있는 것을 보여주었다. "어머, 아빠, 예뻐." 린다가 손을 오목하게 오므려 그 조그만 새를 잡아서 손가락으로 머리를 쓰다듬었다. 아주 온순했다. 하지만 신기한 일이 일어났다. 린다가 쓰다듬자 새가 부풀기 시작하더니 깃털을 세우고 주머니처럼 부풀어 점점 더 커졌고, 동그란 눈이 린다를 알아보고 미소를 짓는 것 같았다. 이제 새가 팔로 다 안을 수 없을 만큼 커져서 린다는 새를 앞치마에 떨어뜨렸다. 새는 커다란 대머리에 부리를 딱 벌린 아기가 되어 입을 벌렸다 달았다. 아버지가 큰 소리로 덜그럭거리며 웃음을 터뜨렸는데 린다가 깨어서 보니 버넬이 창가에서 블라인드를 꼭대기까지 올리느라 덜그럭거리고 있었다.

"아이쿠." 버넬이 말했다. "내가 깨운 거 아니지? 오늘 아침 날씨가 괜찮네."

버넬은 기분이 너무도 좋았다. 이런 좋은 날씨가 자신이 집을 잘 샀다는 평가에 쐐기를 박아주었다. 왠지 이 아름다운 날씨도 자신이 산 것만 같았다. 집과 땅과 함께 헐값에 사들인 것 같았다. 그가 바로 욕실로 가버리고 린다는 몸을 돌려 한쪽 팔꿈치에 괸 채 누워서 햇빛이 비치는 방을 둘러보았다. 가구가 모두 제자리에 놓였다. 그녀의 표현대로라면 낡은 용품들 모두가. 사진은 벽난로 위에 놓였고 약병들은 세면대 위 선반에 잘 놓여 있었다. 린다의 옷은 의자에 걸쳐져 있었다. 외출복, 그러니까 주황색 망토와 깃털 장식이 있는 둥근 모자였다. 그것들을 보면서 이집에서 떠나면 좋겠다고 생각했다. 그리고 작은 마차에 타고 모든 것으로부터 떠나가는 모습을 그려보았다. 모두에게서 멀리, 손도 안 흔들고 떠나는 모습을.

스탠리가 수건을 두른 채 벌게져서 자기 허벅지를 철썩거리며 돌아왔다. 젖은 수건을 린다의 모자와 망토 위에 던지고 햇빛의 사각형 한가운데에 가만히 서서 운동할 준비를 했다. 심호흡, 개구리처럼 구부리고 쭈그리고 앉기, 다리 뻗기. 그는 자신의 단단하고 말 잘 듣는 몸이 뿌듯해서 가슴을 두드리며 탄성을 질렀다. "이야." 하지만 너무 활력이 넘쳐서 린다와는 다른 세상에 있게 된 것 같았다. 그녀는 뒤죽박죽인 하얀 침대에서 구름 위에 있는 듯 누워 그를 바라보았다.

"이런, 젠장! 아, 제기랄!" 스탠리가 말했다. 빳빳한 하얀 셔츠에 머리를 밀어 넣었는데 어떤 멍청이가 목 밴드를 채워놓아서 머리가 걸리고 말았다. 그는 린다에게 팔을 흔들며 다가갔다.

"당신 뚱뚱하고 커다란 칠면조 같아." 린다가 말했다.

"살진 놈. 맛있겠다." 스탠리가 말했다. "나는 살이 손톱만큼도 없어. 만져봐."

"아예 돌덩이네. 철이야, 철." 린다가 놀렸다.

"당신 이걸 알면 놀랄걸." 스탠리가 엄청나게 재미난 이야기를 해준다는 듯 말했다. "클럽에 자기 회사를 가지지 못한 녀석들이 얼마나 많은지 말이야. 젊은 녀석들 있잖아, 내 나이의 남자들." 그는 덥수룩하고 연한 적갈색 머리의 가르마를 타기 시작했는데 푸른 눈은 거울에서 떼지 않은 채 이리저리 굴리고 있었고, 화장대가 늘, 빌어먹을, 너무 낮아서 무릎은 꿇은 채였다. "리틀 월리 벨만 해도 말이지." 그런 뒤 일어서면서 머리빗으로 스스로의 몸에 거대한 곡선을 덧붙여 그렸다. "난 정말 끔찍하게 두려워…"

"걱정 마, 여보. 당신은 절대 살 안 찔 거야. 너무 활동적이라."

"그렇지, 그래. 나도 그렇게 생각해." 스탠리가 수백 번째 다시 확인해 안심하며 호주머니에서 진주가 박힌 주머니칼을 꺼내 손톱을 깎기 시작했다.

"아침 드세요, 형부." 베릴이 문간에서 말했다. "어, 언니, 엄마가 언니는 아직 일어나지 말래." 베릴이 방 안으로 잠깐 머리를 들이밀었다. 머리에 커다란 라일락을 꽂고 있었다.

"어젯밤에 베란다에 놔둔 물건들이 아침에 보니 전부 아주 흠뻑 젖었어. 딱한 엄마가 탁자랑 의자에서 물을 긁어내는 걸 봐야 해. 하지만 아무것도 망가지지는 않았어." 이렇게 말하면서 그녀는 안 보는 척하며 슬쩍 스탠리를 보았다.

"여보, 팻한테 시간 맞춰 마차 몰고 오라고 말했어? 사무실까지 6.5마일은 족히 돼."

'사무실로 이렇게 일찍 출발해야 하다니 얼마나 힘들겠어.' 린다가 생각했다. '정말 너무 힘든 일일 거야.'

"팻, 팻." 린다는 하녀가 부르는 소리를 들었다. 하지만 팻을 찾기가 힘든 모양이었다. 그 멍청한 목소리가 이제 매에 소리가 되었다. 정원을 가로질러 매에 하고 울렸다.

린다는 현관문이 마지막으로 쾅 닫히는 소리로 스탠리가 드디어 나간 것을 확인하고 나서야 다시 잠이 들었다.

나중에 아이들이 정원에서 노는 소리가 들려왔다. 로티가 무뚝뚝하고 작고 쨍쨍한 목소리로 소리치고 있었다. "키-지아 언니. 이사벨 언니." 로티는 늘 길을 잃거나 사람들을 놓쳤다가 옆에 있는 나무나 모퉁이를 돌아가서 다시 찾고는 아주 깜짝 놀라곤 했다. "어머나, 거기 있었구나." 아이들은 아침밥을 먹은 뒤에 와서, 나중에 부를 때까지 바깥에서 계속 놀겠다고 말했다. 이사벨은 깔끔한 유아차에 깨끗한 인형들을 태워 밀었고 로티는 재수 좋게 그 밀랍 인형 얼굴에 인형 파라솔을 받치고 옆에서 걸어도 된다는 허락을 받았다.

"어디 가니, 키지아?" 이사벨이 물었다. 키지아에게 무언가 시켜놓고 이래라저래라 하려고 좀 손쉽고 하찮은 일거리를 찾고 있었다.

"어, 그냥 저기." 키지아가 말했다.

그다음에 아이들의 소리가 더 이상 들리지 않았다. 방 안의 햇빛이 너무 눈부셨다. 린다는 블라인드가 끝까지 올려져 있는 상태가 항상 싫었지만 아침에는 더더욱 견딜 수 없었다. 벽 쪽으로 돌아누워서 한 손가락으로 벽지의 양귀비를 슬슬 따라 그렸다. 잎과 줄기, 터질 듯 통통하게 부푼 꽃봉오리. 정적 속에서 손가락을 따라 그 양귀비가 살아나는 것 같았다. 끈적거리고 부드러운 꽃잎, 구스베리 껍질처럼 털이 난 줄기, 거칠거칠한 잎과 꽉 다문 꽃봉오리의 반질반질한 감촉이 느껴졌다. 사물은 저렇게 살아나는 습성이 있었다. 가구처럼 크고 중요한 것뿐만 아니라 커튼, 물건들의 무늬, 이불과 쿠션 가장자리의 술도 살아났다. 이불의 술 장식은 우스꽝스럽게 행진하는 무용수가 되고 사제들까지 함께 있는 모습은 또 얼마나 자주 봤던지… 사제들은 춤을 전혀 추지 않고 차분하게 걸으면서 기도를 하거나 찬송가를 부르는 양 고개를 숙이고 있었다. 약병들은 갈색 모자를 쓰고 늘어서 있는 작은 남자들로 변하곤 했다. 세면대의 물주전자는 둥그런 둥지에 앉아 있는 토실토실한 새 같았다.

'어젯밤에 새가 나오는 꿈을 꿨는데.' 린다가 생각했다. 무슨 꿈이었더라? 잊어버렸다. 이렇게 살아난 물건들이 하는 일을 보면 정말 이상했다. 물건들은 가만히 귀를 기울였고, 신비롭고 중요한 것들로 불룩하게 스스로를 채우는 것 같았다. 그러다가 꽉 차고 나면 빙그레 웃는 듯했다. 하지만 다 알고 있다는 듯한 그 은밀한 웃음은 린다를 향해 짓는 것이 아니었다. 그것들은 비밀 단체 회원이어서 자기들끼리만 미소를 나누었다. 린다는 낮잠에서 깼을 때 손가락 하나 까딱할 수 없고 눈조차 어느 쪽으로도 돌릴 수 없을 때가 가끔 있었다. '그것들'이 있기 때문이었다.

또 린다는 가끔 자신이 방에서 나가고 문이 딸깍 닫히고 나면 '그것들'이 방에 가득 찬다는 것을 알고 있었다. 그리고 저녁에 린다 혼자 위층에 있고 다들 아래층에 있을 때면 '그것들'로부터 벗어나기가 무척 힘들었다. 그러면 허둥거리며 도망가지도, 여유 있게 노래를 흥얼거릴 수도 없었다. "저 낡은 골무 나부랭이!"라고 아주 아무렇지 않은 척 말하려 해도 '그것들'은 속지 않았다. '그것들'은 린다가 얼마나 겁을 집어먹었는지 알고 있었다. '그것들'은 린다가 거울 앞을 지나갈 때 어떻게 고개를 돌려 일부러 외면하는지 알고 있었다. 린다는 늘 '그것들'이 자신에게서 무언가를 원한다고 느꼈고, 포기하고 조용히 있으면, 더 조용하고 고요하게 움직이지 않고 있으면 무슨 일인가가 정말로 일어날 것이라고 생각했다.

'이제 아주 조용하구나.' 린다는 생각했다. 그녀는 눈을 크게 떴고 고요함이 끊임없이 부드러운 실을 자아내는 소리를 들었다. 그녀는 아주 조심스레 숨을 쉬었다. 아예 숨을 쉬지 않는 것 같았다.

됐다, 이제 모든 것이, 작고 작은 극소의 입자들까지 모두 살아났고,

209

린다는 침대의 감촉을 느낄 수 없었다. 그녀는 공중에 떠 있었다. 눈을 크게 뜬 채 그저 주시하면서 귀를 기울이고 있는 것 같았다. 오지 않은 누군가가 오기를 기다리며, 일어나지 않은 어떤 일이 일어나기를 기다리면서.

6

두 개의 부엌 창 아래 놓인 기다란 송판 식탁에서 페어필드 부인이 아침 식사 그릇을 설거지하고 있었다. 그 부엌 창으로 채소밭과 루바브* 화단으로 내려가는 넓은 풀밭이 내다보였다. 그 풀밭 한쪽은 부엌방 겸 세탁실과 접해 있었는데 하얗게 칠해진 그 별채 위로 포도 덩굴이 얽혀 자라고 있었다. 부인이 어제 보니 자그마한 나선형 덩굴손 몇 개가 부엌 방 천장의 갈라진 곳을 뚫고 나와 있었고 별채 창문마다 두꺼운 녹색 주름 장식이 가득했다.

"난 포도 덩굴이 참 좋아." 페어필드 부인이 단언했다. "하지만 여기선 포도가 안 익을 거야. 오스트레일리아의 태양이 필요하지." 그리고 베릴이 아기 때 태즈메이니아에 있던 집, 뒷 베란다 포도 넝쿨에서 하얀 포도를 따 먹었던 일이며, 커다란 붉은 개미에 다리를 물렸던 일을 기억하고 있었다. 그때 빨간 리본을 어깨에서 묶는 작은 격자무늬 드레스를

---

* 마디풀과의 여러해살이풀. 여름철에 엷은 노란색 꽃이 피고, 잎자루는 시고 향기가 있어 젤리나 잼 따위를 만든다.

입은 베릴이 너무 심하게 비명을 질러서 온 동네 사람들이 몰려들었다. 그리고 아이의 다리가 얼마나 부어올랐던지! "으으으으!" 생각만 해도 숨이 가빠왔다. "불쌍했어. 너무 끔찍했지." 그런 뒤 페어필드 부인은 입술을 굳게 다물고 더운 물을 더 가지러 스토브로 갔다. 커다란 대야 속 물엔 거품이 덮이고 그 위로 분홍색과 파란색 비눗방울이 떠 있었다. 나이 든 페어필드 부인은 팔꿈치까지 소매를 걷어 올리고 있었는데 팔에 밝은 분홍색 얼룩이 묻어 있었다. 부인은 커다란 자주색 팬지 꽃 무늬가 있는 회색 풀라르* 드레스를 입고, 하얀 리넨 앞치마를 두르고, 젤리 틀처럼 생긴 높고 하얀 모슬린 모자를 쓰고 있었다. 목에는 부엉이 다섯 마리가 앉은 초승달 모양 은메달이 달린 목걸이를 걸고, 검정 구슬로 만든 회중시계줄을 두르고 있었다.

부인은 전혀 몇 년 만에 이 부엌에 들어온 사람 같지 않았다. 부인은 거의 부엌의 일부처럼 움직였다. 단호하고 정확한 동작으로 그릇들을 치웠고 스토브에서 서랍으로 천천히 여유롭게 움직였으며 구석구석 다 알고 있다는 듯 식품저장실을 들여다보았다. 일을 끝냈을 때 부엌의 모든 것이 하나의 패턴을 이루었다. 그녀는 체크무늬 천에 손을 닦으며 가운데에 서 있었다. 입술에서 미소가 빛났다. 그곳이 아주 멋져 보인다고, 매우 뿌듯하다고 생각했다.

"엄마! 엄마! 거기 있어요?" 베릴이 불렀다.

---

* 얇은 명주 등에 날염한 천.

"그래. 나갈까?"

"아니야, 내가 가요." 그런 뒤 베릴이 아주 발갛게 된 얼굴로 커다란 그림 두 점을 끌고 쑥 들어왔다.

"엄마, 충와가 파산하면서 형부한테 준 이 끔찍하게 흉한 중국 그림을 어떻게 해야 할까? 이것들이 비싼 작품일 리는 절대 없잖아요. 충와의 과일가게에 몇 달 걸려 있던 거거든요. 형부가 왜 이것들을 갖고 있으려는지 이해가 안 돼요. 형부도 우리처럼 이게 흉측하다고 생각하는 건 분명하지만 액자 때문에 갖고 있는 거 같아요." 베릴이 심술궂게 말했다. "형부는 이 액자가 언젠간 비싼 값에 팔릴 거라고 생각하는 거 같아."

"복도에 걸지 그래?" 페어필드 부인이 말했다. "복도에 걸면 오래 안 봐도 될 거 아냐."

"안 돼요. 자리가 없어. 내가 건축 전후 형부 사무실 사진을 이미 걸었고 형부 사업 친구들이 사인한 사진들이랑, 이사벨이 러닝셔츠 바람에 매트에 누워 있는 그 엄청난 확대 사진도 걸었거든요." 베릴이 화난 눈길로 조용한 부엌을 훑었다. "결정했어요. 그림들을 여기다 걸 거예요. 형부한테는 이사하는 동안 습기가 좀 배어서 당분간 여기 뒀다고 말하고."

베릴이 의자를 끌어당기고 훌쩍 뛰어 올라서더니 앞치마 주머니에서 망치와 큰 못을 꺼내 열심히 박았다.

"됐다! 이 정도면 됐어! 엄마, 그림 줘."

"얘, 잠깐만." 페어필드 부인이 조각된 흑단 액자를 훔치고 있었다.

"어, 엄마, 그거 닦을 필요 없어, 정말. 그 작은 구멍들까지 다 닦으려면 몇 년 걸리겠다." 그리고 베릴은 엄마의 머리통을 내려다보며 눈살을 찌푸렸고 짜증 나서 입술을 깨물었다. 매사에 꼼꼼한 엄마 때문에 아주 미칠 지경이었다. 늙어서 그런 거지, 하고 오만하게 생각했다.

마침내 그림 두 점이 나란히 걸렸다. 베릴은 의자에서 뛰어 내려와 작은 망치를 치웠다.

"저기 있으니 괜찮아 보이네요, 그렇죠?" 베릴이 말했다. "게다가 어쨌든 팻이랑 하녀 말고는 아무도 저걸 안 봐도 되니까. 엄마, 내 얼굴에 거미줄 붙었어? 계단 밑 벽장에 들어갔다 왔더니 뭐가 붙었는지 코가 간지럽네요."

하지만 페어필드 부인이 제대로 보기도 전에 베릴이 돌아서버렸다. 누군가가 창을 두드렸던 것이다. 린다가 턱을 까딱하고 빙그레 웃고 있었다. 부엌방 문 걸쇠가 올라가는 소리가 들리더니 린다가 들어왔다. 모자를 쓰지 않고 있었다. 머리카락이 곱슬곱슬 고리 모양으로 일어서서 낡은 캐시미어 숄로 덮고 있었다.

"나 너무 배고파." 린다가 말했다. "어디 먹을 게 좀 없을까, 엄마? 나 부엌에 처음 들어와봐. 사방에 '엄마'라고 써 있네요. 전부 짝이 다 맞아."

"차 좀 줄게." 페어필드 부인이 식탁 모서리를 깨끗한 냅킨으로 닦으면서 말했다. "베릴도 줄게."

"베릴, 내 생강빵 반쪽 줄까?" 린다가 베릴 쪽으로 칼을 흔들었다. "베릴, 우리가 오니까 이제 이 집 좋아졌어?"

"그럼, 좋지. 이 집이 어마어마하게 좋고 정원도 아름답지만, 모든 게 너무 멀어진 것 같아. 사람들이 시내에서부터 끔찍하게 덜컹이는 합승 마차를 타고 우리를 보러 올 거 같지는 않아. 아무도 안 올 게 분명해. 물론 언니야 별로 신경 안 쓰겠지, 왜냐면…"

"하지만 마차가 있잖아." 린다가 말했다. "팻한테 네가 가고 싶은 데 어디든 데려다달라고 해."

그래서 다행이기는 했지만 베릴의 마음 한구석에는 무언가가 있었다. 차마 스스로 말하지 못한 무언가가.

"어, 그렇지. 어쨌든 우리가 죽는 건 아니니까." 베릴이 냉랭하게 말하며 빈 컵을 내려놓고 일어서서 기지개를 켰다. "난 커튼 달아야겠어." 그런 뒤 노래를 부르며 나갔다.


"얼마나 많은 새가 나무마다 앉아
큰 소리로 노래하던지…"


"…나무마다 앉아 큰 소리로 노래하던지…" 하지만 식당에 다 와서 노래를 그치자 베릴의 얼굴이 변했다. 우울하고 시무룩한 얼굴이 됐다.

"딴 데서 썩느니 여기서 썩는 게 낫겠지." 매몰차게 중얼거리며 붉은 색 모직 커튼에 딱딱한 놋쇠 안전핀을 찔러 넣었다.

부엌에 남은 두 사람은 잠시 침묵했다. 린다가 손가락을 뺨에 대고 어머니를 바라보았다. 어머니가 잎이 무성한 창문 앞에 서 있으니 아주 아름답게 보인다고 생각했다. 어머니의 눈길에는 무언가 편하게 해주는 것, 없으면 못 살 것 같은 것이 있었다. 어머니의 달콤한 살 냄새와 보드라운 뺨과 뺨보다 훨씬 더 보드라운 팔과 어깨가 있어야 했다. 어머니의 머리카락이 말린 모양을 아주 좋아했다. 이마 쪽은 은색, 목 부분은 더 밝은 백발이고 모슬린 모자 아래 굵게 말린 부분은 아직 밝은 갈색이었다. 손은 절묘하게 아름다웠고, 반지 두 개는 크림색 손가락에 녹아든 것처럼 보였다. 그리고 항상 생기가 넘치고 아주 유쾌했다. 그 나이 든 여자는 피부에 닿는 것은 리넨 말고는 아무것도 입을 수가 없었고 겨울에도 여름에도 찬물로 목욕을 했다.

"내가 할 일 뭐 없어요?" 린다가 물었다.

"없구나. 정원에 나가서 아이들 노는 거 구경하면 좋겠다만 너 안 갈 거지."

"당연히 가지. 하지만 엄마도 이사벨이 다른 애들보다 훨씬 더 의젓한 거 알잖아."

"그렇지. 그래도 키지아는 안 그렇잖니." 페어필드 부인이 말했다.

"어, 키지아라면 벌써 몇 시간 전에 황소한테 부딪혔을걸." 린다가 숄로 몸을 다시 감싸며 말했다.

아니, 키지아가 황소를 보기는 했다. 테니스장과 방목장 사이의 말뚝 울타리 옹이 속 구멍으로. 하지만 황소를 놀라게 하고 싶지 않아 빙 돌아서 과수원을 가로질러 풀이 무성하게 난 비탈을 올랐고 레이스바크나무 옆의 길을 따라 가다가 넓고 복잡한 정원으로 들어갔다. 키지아는 이 정원에서 길을 안 잃을 자신이 없었다. 전날 밤에 차를 타고 통과해온 커다란 철문으로 두 번이나 돌아갔고 그런 다음에 집으로 이어지는 진입로로 올라가려고 돌아보니 양쪽에 작은 오솔길이 너무도 많았다. 한쪽 길들은 모두 크고 짙은 색 나무와 낯선 관목들이 복잡하게 자라고 있는 쪽으로 이어졌다. 관목에는 납작하고 벨벳 같은 잎이 달려 있었고 흔들어보면 파리가 잉잉거리는, 솜털 같은 크림색 꽃이 피어 있었다. 이쪽은 무서워. 정원 쪽이 절대 아니야. 이곳의 오솔길들은 축축한 진흙길이었고 나무뿌리가 커다란 새 발자국처럼 뻗어 있었다.

하지만 다른 쪽에는 회양목이 높이 둘러쳐져 있고 오솔길들 가장자리에도 회양목이 있었는데 길들은 모두 꽃들이 어지러이 핀 깊고 깊숙한 곳으로 이어져 있었다. 동백이 피어 있었는데 흰색과 진홍색, 분홍색과 흰색 꽃이 반짝이는 잎사귀들과 섞여 있었다. 라일락은 하얀 꽃무더기 때문에 잎이 보이지 않았다. 장미가 활짝 피어 있었다. 신사들이 옷깃에 꽂는 장미인데, 작고 하얗지만 벌레가 득실거려서 코에 갖다 대고 향을 맡을 수 없다. 분홍 월계화는 떨어진 꽃잎이 그 관목 아래를 둥그렇게 둘러싸고 있었다. 캐비지로즈는 두꺼운 줄기 위에 피어 있고, 모스로즈는 항상 봉오리가 여러 개 맺혀 있었다. 아름다운 분홍색 꽃은 부드럽게 말려 피어났고 빨강은 색이 하도 진해서 꽃이 지고 나서 검정색으로 변한 것처럼 보였다. 몹시 아름다운 크림색 장미는 호리호리한 붉은 줄기와 밝은 진홍색 잎이 나 있었다.

아기나리 무리와 온갖 제라늄이 있었고 버베나와 푸르스름한 라벤더 같은 작은 화초들과 가운데가 벨벳 같고 잎은 나방 날개 같은 페라고니움 화단이 있었다. 미뇨네트만 가득한 화단과 팬지만 가득한 화단도 있었다. 더블 데이지와 싱글 데이지, 그리고 한 번도 본 적 없는 온갖 작은 군생 식물들이 있었다.

백합과의 크니포피아는 키지아보다 키가 컸다. 나무마리골드가 자그마한 밀림을 이루며 자라고 있었다. 키지아가 회양목 위에 앉았다. 처음에 꽉 눌렀더니 앉기가 좋았다. 하지만 안쪽이 어찌나 더럽던지! 몸을 숙여 들여다보았더니 재채기가 나서 코를 비볐다.

그러고 보니 그곳은 풀이 무성하고 완만한 비탈의 꼭대기였고 아래로 오리새풀이 있었다… 잠시 비탈에서 아래를 내려다보았다. 그다음 등을 대고 누워서 꺅 하고 작게 소리를 지른 다음 빽빽하게 꽃이 핀 오리새풀 속으로 데굴데굴 굴렀다. 그대로 누워 세상이 빙빙 돌기를 멈출 때까지 기다리면서 집에 가면 하녀에게 빈 성냥갑을 달라고 해야겠다고 생각했다. 할머니를 놀래줄 선물을 만들고 싶었다… 우선 성냥갑 안에 나뭇잎을 깔고 위에 큰 제비꽃을 놓은 다음 바이올렛 한쪽에, 아마, 아주 작고 하얀 피코티를 한 송이 올리고 제일 위에 라벤더를 좀 뿌릴 것이다. 단, 꽃들이 다 덮이지는 않게.

키지아는 할머니에게 이런 깜짝 선물을 자주 만들어드렸는데 항상 대성공이었다.

"성냥 드릴까, 할머니?"

"어, 그래, 아가. 할머니가 마침 성냥을 찾고 있었네."

할머니가 천천히 성냥갑을 열고 안쪽 모습을 맞닥뜨리게 된다.

"어머나! 깜짝 놀랐네!"

'여기 살면 맨날 할머니를 놀래줄 수 있겠어.' 키지아가 자꾸 미끄러지는 발로 풀 위를 기어 올라가면서 생각했다.

하지만 집으로 돌아가는 길에 진입로 가운데에 있는 섬에 갔다. 그 섬 때문에 진입로가 두 갈래로 나뉘었다가 집 앞에서 합쳐졌다. 섬에는 풀이 높게 자라 솟아 있었다. 섬 꼭대기에는 회녹색의 거대한 식물 말고는 아무것도 없었는데 그 식물은 두꺼운 잎에 가시가 달려 있고 가운데에서 높고 뚱뚱한 줄기가 올라와 있었다. 어떤 잎은 너무 오래돼서 더 자라지 않고 공중을 향해 말려 올라가 있었다. 잎들은 뒤집어지고 갈라지고 찢어져 있었다. 어떤 것은 땅바닥에 평평하게 말라붙어 있었다.

도대체 이게 뭐지? 이런 것을 본 적이 없었다. 가만히 서서 바라보았다. 그때 어머니가 내려오는 것이 보였다.

"어머니, 이게 뭐예요?" 키지아가 물었다.

린다가 잎의 꼴이 비참하고 줄기가 다육질인, 그 뚱뚱하게 부푼 식물을 살펴보았다. 그 식물은 그들 위쪽으로 높이, 공중에 떠 있는 것처럼 보였지만 자신이 자라나온 땅에 너무도 단단히 붙들려 있었고, 뿌리라기보다는 발톱을 박고 있는 것처럼 보였다. 휘어진 잎은 무언가를 숨기고 있는 것 같았고 꽃이 피지 않는 줄기는 바람이 불어도 전혀 흔들리지 않을 듯이 공중에 솟아 있었다.

"저건 '알로에'라는 거야, 키지아." 어머니가 말했다.

"꽃이 피기는 해요?"

"그럼, 피지." 린다가 키지아를 보고 미소를 지은 다음 눈을 가늘게
뜨고 말했다. "100년에 한 번씩."


# 7

스탠리 버넬은 사무실에서 집으로 가는 길에 식품점 앞에 마차를 세
우고 내려서 커다란 굴 한 통을 샀다. 그 중국인 가게 옆집에서 싱싱한
파인애플을 사고 보니 생생한 블랙체리 한 바구니가 눈에 띄기에 존에
게 그것도 1파운드어치 달라고 했다. 굴과 파인애플은 앞좌석 아래 상
자에 밀어 넣었지만 체리는 그대로 손에 들고 있었다.

잡역부 팻이 상자를 풀쩍 뛰어넘어 내려 스탠리에게 갈색 무릎덮개
를 다시 잘 덮어주었다.

"발을 들어봐요, 버넬 씨. 내가 아래를 좀 접어야 하니까."

"옳지! 옳지! 아주 좋아!" 스탠리가 말했다. "지금 바로 집에 데려다
줘."

팻이 회색 암말을 슬쩍 건드리자 마차가 앞으로 달려 나갔다.

"이 친구 정말 최고군." 스탠리는 생각했다. 팻이 깔끔한 갈색 코트를
입고 갈색 중산모를 쓰고 앉아 있는 모습이 마음에 들었다. 팻이 자신을
잘 덮어주는 것이 좋았고 눈도 마음에 들었다. 팻은 전혀 굽실거리지 않

았다. 스탠리가 다른 어떤 것보다 싫어하는 것이 바로 그 굽실거리는 것이었는데 말이다. 그리고 팻은 자기 일을 좋아서 하는 것처럼, 진작부터 행복하고 만족스러워 보였다.

회색 암말은 아주 잘 달렸다. 버넬은 얼른 시내에서 벗어나고 싶었다. 집에 가고 싶었다. 그래, 시골에서 사는 것은 정말 멋진 일이지. 사무실이 가까이 있는 저 지저분한 동네에서 벗어나는 것 말이다. 또 진입로의 신선하고 따스한 공기를 가로지르며 저쪽 끝에 내 집이 있다는 사실을 떠올리는 것, 집에 가면 정원과 방목장들이 있고, 최상급 암소 세 마리와 요리해 먹기에 충분히 많은 닭과 오리가 있다는 것을 생각하는 것도 멋진 일이지.

마침내 시내를 벗어나 한적한 길로 접어들었을 때 그는 기뻐서 심장이 세차게 뛰었다. 자루에서 체리를 꺼내 먹기 시작했다. 한 번에 서너 개씩, 마차 옆에 씨를 내던졌다. 맛이 아주 좋았다. 과육이 실하고 시원한 데다가 반점이나 멍든 곳도 없었다.

이 두 개 좀 봐. 한쪽은 검정, 다른 쪽은 하양. 완벽하네! 완벽한 샴쌍둥이야. 그리고 스탠리는 그것들을 단춧구멍에 꽂았다… 아 참, 저기 있는 팻한테도 한 줌 주면 좋아할 텐데. 아니야, 안 주는 게 낫겠다. 좀 더 오래 같이 지낸 다음에 주는 게 좋겠어.

그는 토요일 오후와 일요일 계획을 세우기 시작했다. 토요일 점심에는 클럽에 가지 않겠어. 암, 안 가야지. 가능한 한 일찍 사무실에서 빠져나와 집에 도착해서 식힌 고기 몇 점과 양배추를 달라고 해야지. 그다음, 오후에 테니스를 칠 사람 몇을 시내에서 데리고 와야지. 너무 많이 는 싫고, 세 명이면 돼. 베릴도 테니스를 잘 치긴 하지… 그는 오른팔을 뻗었다가 천천히 구부리며 근육을 느껴보았다… 목욕하고, 기분 좋은 마사지를 받은 다음, 저녁을 먹고 베란다에서 시가를 한 대 척…

일요일 아침에는 교회에 가야지. 아이들과 모두 다 같이. 그러자 햇볕 이 잘 들고 문에서 들어오는 바람을 피하려면 아주 앞자리를 빌려야겠 다는 생각이 들었다. 머릿속으로 자신이 매우 멋지게 찬송가를 부르는 모습을 상상했다. "당신께서 죽음의 '칼날'을 극복하셨을 때 당신은 모든 믿는 이에게 하늘의 왕국을 열어주셨다네." 그리고 좌석 한쪽에 놓일 놋 쇠 테두리를 두른 깔끔한 명패를 상상해보았다. 스탠리 버넬 씨와 가족 이라고 적힌… 그다음에는 린다와 빈둥거려야지… 둘은 정원을 함께 거 닐고 있었다. 린다가 그의 팔짱을 꼈고, 그는 아내에게 다음 주에 사무실 에서 무슨 일을 할지 상세히 설명해주고 있었다. 아내가 이렇게 말하는 것이 들렸다. "여보, 내 생각엔 그게 제일 현명한 일이야…" 린다와 일 이 야기를 하면 자꾸 곁길로 빠지게 되기는 하지만 큰 도움이 됐다.

이거 왜 이래! 마차가 그다지 빨리 가고 있지 않았다. 팻이 또 속도를 줄였다. 어라! 이게 무슨 일이람. 그는 심한 공포감을 느꼈다.

집이 가까워질 때면 항상 공포 같은 것이 엄습했다. 대문 안으로 다 들어가기도 전에 보이는 대로 아무에게나 소리치곤 했다. "아무 일 없 어?" 그런 뒤에도 "여보! 당신 왔구나?" 하는 린다의 목소리를 듣기 전 에는 안심이 되지 않았다. 시골 생활에서 가장 나쁜 점이 바로 그것이었다. 집에 가려면 엄청 오래 걸린다는 것… 하지만 거의 다 왔다. 바로 다음 언덕 위가 집이니까. 그곳은 언덕이라고 해도 사방의 경사가 완만한 데다가 이제 반 마일도 채 남지 않았다.

팻이 암말의 등에 채찍질을 하고는 달래주었다. "잘했어. 잘한다."

얼마 안 있어 해가 질 것이다. 모든 것이 금속 같은 환한 햇살 속에 가만히 잠겨 있었고 양쪽 방목장의 잘 자란 풀에서 우유 같은 냄새가 풍겨 나왔다. 철문이 열려 있었다. 마차가 철문을 질주하여 진입로를 올라, 작은 녹색 섬을 돌아서 포치 한가운데에 섰다.

"말이 마음에 드십니까?" 팻이 상자를 내리고 주인을 향해 싱긋 웃으며 말했다.

"진짜 아주 좋군, 팻." 스탠리가 말했다.

린다가 유리문 밖으로 나왔다. 목소리가 아련하고 조용하게 울렸다. "여보! 당신 왔구나?"

아내의 목소리에 그는 심장이 너무 세차게 뛰어서 계단으로 달려 올라가 아내를 끌어안지 않을 수 없었다.

"응, 나 왔어. 아무 일 없어?"

팻은 마차를 돌려 옆문으로 나가 들판으로 이동하기 시작했다.

"잠깐만 있어봐." 버넬이 말했다. "저 꾸러미 두 개 나한테 줘봐." 그런 뒤 린다에게 말했다. "당신 주려고 굴이랑 파인애플 사 왔지." 그는 온 세상의 곡식을 다 거둬들여 오기라도 한 듯이 말했다.

둘은 현관으로 갔다. 린다가 한 손에는 굴을, 다른 손에는 파인애플을 들었다. 버넬은 유리문을 닫고 모자를 벗어던진 다음, 아내에게 팔을 둘러 잡아당기더니 그녀의 머리 위와 귀, 입술, 눈에 키스했다.

"아우, 여보! 여보!" 린다가 말했다. "좀 있어봐. 이 바보 같은 것들을 내려놔야지." 굴과 파인애플을 무늬가 새겨진 작은 의자에 내려놓았다. "단춧구멍엔 도대체 뭘 꽂은 거야? 체리야?" 린다가 그것을 빼서 스탠리의 귀 위에 달랑거리게 올려놓았다.

"그러지 마. 당신 주려고 사 온 건데."

그래서 린다는 남편의 귀에서 체리를 거둬들였다. "갖다 넣어봐도 되지? 저녁밥 못 먹을까봐 그래. 가서 애들 봐. 차 마시는 중이야."

아이들 방 탁자에 등불이 켜져 있었다. 페어필드 부인이 빵을 자르고 버터를 발랐다. 어린 여자아이 셋이 자기 이름이 수놓인 커다란 턱받이를 두르고 탁자 앞에 똑바로 앉아 있었다. 아이들은 아버지가 들어오자 뽀뽀를 받으려고 입술을 닦았다. 창문은 열려 있었다. 벽난로 위에 야생화가 꽂힌 병이 놓여 있었고 등불이 천장에 은은하고 커다란 빛 방울을 만들어냈다.

"어머님, 아주 편해 보이시네요." 버넬이 불빛 때문에 눈을 깜박이며 말했다. 이사벨과 로티가 식탁 양쪽에, 키지아가 끝에 앉아 있었다. 반대쪽 식탁머리는 비어 있었다.

'저기가 내 아들이 앉아야 하는 자린데.' 스탠리는 생각했다. 그는 린다의 어깨를 팔로 꽉 안았다. 정말이지, 이렇게 행복해하다니 완벽한 멍청이지!

"우린 편안하다네, 스탠리. 아주 편안해." 페어필드 부인이 키지아의 빵을 손으로 뜯어주면서 말했다.

"시내보다 더 좋지? 그렇지, 애들아?" 버넬이 물었다.

"예, 좋아요." 세 여자아이들이 말했고, 이사벨이 뒤늦게 생각나 이렇게 덧붙였다. "정말 고맙습니다, 아버지."

"위층으로 올라와." 린다가 말했다. "당신 슬리퍼는 내가 가지고 갈게."

하지만 계단이 너무 좁아서 둘이 팔짱을 끼고 갈 수는 없었다. 방은 아주 어두웠다. 아내가 성냥을 찾느라 대리석 벽난로를 더듬을 때 그녀의 반지가 부딪히는 소리가 들렸다.

"나한테 성냥 있어. 내가 초 켤게."

하지만 초는 켜지 않고 아내의 뒤로 다가가서 팔을 둘러 아내의 머리를 자신의 어깨에 대고 안았다.

"나는 엄청나게 행복해." 그가 말했다.

"그래?" 그녀가 돌아서서 손을 버넬의 가슴에 올리고 올려다보았다.

"내가 왜 이러는지 모르겠네." 그가 투덜댔다.

이제 바깥이 아주 어두웠고 이슬이 짙게 내리고 있었다. 린다가 창문을 닫을 때 차가운 이슬이 손가락 끝에 느껴졌다. 저 멀리서 개가 짖었다. "달이 뜰 거 같아." 그녀가 말했다.

그렇게 말하자, 그리고 차가운 이슬에 손가락을 적시고 나자, 린다는 달이 이미 떠오른 것처럼 느껴졌다. 차가운 빛의 홍수 속에서 자신의 모습이 이상하게 드러나 보이고 있는 것 같았다. 린다가 몸을 떨었다. 그녀는 창에서 물러나 스탠리 옆 상자 모양 의자에 앉았다.

. . .

식당에서 베릴이 깜박거리는 장작불 옆 방석에 앉아서 기타를 치고 있었다. 목욕을 하고 옷을 다 갈아입은 상태였다. 검정색 점무늬가 있는 흰색 모슬린 드레스를 입고 머리에는 검정색 실크 장미 핀을 꽂고 있었다.

자연이 영원히 잠들었다, 사랑이여,

보라, 우리밖에 없어.

손을 내밀어, 사랑이여,

부드럽게 내 손을 잡아줘.

베릴은 자기 자신에게 연주하고 노래를 불러주었다. 기타를 연주하고 노래하는 자신을 스스로 보고 있었으니까. 난롯불이 신발에서, 기타의 불그레하고 불룩한 몸통에서, 하얀 손가락에서 어스름하게 빛났다.

'내가 창밖에서 안에 있는 나를 들여다봤다면 상당히 감동했을 거야.' 그녀는 생각했다. 기타로 반주는 계속했지만 노래는 부르지 않고 듣기만 했다.

"…내가 너를 처음 보았을 때, 작은 아이야. 아, 너는 네가 혼자가 아니라는 것을 몰랐지. 너는 방석에 작은 발을 올리고 앉아서 기타를 연주하고 있었어. 아, 잊을 수가 없어…" 베릴이 머리를 젖히고 다시 노래하기 시작했다.


"달조차 지쳐…"


그런데 문에서 쾅 하는 소리가 크게 들렸다. 하녀의 붉은 얼굴이 문으로 뛰어 들어왔다.

"베릴 양, 제가 불 땔 준비를 해야 해요."

"그래, 해. 앨리스." 베릴이 얼음장 같은 목소리로 말했다. 한쪽 구석에 기타를 내려놓았다. 앨리스가 무거운 검정 철 쟁반을 가지고 달려 들어왔다.

"저, 제가 저 오븐을 썼는데요," 앨리스가 말했다. "제대로 구워지지 않더라구요."

"안됐네!" 베릴이 말했다.

하지만 안된 게 아니었다. 베릴은 저런 멍청한 짓이 너무 싫었다. 얼른 어두운 응접실로 가서 이리저리 걷기 시작했다… 이런, 끊임없이, 계속 왔다 갔다 했다. 벽난로 위에 거울이 하나 있었다. 팔을 난로 위에 걸치고 거울 속에서 자신의 창백한 그림자를 보았다. 몹시 아름다웠지만 봐줄 사람이 없었다. 아무도.

"뭐가 그렇게 힘들어?" 거울 속 얼굴이 말했다. "넌 힘들어하도록 만들어지지 않았어… 웃어!"

베릴은 웃었다. 그리고 자신의 미소가 너무 사랑스러워 다시 미소를 지었다. 이번에는 억지로 웃은 것이 아니었다.

## 8

"안녕하세요, 존스 부인."

"어머, 안녕하세요, 스미스 부인. 반가워요. 애들 데려오셨어요?"

"예, 쌍둥이 둘을 다 데려왔어요. 저를 못 본 사이에 아이가 하나 더 생겼는데 애가 너무 갑자기 나와서 아직 옷을 못 만들었어요. 그래서 딸 아이를 두고 왔어요… 남편은 잘 지내세요?"

"아, 아주 잘 지내요. 독한 감기에 걸리긴 했지만 빅토리아 여왕이, 우리 대모 말이에요, 아시죠? 파인애플 한 통을 보냈는데 그걸 먹고 나았어요. 곧바로요. 저 사람은 새 하인이에요?"

"예, 그웬이에요. 일한 지 이틀밖에 안 됐어요. 저기 그웬, 내 친구 스미스 부인이세요."

"안녕하세요, 스미스 부인. 식사 준비가 10분 좀 넘게 걸릴 거예요."

"하인은 소개 안 해도 된다고 생각해. 하인한텐 그냥 말을 하면 되잖아."

"그게, 그웬은 하인이라기보다는 도우미 여사님이니까 소개를 해야 해. 새뮤얼 조지프스 부인 집에도 있잖아. 알지?"

"어, 나는 괜찮아." 하인이 아무렇지 않다는 듯 말했다. 반쯤 깨진 빨래집게로 초콜릿 커스터드를 휘젓고 있었다. 식사가 순서에 딱 맞추어 멋지게 요리되고 있었다. 그웬이 분홍색 정원 의자에 식탁보를 덮기 시작했다. 한 사람 몫으로 제라늄 잎 접시 두 장, 솔잎 포크와 작은 나뭇가지 칼을 하나씩 놓았다. 월계수 잎 위에 데이지 꽃 세 송이를 올려 수란이라 하고 푸크시아 꽃잎은 식힌 소고기가 되었다. 흙과 물에 민들레 씨앗들을 섞어 만든 사랑스럽고 작은 리솔*과 초콜릿 커스터드도 있었다. 커스터드는 요리할 때 썼던 전복 껍질에 그대로 담아서 내기로 했다.

"우리 애들 때문에 힘들어하지 않아도 돼요." 스미스 부인이 우아하게 말했다. "이 병에 수도꼭지에서 물을 받아주기만 하면 돼요. 그러니까 내 말은 우유 말이야."

"아, 그렇군요." 그웬이 말하더니 존스 부인에게 속삭였다. "앨리스한테 진짜 우유 좀 달라고 할까?"

그런데 누군가가 집 앞에서 부르는 소리가 들려서 점심식사 모임이 흐지부지 깨지고 그 귀여운 식탁만 남았다. 리솔과 수란은 개미들과 늙은 달팽이의 몫으로 남겨졌다. 달팽이는 이미 정원 의자 가장자리 위로 뿔을 내밀고 제라늄 접시를 야금야금 먹어치우기 시작했다.

"앞쪽으로 나와, 애들아. 핍이랑 래그스가 왔어."

트라우트 집안 남자애들이 키지아가 창고지기한테 말했던 바로 그 사촌들이었다. 그 아이들은 1마일 정도 떨어진 곳에 있는 몽키트리 코

---

* 파이 껍질에 속을 넣어 기름에 튀긴 요리.

티지라는 집에 살았다. 핍은 또래에 비해 키가 크고 곧게 축 늘어진 검은 머리카락에 얼굴이 하얀 데 비해 래그스는 아주 작았고 너무 말라서 옷을 벗었을 때 보면 견갑골이 작은 날개처럼 튀어나와 있었다. 그 아이들에게는 잡종견이 한 마리 있었는데 옅은 푸른색 눈에 기다란 꼬리는 끝이 올라가 있었고, 어딜 가나 아이들을 따라다녔다. 이름은 스누커였다. 아이들은 스누커의 털을 빗기고 끔찍한 뭔가를 먹이느라 놀이 시간의 절반을 다 썼다. 먹이는, 핍이 깨진 병에다 이것저것 섞어서 만들고는 낡은 주전자 뚜껑을 덮어놓고 아무에게도 보여주지 않았다. 충성스러운 꼬마 래그스조차도 이 혼합물의 비법을 다 알지 못했다… 석탄산 치약가루 약간과 곱게 간 유황가루 한 자밤에 스누커 털을 빳빳하게 만들기 위한 녹말 약간인 것 같았다… 하지만 그게 전부가 아니었다. 래그스는 나머지는 화약일 거라고 속으로 생각했다… 그래서 위험하기 때문에 그것들을 섞을 때 돕지도 못했다… "야, 이게 눈에 조금이라도 들어가면 넌 평생 장님이 될걸." 핍은 쇠숟가락으로 그 혼합물을 저으면서 그렇게 말하곤 했다. "또, 이걸 세게 치면 언제든지, 그냥 가능성이긴 한데, 폭발할 수 있어… 등유 통에 이거 두 숟가락이면 벼룩 수천 마리를 죽이고도 남아." 하지만 스누커는 내내 물어뜯고 킁킁거리는 데 정신이 팔려 있었고, 끔찍한 악취를 풍겼다.

"너무 훌륭한 싸움개라서 그런 거야." 핍은 이렇게 말하곤 했다. "싸움개는 다 냄새가 나는 거야."

트라우트 집 아이들은 시내에서 버넬 집 아이들과 함께 놀곤 했지만 버넬 집 아이들이 이 훌륭한 집과 멋진 정원에 살게 되자 더 친해지고 싶어하는 것 같았다. 게다가 두 남자애들 모두 이 집 여자아이들과 노는 것을 좋아했다. 핍은 애들을 놀리는 것을 좋아했는데 특히 로티가 쉽게 겁을 집어먹어서 좋아했고, 래그스가 여자애들을 좋아하는 이유는 좀 부끄러운 것이었다. 래그스는 인형을 아주 좋아했다. 인형을 재울 때 인형에게 속삭거리고 겸연쩍게 웃으며 좋아했다. 그리고 래그스에게 최고의 횡재는 인형을 안아보는 것이었다…

"팔을 애한테 받쳐. 그렇게 뻣뻣하게 하지 말고. 떨어뜨리면 어쩔래?" 이사벨이 엄하게 말하곤 했다.

이제 아이들은 베란다에 서서 스누커를 붙들고 있었다. 아이들은 집 안에 들어가고 싶어했지만 린다 이모가 멀쩡한 옷을 입은 개들을 싫어해서 들어가지 못했다.

"우리는 엄마랑 버스 타고 왔어." 남자애들이 말했다. "낮에 너네랑 놀 거야. 린다 이모 드리려고 생강 과자 한 봉지 가지고 왔고. 우리 집 미니가 만든 거야. 아몬드가 잔뜩 들었어."

"아몬드 껍질은 내가 벗긴 거야." 핍이 말했다. "소스팬에 넣고 끓인 걸 내가 손으로 건져내서 꼬집는 것처럼 하니까 아몬드가 껍질에서 튀어나왔어. 어떤 건 천장까지 튀었어. 그랬지, 래그스?"

래그스가 고개를 끄덕였다. "우리 집에서 케이크 만들 때," 핍이 말했다. "우리가 맨날 부엌에 있어. 래그스랑 내가 말이야. 내가 그릇을 잡고 래그스가 숟가락이랑 달걀 거품기를 들고. 스펀지케이크가 최고야. 그건 거품덩어리야."

핍이 베란다 계단을 내려가 잔디밭으로 달려가더니 손을 바닥에 짚고 앞으로 몸을 숙여보았지만 물구나무를 서지는 못했다.

"잔디밭이 너무 울퉁불퉁해." 핍이 말했다. "물구나무를 서려면 평평해야 해. 우리 집에선 물구나무를 선 채로 몽키트리를 돌 수 있어. 그렇지, 래그스?"

"그렇지." 래그스가 자신 없게 말했다.

"베란다에서 해봐. 거긴 완전히 평평해." 키지아가 말했다.

"잘난 척 마, 안 돼." 핍이 말했다. "좀 푹신한 데서 해야 돼. 왜냐하면 확 짚고 돌다가는 목 어딘가가 뚝 부러진대. 우리 아빠가 그랬어."

"그래, 뭐든 하고 놀자." 키지아가 말했다.

"좋지." 이사벨이 재빨리 말했다. "병원놀이 하자. 내가 간호사 할 테니까 핍은 의사, 너랑 로티랑 래그스는 아픈 사람 하면 돼."

로티는 하고 싶지 않았다. 지난번에 핍이 입안에 뭔가를 짜 넣어서 끔찍하게 아팠기 때문이다.

"칫." 핍이 비웃었다. "그건 귤껍질에서 즙 짠 건데 뭘."

"그럼, 우리 소꿉놀이하자." 이사벨이 말했다. "핍은 아빠하고 넌 우리 어린애들 하면 돼."

"난 소꿉놀이는 싫어." 키지아가 말했다. "언니가 맨날 우리한테 손잡고 교회 갔다가 집에 와서 자라고 시키잖아."

갑자기 핍이 호주머니에서 더러운 손수건을 꺼냈다. "스누커! 이리와." 그가 개를 불렀다. 하지만 스누커는 평소처럼 핍의 다리 사이로 빠져나가려고 했다. 핍이 스누커 위에 올라타고 무릎으로 꽉 잡았다.

"머리를 꽉 잡아, 래그스." 핍이 말하고 손수건을 스누커 머리에 두르더니 머리 위에서 우스꽝스럽게 묶었다.

"왜 그러는 거야?" 로티가 물었다.

"귀가 머리 쪽에 더 누워서 자라게 하려는 거야. 알겠어?" 핍이 말했다. "싸움개들은 다 귀가 뒤로 누워 있어. 그런데 스누커 귀는 너무 물러."

"그렇지." 키지아가 말했다. "귀가 맨날 뒤집어지잖아. 그거 싫어."

스누커가 엎드려서 발로 손수건을 벗기려고 해보더니 소용없다는 것을 깨닫고, 아이들 뒤를 쫓아가서 진저리치며 몸을 떨었다.


9

팻이 씩씩하게 걸어왔다. 손에서는 작은 도끼가 햇빛을 받아 반짝였다.

"따라와봐." 팻이 아이들에게 말했다. "그럼 아일랜드 왕들이 오리 머리를 어떻게 치는지 보여줄게."

아이들이 뒤로 물러섰다. 우선 팻을 믿을 수 없었고, 트라우트 씨네 아이들은, 게다가 팻을 처음 본 것이었다.

"얼른 가자니까." 팻이 웃으면서 키지아에게 손을 내밀어 구슬렸다.

"진짜 오리 머리 말하는 거예요? 방목장에 있는 거?"

"그럼." 팻이 말했다. 키지아가 팻의 딱딱하고 마른 손을 잡자 팻이 도끼를 허리띠에 꽂고 다른 손을 래그스에게 내밀었다. 팻은 아이들을 아주 좋아했다.

"내가 스누커 머리를 꽉 잡고 있을게. 피가 난다면 말이야." 핍이 말했다. "왜냐하면 스누커가 피를 보면 엄청나게 날뛰거든." 핍은 손수건을 잡아 스누커를 끌고 앞서 달려갔다.

"우리 가야 돼?" 이사벨이 작게 말했다. "부탁 같은 거 받은 적도 없잖아?"

과수원 안쪽 말뚝 울타리에 문이 하나 있었다. 건너편에는 가파른 비탈이 있고 비탈 아래쪽에 시냇물을 가로지르는 다리가 있고 반대편 비탈을 올라가면 방목장 근처였다. 첫 번째 방목장에 있는 작고 낡은 마구간은 닭들 차지가 되어 있었다. 닭들은 방목장을 지나서 계곡에 있는 쓰레기장 쪽 멀리로 빠져나가버렸지만 오리들은 다리 아래 시냇물 가까이에 남아 있었다.

큰 나무들이 시냇물 위로 붉은 나뭇잎과 노란 꽃과 블랙베리 송이들을 드리우고 있었다. 그 시내는 넓고 얕은 곳이 있는가 하면, 깊고 작은 웅덩이로 쏟아져 들어가 가장자리에 거품을 일으키고 물방울을 끓어오르게 했다. 바로 이 웅덩이에서 하얗고 커다란 오리들이 잡초투성이 비탈을 따라 마음껏 헤엄치고 물을 마시고 놀았다.

하얀 오리들은 눈부신 가슴을 뽐내며 이리저리 헤엄쳤고 마찬가지로 눈부신 가슴에 노란 부리를 가진 다른 오리들도 물속에 머리를 넣으며 헤엄쳤다.

"꼬마 아일랜드 해군이 있어." 팻이 말했다. "저기 목이 녹색이고 꼬리에 작은 깃대가 근사하게 달린 늙은 제독 좀 봐."

팻이 호주머니에서 곡식을 한 움큼 꺼내더니 마구간을 향해 걷기 시작했다. 정수리 부분이 찢어진 밀짚모자로 눈을 가린 채 느릿느릿.

"리. 리—리—리—리." 팻이 불렀다.

"콰. 콰—콰—콰—콰." 오리들이 대답하고, 퍼덕이며 뭍으로 올라와 재빨리 비탈을 올라, 뒤뚱뒤뚱 한 줄로 길게 팻의 뒤를 따랐다. 팻이 곡식을 나눠주는 척하면서 주지 않고 손을 흔들어 오리들을 모았다. 마침내 팻은 하얀색 동그라미에 에워싸였다.

멀리 떨어진 데에서 닭들이 그 떠들썩한 소리를 듣고 방목장을 가로질러 내달리기 시작했다. 닭들이 으레 하듯 머리를 앞으로 내밀고 날개를 펼친 채 흰 발로 요란하게 달려왔다.

그때 팻이 곡식을 흩뿌렸고 탐욕스러운 오리들이 게걸스럽게 먹기 시작했다. 팻이 재빨리 몸을 구부리고 두 마리를 잡아 겨드랑이에 끼고는 아이들에게 성큼성큼 걸어왔다. 버둥거리는 오리 머리와 동그란 눈에 아이들이 겁을 집어먹었다. 핍만 빼고 모두가.

"괜찮아, 꼬맹이들아." 팻이 소리쳤다. "안 물어. 이빨이 없거든. 부리에는 작은 숨구멍 두 개밖에 없어."

"내가 한 놈을 처리하는 동안 네가 한 놈을 잡고 있을 수 있겠어?" 팻이 물었다. 핍이 스누커를 놓아주었다. "내가 왜 못 하겠어요? 해요. 해.

나한테 주세요. 발로 막 차도 끄떡없어요."

팻이 그 하얀색 덩어리를 핍의 팔에 건네주자 핍은 좋아서 거의 울려고 했다.

마구간 문 옆에 오래된 그루터기가 하나 있었다. 팻이 오리 다리를 거머쥐고 오리를 그루터기 가운데 툭 올려놓고는 거의 곧바로 작은 도끼로 내려치자 오리 머리가 그루터기에서 굴러떨어졌다. 하얀 깃털과 팻의 손 위로 피가 뿜어져 나왔다.

아이들은 피를 보더니 이제 더 이상 무서워하지 않았다. 아이들이 팻 주위에 몰려와서 비명을 지르기 시작했다. 이사벨조차도 소리치며 펄쩍펄쩍 뛰었다. "피다! 피야!" 핍은 들고 있던 오리를 까맣게 잊었다. 그 오리는 그냥 내던지고 소리쳤다. "봤어! 봤다고!" 그러더니 그루터기 주위를 껑충껑충 뛰어다녔다.

래그스는 뺨이 종잇장처럼 하얘져서 그 작은 머리 쪽으로 달려가더니 만지고 싶다는 듯 손가락으로 가리키고 뒷걸음질 치고 다시 가리키고 뒷걸음질 치기를 반복했다. 온몸을 부들부들 떨고 있었다.

로티, 그 겁먹은 로티조차도 웃음을 터뜨렸고 오리를 가리키며 악을 썼다. "봐, 봐, 키지아 언니, 봐."

"이거 봐!" 팻이 고함쳤다. 팻이 몸통을 내려놓자 몸통이 뒤뚱거리기 시작했다. 머리가 있던 자리에서 피가 길게 뿜어져 나왔다. 몸통이 시냇물로 이어지는 가파른 비탈을 향해 소리 없이 걸어가기 시작했다… 더없이 경이로운 일이었다.

"저거 봤어? 저거 봤어?" 핍이 소리쳤다. 핍이 긴 앞치마를 움켜쥐고 있는 어린 여자애들을 밀치고 달렸다.

"작은 자동차 같아. 괴상한 작은 기차 같아." 이사벨이 꺅 소리를 질렀다.

그러나 키지아는 갑자기 팻에게 달려들어 다리를 팔로 감싸고 머리로 팻의 무릎을 있는 힘껏 들이받았다.

"머리를 돌려놔요! 머리를 돌려놔요!"라고 소리를 질렀다.

팻이 키지아를 떼놓으려고 몸을 숙였지만 키지아는 놓아주지도 않고 머리를 떼지도 않았다. 있는 힘을 다해 팻을 붙들고 이상한 딸꾹질 소리처럼 들릴 때까지 흐느껴 울며 말했다. "머리 돌려줘! 머리!"

"끝났어. 머리는 이미 굴러떨어졌잖아. 죽은 거야." 핍이 말했다.

팻이 키지아를 안아 올렸다. 보닛이 뒤로 떨어졌지만 키지아는 팻에게 얼굴을 보여주지 않았다. 절대. 얼굴을 팻의 어깨에 묻고 팔을 팻의 목에 감았다.

아이들은 비명을 그쳤다. 시작할 때처럼 갑자기. 죽은 오리를 에워싸고 섰다. 래그스는 더 이상 오리 머리가 무섭지 않았다. 무릎을 꿇고 찔러 보았다.

"머리가 완전히 죽은 건 아닌 거 같아." 래그스가 말했다. "물을 먹이면 계속 살아 있을까?"

하지만 핍이 아주 펄펄 뛰었다. "야아! 이 바보." 휘파람으로 스누커를 부르더니 가버렸다.

이사벨이 로티에게 다가갔지만 로티가 뿌리쳤다.

"왜 자꾸 날 건드려, 이사벨 언니?"

"이제 끝났어." 팻이 키지아에게 말했다. "용감한 어린이구나."

키지아가 손을 들어 팻의 귀를 만졌다. 뭔가가 만져졌다. 떨리는 얼굴을 천천히 들어 바라보았다. 팻이 작고 동그란 금 귀걸이를 하고 있었다. 키지아는 남자도 귀걸이를 하는지 전혀 몰랐다. 엄청 놀랐다.

"그거 꼈다 뺐다 해요?" 키지아가 쉰 목소리로 물었다.


## 10

위쪽, 집에서는 따뜻하고 깔끔한 부엌에서 하녀 앨리스가 애프터눈 티를 마시고 있었다. '제대로 차려입은 채'였다. 겨드랑이 부분에서 냄새가 나는 검정 직물 드레스를 입고, 커다란 종이 같은 하얀 앞치마를 두르고 머리에는 흑옥색 핀 두 개로 레이스 리본을 고정했다. 게다가 편안한 천 슬리퍼 대신, 새끼발가락 티눈을 정말이지 끔찍하게 꽉 죄는 검정 가죽 슬리퍼로 갈아 신었다…

부엌은 따뜻했다. 검정파리 한 마리가 붕붕거렸고 주전자에서 허연 수증기가 뿜어져 나왔으며 물이 끓어오를 때마다 주전자 뚜껑이 덜그럭거렸다. 따스한 실내에서 시계가 늙은 여인의 뜨개바늘처럼 느리고 조심스럽게 똑딱거리며 움직였고, 때로는, 바람이 전혀 안 불어서 그럴 이유가 전혀 없는데도 블라인드가 흔들리며 창을 두드렸다.

앨리스는 물냉이 샌드위치를 만들고 있었다. 식탁에 버터 한 덩어리와 꼬치고기 한 덩이, 하얀 보자기에 물기를 뺀 물냉이를 올려두고 있었다.

그런데 버터접시에 더럽고 기름 낀 작은 책 한 권을 받쳐놓고 있었다. 너덜너덜하고 귀퉁이가 말려 올라간 책이었다. 앨리스는 버터를 으깨면서 그 책을 읽었다.

"관을 끄는 검정 딱정벌레 꿈은 안 좋다. 아버지, 남편, 오빠, 아들, 혹은 약혼자 같은 가깝거나 사랑하는 사람의 죽음을 의미한다. 당신이 보고 있을 때 딱정벌레들이 뒤로 기어갔다면 불 때문에 죽거나 계단이나 비계 같은 아주 높은 곳에서 죽는다는 뜻이다."

"거미. 거미가 당신 위로 기어가는 꿈은 좋다. 가까운 미래에 아주 많은 돈이 생긴다는 뜻이다. 임신 중이라면 분만이 쉽다는 뜻이다. 하지만 6개월 동안은 조개류 섭취를 피해야 한다…"


"얼마나 많은 새가 나무마다 앉아"


아이구, 이런. 베릴 양이 있었구나. 앨리스가 칼을 내려놓고 『해몽책』을 버터 접시 아래로 밀어 넣었다. 그러나 완벽하게 숨길 시간은 없었던 것 같다. 베릴이 부엌에 뛰어 들어와 테이블로 곧장 와서 처음 본것이 그 기름 묻은 책 가장자리였으니까 말이다. 앨리스가 보니, 베릴양이 의미심장하게 슬쩍 미소를 짓고는 저게 무엇인지 전혀 모르겠다는 듯이 눈썹을 치켜올리고 눈을 홉떴다. 앨리스는 베릴 양이 물어보면 이렇게 대답해야겠다고 생각했다. '아가씨가 상관할 일이 아니에요.' 하지만 베릴 양이 묻지 않을 것을 알고 있었다.

사실 앨리스는 순한 사람이었지만 자신이 받아야 할 질문이 아니라고 생각하는 질문에 대해서는 얼마든지 후련하게 되받아칠 준비가 되어 있었다. 그 대꾸를 생각해내고 자꾸 떠올리다보면 실제로 말을 내뱉은 것처럼 아주 위안이 됐다. 사실, 그 말대꾸야말로 너무 닦달당해서, 자러 갈 때 불안해서 성냥 한 갑을 의자에 올려두고 자고, 자다가 일어나서 성냥머리를 씹어야 할 이런 곳에서 앨리스를 살아 있게 해주었다.

"저기, 앨리스." 베릴 양이 말했다. "차 한 잔 더 필요하니까 어제 만든 스콘 한 접시 데워줘요. 또 커피케이크랑 빅토리아 샌드위치도 하나 줘. 또 접시 아래에 작은 도일리 까는 거 잊지 말고, 알았죠? 어제는 도일리를 안 깔아서 차가 너무 흉하고 품위 없어 보였어. 또, 앨리스, 찻주전자 위에 그 끔찍한 낡은 분홍색이랑 녹색 보온 커버 덮지 말아요. 그건 아침에만 쓰는 거야. 사실 난 그걸 부엌에서만 써야 한다고 생각하긴 하는데. 너무 낡았고 냄새가 심해서. 일본 덮개를 덮어줘. 다 이해했죠?"

베릴 양이 말을 끝냈다.


"큰 소리로 노래하던지…"


베릴은 부엌을 나서며 앨리스를 단호하게 잘 다뤘다고 아주 기뻐하면서 노래를 불렀다.

어휴, 앨리스는 울화통이 터졌다. 남의 말을 잘 듣는 사람이었지만 베

239

릴 양이 말하는 방식에는 견딜 수 없었다. 정말이지 참을 수가 없어. 베릴 양의 말투는 앨리스를 위축되게 만들었고 앨리스는 화가 나서 부들부들 떨렸다. 하지만 앨리스가 정말로 싫은 것은 베릴 양이 자신을 천하게 느끼게 한다는 사실이었다. 베릴 양은 앨리스가 완전 저능아라는 듯한 묘한 투로 말했다. 그래서 앨리스에게 화를 낸 적이 한 번도 없었다. 단 한 번도. 앨리스가 뭔가를 떨어뜨리거나 중요한 것을 잊어버렸을 때도 베릴 양은 그럴 줄 알았다는 듯 반응했다.

"괜찮으시다면, 비넬 부인." 스콘에 버터를 바르고 있을 때 상상 속의 앨리스가 말했다. "저는 베릴 양에게서 명령을 받고 싶지 않아요. 제가 기타도 칠 줄 모르는 하찮은 하녀이기는 하지만…"

앨리스는 이 마지막 기타 이야기 공격이 아주 마음에 들어서 기분이 완전히 풀어졌다.

"이렇게만 하면 돼." 식당 문을 열 때 그런 소리를 들었다. "소매를 다 잘라내고 어깨에 넓은 검정색 벨벳 밴드를 달라고."


11

그 하얀 오리는 앨리스가 그날 밤 스탠리 버넬 앞에 놓았을 때 원래 머리가 없었던 것처럼 보였다. 양념이 예쁘게 발려 푸른 접시 위에 놓여 있었다. 다리는 끈으로 묶여 있고 작은 공 모양 반죽이 빙 둘러 화환처럼 놓였다.

둘 중에, 그러니까 앨리스와 오리 중 어느 쪽이 양념이 더 잘 밴 것처럼 보이는지 가리기 힘들었다. 둘 다 색이 진했고 둘 다 애써 광을 낸 것 같았다. 단, 앨리스는 아주 붉고 오리는 스페인 마호가니 색이었다.

버넬이 고기용 칼날을 눈으로 훑었다. 그는 고기 저미는 일에 크나큰 자부심을 품고 있었고, 자신이 그 일에 최고라고 자부했다. 여자가 고기 자르는 것은 아주 보기 싫었다. 여자들은 항상 너무 느리게 마련이었고 잘라낸 고기의 모양에 전혀 신경을 안 쓰는 것 같았다. 하지만 나는 다르지. 식힌 소고기와 작은 양고기 뭉치를 섬세하게 딱 적당한 두께로 정말 잘 저미고 닭이나 오리도 아주 정확하게 잘 가른다고 자부했다…

"이거 우리 집에서 키운 놈이지?" 그가 누구보다 잘 알면서 괜히 물었다.

"예, 고깃간에서 오지 않아서요. 일주일에 딱 두 번만 온다지 뭐예요."

하지만 걱정할 필요가 없었다. 그 오리가 최고였으니까. 고기가 아니라 거의 고급 젤리였다. "아버지께서 말씀하시곤 했지." 버넬이 말했다. "이것들이 어릴 때 어미 새가 플루트를 불어주는 게 분명하다고. 그 감미로운 플루트의 달콤한 선율이 아기 새의 마음에 크나큰 영향을 미쳐서… 좀 더 먹을래, 처제? 이 집에서 음식 맛을 제대로 느낄 수 있는 사람은 처제랑 나밖에 없잖아. 하라고만 하면, 난 훌륭한 음식을 사랑한다고 법정에서 기꺼이 진술할 수 있어."

응접실에 차가 준비됐고 베릴이, 왜 그런지 몰라도 스탠리가 집에 온 이후로 죽 스탠리에게 아주 잘 해주었는데, 크리비지 게임을 하자고 했다. 둘이 열린 창 근처의 작은 탁자 앞에 앉았다. 페어필드 부인이 나갔고 린다는 흔들의자에 늘어져서 팔을 머리 위로 올린 채 의자를 앞뒤로 흔들고 있었다.

"언니는 등불 필요 없지?" 베릴이 말했다. 그녀는 큰 등을 가지고 와서 그 온화한 불빛 아래에 앉았다.

린다가 의자를 흔들며 앉아 있는 곳에서 보면 둘이 아득하게 멀어 보였다. 녹색 탁자, 광택나는 카드, 스탠리의 커다란 손과 베릴의 자그마한 손, 모든 것이 하나의 신비로운 움직임에 속해 있는 것처럼 보였다. 스탠리는 크고 단단한 몸에 어두운 색 양복을 입은 채 편하게 앉아 있었고 베릴은 밝은색 머리를 쳐들고 입을 부루퉁하게 내밀고 있었다. 목에는 낯선 벨벳 리본을 두르고 있었다. 그래서인지 어쩐지 달라 보였는데, 린다는 베릴의 얼굴 모양이 달라 보이지만 그래도 멋지다고 생각했다. 방에서는 백합 향기가 났다. 난로 앞에는 큰 꽃병 두 개에 칼라 꽃이 꽂혀 있었다.

"카드 합이 15니까 2점, 또 15니까 4점, 거기 페어 하나니까 6점, 연속 카드 3장이니까 9점이네." 스탠리가 아주 신중하게, 양을 세는 것처럼 말했다.

"난 페어 두 개밖에 없어요." 베릴이 말했다. 형부가 이기는 것을 얼마나 좋아하는지 알기 때문에 일부러 더 슬픈 척했다.

크리비지 게임의 말 두 개는 작은 사람 같았다. 함께 길을 올라가 모퉁이를 획 돌아서 갔던 길로 다시 내려오고 있었다. 서로를 쫓는 중이었다. 앞서가고 싶어한다기보다는 이야기를 나눌 만한 거리를 계속 유지

하고 싶어하는지도 모른다. 가까이에 있기만 하면 되지.

아니, 안 그랬다. 상대가 다가오면 짜증 내며 펄쩍 물러나고 말을 들으려 하지 않는 사람이 늘 있잖아. 어쩌면 하얀 말이 빨간 말을 두려워했는지도 모른다. 어쩌면 그가 매정하게 빨간 말에게 말할 기회를 안 주는지도 몰랐다…

베릴이 드레스 앞에 팬지 다발을 달고 있었는데, 한 번 그 작은 말들이 나란히 섰을 때 그녀가 몸을 숙였고 팬지가 빠져서 말들을 덮었다.

"아쉽네요." 그녀가 팬지를 주우면서 말했다. "둘이 날아가 팔짱 낄 기회였는데."

"잘 있어. 예쁜 처제." 스탠리가 웃었고 빨간 말이 껑충껑충 뛰어 멀어져갔다.

응접실은 길쭉하고 좁다랬고 베란다로 통하는 유리문이 있었다. 크림색 벽지에는 금박 장미 무늬가 있었고 가구는 페어필드 노부인의 것이었는데 색이 어둡고 소박했다. 벽 앞에 작은 피아노가 놓여 있었는데 잘게 주름이 잡힌 노란 실크로 덮여 있었지만 조각된 앞부분은 드러나 있었다. 피아노 위에 베릴이 그린 유화가 걸려 있었다. 놀란 눈 모습의 클레마티스 꽃다발을 그린 것이었다. 꽃들은 작은 접시 모양이었는데 중심부가 놀란 눈 모양이고 검정색 가장자리는 갈라져 있었다. 그러나 응접실은 아직 미완성이었다. 스탠리는 체스터필드 소파와 괜찮은 의자 두 개를 점 찍어두고 있었다. 린다에게 응접실이 가장 좋을 때는…

커다란 나방 두 마리가 창으로 날아 들어와서 등불 주위를 돌고 또

돌았다.

"너무 늦기 전에 날아가. 다시 날아서 나가."

그것들은 빙빙 돌며 날았다. 침묵과 달빛을 조용한 날개 위에 싣고 온 것 같았다⋯

"난 킹이 두 개야." 스탠리가 말했다. "더 좋은 거 있나?"

"아주 좋은 거요." 베릴이 말했다.

린다가 흔들의자를 멈추고 일어섰다. 스탠리가 건너다보았다. "무슨 일 있어, 여보?"

"아니, 아니야. 엄마 어디 계신가 보려고."

방을 나가서 계단 아래에 서서 불렀는데 어머니 목소리는 베란다에 서 들려왔다.

로티와 키지아가 창고지기의 마차에서 본 달이 바로 보름달이었다. 이제 집과 정원, 어머니와 린다, 모두가 황홀한 빛 속에 잠겼다.

"알로에 보는 중이란다." 페어필드 부인이 말했다. "올해 꽃이 필 거 같아. 저기 꼭대기 한번 봐. 저거 꽃봉오리니? 아니면 그냥 달빛 때문에 그렇게 보이는 거니?"

둘이 계단에 서자 알로에가 자라고 있는, 풀이 무성한 그 높은 언덕 이 파도처럼 솟아올라서, 알로에가 마치 노를 올린 채 파도에 올라탄 배 처럼 보였다. 밝은 달빛이 노에 바닷물처럼 걸려 있고 이슬이 초록 물결 위에서 빛났다.

"엄마도 느껴요?" 린다가 밤에 여자들이 이야기할 때 으레 그러듯, 자다가 말하거나 깊숙한 동굴 같은 데에서 이야기를 나누는 듯한 목소리로 말을 건넸다. "그게 우리 쪽으로 오고 있는 거 같지 않아요?"

린다는 자신이 차가운 바다에서 노를 들어 올리고 돛을 접은 배에 타고 있는 상상을 했다. 갑자기 노가 놀랄 만큼 빨리, 재빨리 철썩 내려졌다. 뱃사람들이 정원 나무 위로 방목장과 어두운 관목 숲 너머 멀리로 노를 저었다. 이야, 린다는 자신이 노 젓는 사람들에게 이렇게 외치는 소리를 들었다. "더 빨리! 더 빨리!"

이 상상이 아이들이 자고 있고 스탠리와 베릴이 크리비지 게임을 하고 있는 집으로 돌아가야 하는 것보다 훨씬 더 현실 같았다.

"저것들, 꽃봉오리 같아요." 린다가 말했다. "엄마, 우리 정원에 내려가봐요. 난 저 알로에가 좋더라. 여기 있는 것 중에 제일 마음에 들어요. 그리고 내가 다른 것을 전부 잊어버리고 난 뒤에도 오랫동안 저 알로에는 기억날 거예요."

린다가 어머니의 팔짱을 꼈고 둘은 함께 계단을 내려가서 작은 녹색 섬을 돌아 대문으로 가는 진입로로 걸었다.

아래쪽에서 보니 알로에 잎 가장자리에 길고 예리한 가시가 돋아 있었는데 그것들을 보고 있자니 린다의 심장이 점점 단단해졌다… 특히 길고 예리한 가시가 마음에 들었다… 저게 아무도 감히 그 배 근처에 접근하거나 뒤따라올 수 없도록 해줄 거야.

'설사 낮에 내가 그렇게 좋아하는 내 뉴펀들랜드 개라고 해도.' 린다는 생각했다.

린다는 정말 그를 좋아했다. 그를 굉장히 사랑하고 존경하고 존중해 주었다. 음, 세상 그 누구에게보다 더. 그에 대해 속속들이 다 알고 있었다. 진실하고 예의를 잘 지키는 존재였고, 실생활에서 수많은 경험을 했음에도, 끔찍하게 단순했고 기쁘게 해주기가 쉽고 상처를 주기도 쉬웠다…

그렇게 뛰어 덤벼들지 않고 그렇게 크게 고함치지 않고 그렇게 간절하고 애정 어린 눈으로 바라보지 않았으면 좋았을 것을. 린다에게 그는 너무 강했다. 그녀는 어릴 때부터 자신에게 덤벼드는 것들을 싫어했다. 그가 무서운 순간이 있었다. 정말로 두려운 순간이었다. 그런 때 린다는 "당신이 날 죽일 거야"라고 목청껏 소리 지를 뻔했다. 그리고 그런 때 린다는 가장 험하고 혐오스러운 이야기를 하고 싶었다…

"난 아주 약하단 말이야. 내 심장이 병든 걸 당신도 알지. 의사들이 당신한테 내가 언제든 죽을 수 있다고 말했잖아. 나에겐 이미 아이가 셋이나 있다고…"

맞다, 맞아, 그랬다. 린다가 어머니의 팔에서 손을 빼냈다. 그녀는 그를 사랑하고 존경하고 존중했지만 또한 혐오했다. 그런 순간이 지나고 나면 그는 얼마나 유순하고 얼마나 순종하고 얼마나 사려 깊었던가. 린다를 위해 뭐든 하려 했다. 그녀에게 기꺼이 봉사하려고 했다… 린다는 자신이 힘없이 이렇게 말하는 소리를 들었다.

"여보, 초 좀 켜줄래?"

그러자 명랑한 대답이 들렸다. "그럼, 켜주고말고, 여보." 그런 뒤 아내를 위해 달로 날아오르기라도 하듯 침대에서 펄떡 튀어 일어났다.

그녀에게 그것이 이 순간보다 분명했던 적은 없었다. 그에 대한 모든 감정이, 선명하고 명확하게, 하나하나 진실하게 느껴졌다. 그리고 이 감정, 이 혐오도 나머지 감정만큼 진실했다. 감정을 작은 꾸러미에 단단하게 싸서 스탠리에게 줄 수 있다면 좋겠다. 저 마지막 감정을 깜짝 선물로 주고 싶어. 꾸러미를 열었을 때 그의 눈이 어떨지 보면…

그녀는 팔로 자기 몸을 감싸고 소리 없이 웃기 시작했다. 인생은 정말 부조리해. 웃겨. 아주 우스웠다. 그리고 계속 살려는, 인생에 대한 이 광적인 열망은 무엇일까? 정말 그건 광적인 거야, 하고 생각하며 그녀는 비웃었다.

"나는 왜 이렇게 까탈스럽게 경계하고 있는 걸까? 난 계속 아이를 가질 것이고 스탠리는 계속 돈을 벌 것이고 아이들과 정원은 점점 더 크게 자랄 테지. 내가 선택하는 정원의 알로에 함대 전부와 함께."

린다는 줄곧 머리를 숙이고 아무것도 보지 않으면서 걸었다. 이제 고개를 들고 주위를 둘러보았다. 붉고 하얀 동백꽃 나무 곁이었다. 빛을 받아 반짝이는 두껍고 짙은 잎들과 그 사이에 붉고 하얀 새들처럼 앉아 있는 둥근 꽃이 아름다웠다. 린다가 버베나를 조금 꺾어 으깬 다음 어머니에게 손을 내밀었다.

"향기가 좋구나." 어머니가 말했다. "너 추운 거니? 떠는 거야? 춥구나, 손이 차가워. 집으로 돌아가는 게 좋겠다."

"엄마는 무슨 생각 하고 있었어요?" 린다가 말했다. "말해줘봐요."

"실은 아무 생각도 안 했어. 우리가 과수원 지나갈 때 무슨 과일 나무가 있나, 올가을에 잼을 많이 만들 수 있을까 생각했지. 채소밭에 근사하고 튼튼한 까치밥나무들이 있더라고. 여태 몰랐지 뭐야. 우리가 만든 잼으로 식료품실 선반이 가득 차는 걸 보고 싶구나…"


## 12

"사랑하는 낸,

내가 여태까지 편지 안 썼다고 게으름뱅이라고 생각하지는 말아줘. 시간이 전혀 없었어. 지금도 펜을 들기 힘들 만큼 지쳐 있어.

있잖아, 끔찍한 일이 있었어. 우린 사실 시내의 어지러운 소용돌이를 떠나왔어. 다시 돌아갈 수 있을 것 같지가 않아. 우리 형부가 이 집을, 형부 말대로 '통째로' 샀으니까.

물론 어떻게 보면 아주 다행이기도 해. 형부가 우리랑 같이 살면서부터 줄곧 시골로 이사 가겠다고 노래를 불러댔으니까. 그리고 집이랑 정원이 굉장히 좋은 건 사실이니까. 시내의 좁아터진 방보다 백만 배 더 나아.

그런데 있지, 난 파묻혀버렸어. 진짜 묻었다는 말은 아니지만.

이웃이 있기는 한데 그냥 농부들밖에 없어. 온종일 우유만 짜는 것 같은 덩치 큰 촌놈들과 우리가 이사하는 동안 스콘을 갖다주면서 도와주고 싶다던 토끼 이빨의 끔찍한 여자 둘. 하지만 1마일 떨어져 사는 우리 언니가 여기에 아는 사람이 한 명도 없는 걸 보니 우리도 그럴 게 분명해. 아무도 시내에서 우리를 만나러 오지 않을 거야. 승합마차가 있기는 하지만 옆에 검정 가죽이 둘러쳐진 낡고 덜컹거리고 형편없는 것이거든. 제정신인 사람이라면 그 마차를 타고 6마일을 오느니 죽는 게 더 나을 거야.

사는 게 그렇지 뭐. 딱한 베릴의 슬픈 결말이지. 1, 2년만 지나면 난 유행에 완전히 뒤처지고 말 거야. 그래서 매킨토시 코트에 밀짚모자를 쓰고 하얀색 중국 실크 베일을 칭칭 감고 너를 만나러 갈 거야. 정말 볼만하겠지?

형부는 이제 우리가 안정이 됐으니까—내 인생에서 가장 끔찍한 일 주일이 지난 다음에 안정이 된 건 맞지만—토요일마다 오후에 테니스를 치기 위해 클럽에서 몇 사람을 데려오기로 되어 있어. 사실 오늘 나 때문에 일부러 두 사람을 특별히 데려오는 거래. 하지만 형부가 클럽에서 데려오는 남자들을 네가 본다면… 좀 뚱뚱하고 조끼도 안 입고 정말 너무 상스러워. 발끝이 항상 안쪽으로 돌아가 있고, 하얀 신발을 신고 있어서 코트 주변에서도 너무 눈에 잘 띄지. 그리고 그 사람들은 바지를 1분에 한 번씩 잡아당겨, 그거 알지? 그리고 상상의 공을 보며 라켓을 허공에 휘둘러대.

작년 여름에 클럽에서 그 사람들과 게임을 했었어. 내가 세 번 정도 거기 갔었는데 그러고 나니 다들 나를 베릴 양이라고 불렀어. 어떤 사람들인지 말 안 해도 알 만하지? 사는 게 지긋지긋해. 물론 엄마는 집이 너무 좋다고 하셔. 하긴 내가 엄마 나이가 되면 햇볕 아래 앉아 완두콩 껍질을 까면서 만족할지도 모르지. 하지만 지금 난 아니야. 절대, 아니야.

린다 언니가 이 모든 일에 대해 어떻게 생각하는지, 늘 그렇지만, 나는 전혀 몰라. 이전보다 더 이해하기 힘들어…

있잖아, 내 하얀 새틴 드레스 알지? 소매를 다 떼어내고 어깨에 걸리게 검정색 벨벳 밴드를 붙이고 언니의 모자에서 빨간색 큰 양귀비 두 개를 떼냈어. 대성공이야. 언제 입게 될지는 알 수 없지만 말이야."

베릴은 자기 방 작은 탁자에서 이 편지를 쓰고 있었다. 편지는 물론, 어떤 의미에서는 완벽한 진실이었지만 다른 의미에서는 말도 안 되는 헛소리였으며, 스스로 한 마디도 진짜라고 생각하지 않았다. 전혀 진실이 아니었다. 편지에 쓴 것을 모두 느끼기는 했지만 그런 식으로 느낀 적은 결코 없었다.

그 편지를 쓴 것은 베릴의 또 다른 자아였다. 진짜 자아는 다른 자아를 지루하다고 생각했을 뿐만 아니라 역겨워했다.

"경박하고 유치해." 진짜 자아가 말했다. 하지만 자신이 그 편지를 보낼 것이고 낸 핌에게 늘 그런 헛소리를 써 보냈던 것을 알고 있었다. 사실, 이 편지는 여태 썼던 편지에 비하면 그나마 아주 평범한 편이었다.

베릴은 팔꿈치를 탁자에 괴고 편지를 다시 읽어보았다. 편지 속 목소리가 편지지에서 나와 다가오는 것 같았다. 전화기 너머에서 들리는 목소리처럼 희미했는데, 높고 과장되고 무언가 억울해하는 것 같았다. 아, 오늘 이 목소리가 너무 싫어.

"너는 늘 아주 활기차." 낸 핌이 말했다. "그래서 남자들이 너한테 그렇게 끌리는 거야." 낸 핌은 엉덩이가 퉁퉁하고 혈색이 좋고 튼실한 편이었는데, 남자들은 낸에게 전혀 관심이 없었다. 그래서였는지 약간 섭섭한 듯 이렇게 덧붙였다. "네가 어떻게 그런 활기를 계속 유지하는지 궁금해. 아마 천성이겠지."

헛소리야. 말도 안 돼. 절대 천성이 아니야. 어이구, 낸 핌과 함께 있을 때 진짜 자아를 보여줬다면 낸이 너무 놀라 창밖으로 뛰어나가버렸을 걸… 있잖아, 내 하얀 새틴 드레스 알지, 라니… 베릴이 편지 상자를 쾅 내리쳤다.

베릴은 벌떡 일어서서 자기도 모르게 거울 앞으로 갔다.

흰옷을 입은 날씬한 여자가 서 있었다. 하얀색 모직 치마, 하얀색 실크 블라우스에 자그마한 허리에는 가죽 벨트를 아주 꼭 끼게 두르고 있었다.

얼굴은 하트 모양으로 눈썹 부분이 넓고 턱은 뾰족했다. 하지만 지나치게 뾰족하지는 않았다. 눈. 눈이야말로 가장 아름다운 부분이었다. 아주 묘하고 특이한 색깔이었다. 녹청색 눈동자 안에 작은 금색 점들이 박혀 있었다.

눈썹은 새까맣고 속눈썹은 길었다. 속눈썹이 너무 길어서, 뺨 위에 드리워져 있을 때 그 사이에 빛이 완전히 갇혀버린다고 누군가가 말했었지.

입은 약간 컸다. 지나치게 크냐고? 전혀 그렇지 않았다. 아랫입술은 살짝 튀어나와 있었다. 그래서 베릴은 늘 아랫입술을 살짝 물고 있었는데 또 누군가가 그 모습이 너무도 매력적이라고 한 적이 있었다.

코가 가장 마음에 안 들었다. 못생겼다는 말은 결코 아니었지만 린다의 코가 두 배는 더 예뻤다. 언니 코는 정말 작고 완벽했다. 베릴의 코는 좀 넓적했다. 심하지는 않았지만. 그러니까 베릴이 자기 코가 너무 넓적하다고 과장했던 것이 분명했다. 단지 자신의 코이기 때문이었다. 베릴은 스스로에 대해 아주 끔찍하게 비판적이었으니까. 그래서 엄지와 검지로 코를 꽉 잡고 약간 인상을 찌푸려…

머리카락은 너무도 사랑스러웠다. 게다가 숱은 또 얼마나 많은지. 갓 떨어진 낙엽 빛깔, 노르스름한 적갈색이었다. 머리를 길게 땋아 내리고 있으면 등뼈에 기다란 뱀이 누워 있는 것 같았다. 그럴 때 머리카락이 묵직하게 뒤로 잡아당겨지는 느낌이 아주 좋았고, 풀고 있을 때는 또 팔에 덮이는 느낌이 아주 좋았다. "그래, 넌 정말 사랑스러운 작은 존재야. 정말이야."

그 말에 가슴이 부풀었다. 기뻐하며 눈을 반쯤 감고 길게 숨을 내쉬었다.

하지만 눈을 뜨자마자 입술과 눈에서 미소가 사라졌다. 어머나, 이런, 그 여자가 저기 또다시 와 있구나. 예전처럼 또 날 속이려고. 거짓이야. 다 거짓말이라고. 낸 핌에게 편지를 썼을 때처럼 거짓이었다. 혼자 있을 때조차 거짓이었다.

거울 속의 저 사람은 나와 무슨 사이인데 이렇게 바라보고 있는 걸까? 베릴은 침대 한쪽에 엎드려 팔에 얼굴을 묻었다.

"아." 베릴이 외쳤다. "너무 슬퍼. 끔찍하게 슬퍼. 난 멍청이에 심술궂고 허영덩어리야. 나는 늘 연기를 해. 한순간도 진짜 나 자신이었던 적이 없어." 아주 똑똑히 보았잖아. 거짓 자아가 손님들이 와 있으면 일부러 계단을 달려서 오르내리고 까르르르 웃고, 남자가 식사하러 온다고 하면 머리카락이 반짝이는 것을 보여주려고 일부러 등불 아래 서 있고 기타를 쳐달라고 하면 입술을 삐죽거리며 어리광을 부리는 것을 보았잖아. 왜 그랬을까? 스탠리에게도 그랬지. 어젯밤만 해도. 스탠리가 신문을 읽고 있을 때 거짓 자아가 옆에 서서 어깨에 일부러 슬쩍 기댔다. 손으로 무언가를 가리키는 척하면서 스탠리의 갈색 손 위로 자신의 하얀 손이 더 예쁘게 돋보이도록 들어 올려 스탠리가 보게 했다.

가증스럽다! 가증스러워! 심장이 분노로 얼어붙었다. "네가 계속 그런 짓을 하다니 정말 대단하시군." 거짓 자아에게 말했다. 하지만 너무 슬퍼서 그런 거였어. 너무 슬퍼서 그랬다고. 만약에 행복하고 내 인생을 잘 끌어나가고 있었다면 그렇게 거짓으로 사는 건 그만두었을 거야. 진짜 베릴을 보았어. 하나의 그림자였지… 그림자. 희미하게 허깨비처럼 빛났다. 그 빛 말고 아무것도 없었다. 그리고 얼마나 짧은 순간 동안만 진짜 자신이었나. 베릴은 그 순간들을 거의 다 기억할 수 있었다. 매 순간 이런 생각을 했다. "인생이 귀중하고 신비롭고 유쾌하고 나도 귀중하고 신비롭고 유쾌해." 영원히 그 베릴일까? 그럴까? 어떻게 그럴 수 있지? 그런데 거짓 자아를 가지지 않은 때가 있기나 해? … 하지만 거기까지 생각이 미쳤을 때 복도를 따라 작은 발이 달려오는 소리를 들었다. 문손잡이가 덜컥거리더니 키지아가 들어왔다.

"베릴 이모, 어머니가 내려오라는데? 아버지가 어떤 남자랑 같이 오셨고 점심식사 준비가 다 됐어."

이런! 이상하게 꿇어앉아 있어서 치마가 엄청 구겨졌는데.

"그래, 알았어. 키지아." 베릴이 화장대로 가서 코에 분을 발랐다.

키지아도 건너와서 작은 크림통을 열고 냄새를 맡았다. 더러운 삼색 고양이를 옆구리에 끼고 있었다.

베릴 이모가 방을 나가자 고양이를 화장대에 올려놓고 크림통 뚜껑을 고양이 귀에 씌웠다.

"자, 널 봐." 키지아가 엄하게 말했다.

삼색 고양이는 그 모습에 너무 놀라서 뒤로 넘어져 바닥에 몸을 찧었다. 그러자 크림통 뚜껑은 공중으로 날아오른 다음 리놀륨 바닥 위에서 동전처럼 굴렀다. 하지만 깨지지 않았다.

키지아가 없었다면 공중으로 날아오르고 바로 깨졌을 텐데 키지아는 그것을 잡아서 아주 능숙하게 화장대에 다시 올려놓았다.

그런 다음 키지아는 뒤꿈치를 세우고 살금살금, 너무도 재빨리 공기처럼 사라졌다…

# 옮긴이의 말

.

캐서린 맨스필드는 버지니아 울프, 제임스 조이스, T. S. 엘리엇과 함께 탁월한 모더니스트로 높은 평가를 받고 있다. 의식의 흐름 기법, 다중 시점, 자유간접화법 도입과 같은 혁신적인 기법으로 관습적 감수성에서 벗어나 사건과 플롯에 갇히지 않고 개인의 감정을 중시하여 내면을 탐구하고 독창성을 확보한 것으로 영미문학사에서 중요한 자리를 차지한다. 하지만 그 성취의 성공은 논외로 하고라도 포스트모더니즘이 등장한 지도 오래되었으니 이미 우리는 지난 세기 모더니즘을 더 이상 모던하게 느끼지 않는 시대에 살고 있다. 기법도 내용도 더 이상 새롭지 않다. 작가가 던진 질문도 너무도 익숙한 것이다. 수없이 나 자신에게 던졌을 질문, 그러나 익숙하기만 할 뿐 아직도 답을 알아내지 못한 질문이다. 어쩌면 죽을 때까지 답을 알 수 없을지도 모르니 이 질문은 진부하면서도 충분히 오래 유효한 셈이다.

　인생이란 무엇인가?

「나는 프랑스어를 못합니다」의 화자는 "인간이란 커다란 여행가방 같은 것"이라며 "무언가로 채워지고 움직이기 시작하고 내동댕이쳐지고 덜컹거리며 보내지고" "마침내 궁극의 짐꾼이 궁극의 기차에 휙 올려놓으면 덜그럭거리며 사라져버린다"고 하였다. 「항해」의 페넬라는 엄마를 잃고 조부모에게 당분간 맡겨진다. 검소하고 꼼꼼하고 선량한 할머니와 함께 밤바다를 건너 도착한 집에는 병든 할아버지가 기다리고 있다. 침대 맡에 "잃어버렸네! 다이아몬드 육십 분이 박힌 황금의 한 시간. 아무것도 남은 게 없네/영원히 사라졌으니까!"라고 쓴 액자 아래에. 「가든 파티」의 로라는 가난한 이웃의 주검을 목격하고 난 뒤 끔찍했느냐는 물음에 "아니, 경이로웠어"라고 흐느끼며 말하고 "인생이"라고 시작한 말을 끝맺지 못한다. 그래서 인생이 어떤지 알았다는 말일까? 이 대목의 해석은 독자마다 의견이 다를 것 같다.

「브레헨마허 부인, 결혼식에 가다」의 그 부인은 결혼 뒤 아이가 다섯이 되고 가진 돈은 두 배로 불어났지만 추운 겨울 집으로 돌아오며 "그게 도대체 무슨 소용이 있어?"라고 자문한다. 그러다가도 남편에게 먹을 것을 차려주고 남편의 부츠를 넣고 아이가 자다가 오줌을 쌌는지 살핀다. 여성들에게만 일어날 수 있는 악몽 같은 일을 겪은 「어린 가정교사」의 가정교사는 울음이 가득한 입을 틀어막고서 "무릎을 덜덜 떠는 늙은 남자들로 가득한 세상을 가로질러 흔들리며 덜그럭거리며" 나아가는 전차에 올라 있다. 「뜻밖의 사실들」의 모니카는 심란한 아침, 집을 탈출한 피난처에서 뜻밖의 일을 당하고 "창을 두드렸지만 운전사는 듣지 못"한다.

「서곡」에서 비교적 잠깐 등장하는 하녀 앨리스는 긴장하고 억압받으며 살면서 자신을 위해 할 수 있는 일이라곤 기껏 해몽책을 몰래 보거나 말대꾸를 생각해내고 되뇌는 것밖에 없다. 「차 한 잔」의 로즈메리는 "인생에는… 아주 불쾌한 순간들이 있다… 하지만 그런 순간에 흔들리면 안 돼. 집에 가서 최고급 차를 마셔야지" 하며 인생의 불쾌를 해결해줄 모든 것을 다 가진 듯하지만 사실 남편의 말 한 마디에 자신의 모든 것을 걸고 있는 신세다. 폭군 아버지가 죽고 나서도 아버지의 그늘에서 벗어나지 못하는 「죽은 대령의 딸들」의 딱한 자매는 어떤가. 남동생은 멀리 집을 떠나 사는데 이들은 아버지와 함께 산 인생의 "모든 것이 터널 안에서 일어났던 것" 같다고 느낀다. 그리고 아버지의 장례를 치른 후 자문한다. "그래서 어떻게 되었지? 지금? 지금은?"

작가 자신의 인생은 어떠했을까. 캐서린 맨스필드는 1888년 뉴질랜드 웰링턴에서 태어났다. 1903년 영국으로 건너가 공부하였고 잠시 귀국하였다가 1908년 19세 때 다시 런던으로 떠나 블룸즈버리 그룹 인사들과 교류하며 작품 활동을 하였다. 당시 그다지 좋은 평가를 받지 못하였지만 80여 편의 단편소설과 시, 에세이 등을 기어코 써내었고 1923년 34세 때 결핵으로 이른 죽음을 맞았다. 생전 남동생의 죽음을 겪었고 낙태, 이혼을 경험하고 환영받지 못하는 성적 취향을 지니는 등 결코 순탄했다고 할 수 없는 삶을 살았다. 어쩌면 전형적인 천재의 삶이었는지도 모른다. 제임스 조이스처럼 이국을 떠돌며 결국 고향에 돌아가지 못

했고 오스카 와일드처럼 동성애로 사회의 손가락질을 받았고 안톤 체호프처럼 결핵으로 요절하였고 수많은 예술가들처럼 당대에 제대로 인정받지 못했다. 작가는 고립감을 느끼고 절망하고 환멸을 경험할 때마다 자문했을 것이다. "인생은?" "여성으로서의 인생은?" 맨스필드가 더 오래 살았으면 어땠을까? 그 치열함으로 계속 작품을 썼다면? 인생에 대해, 특히 여성의 인생에 대해 계속 질문했다면?

우리는 「서곡」의 키지아가 어른이 된 세상에 대해 알고 있다. 하지만 그 키지아가 어떤 인생을 살았을지는 맨스필드만이 알고 있을 것이다. 대령의 딸들이 아버지에게서 벗어날 수 있었는지 할머니와 할아버지가 다 죽고 난 뒤 페넬라의 세대가 어떻게 되었을지 어린 가정교사는 그런 전차를 또 타게 됐을지 알 수 있었을 것이다. 브레헨마허 집의 맏딸 로사의 삶도 더 그려졌을 것이다. 그렇게 해서 캐서린 맨스필드는 「서곡」의 린다가 꿈꾸듯, 가시 돋친 알로에 같은 배를 타고 힘차게 노를 저어, 절망하고 갇힌 여성들을 모두 싣고 한층 멀리 나아가지 않았을까.

이 책에 실린 작품 중 「브레헨마허 부인, 결혼식에 가다」, 「뜻밖의 사실」, 「나는 프랑스어를 못합니다」, 「서곡」은 국내 초역이다. 「나는 프랑스어를 못합니다」는 드물게 남성 화자(생물학적 성으로만 남성)의 시점으로 일관되는데 읽기 다소 난해하지만 개인적으로는, 좌절한 사랑 이야기로(화자가 진짜 사랑한 것은 누구일까?), 혹은 성공하지 못한 예술가의 외로운 자아를 드러낸 작품으로 읽었다. 「서곡」은, 이 책에 싣지는 않았지만 작가의 뉴질랜드 시절을 묘사한 수작 「만에서」의 전편에

해당하며 저 유명한 버지니아 울프의 출판사 호가스에서 출간된 두 번째 책이다. 당시 울프는 초보 출판인으로 「서곡」의 제목을 관사 the를 붙여 잘못 인쇄하였다는 일화가 전해져 있다. 「서곡」은 다소 지루하게 느낄 수 있는데 상세한 배경과 심리 묘사로, 특별한 사건이 일어나지 않는 평범한 일상을 그리고 있기 때문이다. 하지만 화자가 자주 바뀌기 때문에 마치 여러 편의 단편을 읽는 것처럼 여러 인물의 심리를 경험하는 즐거움을 선사한다. 또 배경인 뉴질랜드의 자연과 지나치게 사소해 보일 수 있는 것들을 아름다운 시(詩)적 문체로 묘사한 부분들도 놓치지 말길 바란다. 맨스필드 소설의 매력은 다른 모더니즘 소설과 마찬가지로 스토리가 아니라 인물에 있는 만큼, 특히 「서곡」은 잘 들여다보면 매력적이지 않은 인물이 없는 작품이다.

# 수록 작품의 원제명

---

· 차 한 잔 A Cup of Tea (1921)

· 죽은 대령의 딸들 The Daughters of the Late Colonel (1920)

· 어린 가정교사 The Little Governess (1915)

· 가든 파티 The Garden Party (1921)

· 항해 The Voyage (1921)

· 브레헨마허 부인, 결혼식에 가다 Frau Brechenmacher Attends a Wedding (1910)

· 뜻밖의 사실 Revelations (1920)

· 나는 프랑스어를 못합니다 Je ne parle pas français (1918)

· 서곡 Prelude (1917)

# 캐서린 맨스필드가 걸어온 길

| | |
|---|---|
| 1888년 10월 14일 | 뉴질랜드의 수도 웰링턴에 있는 손던에서 애니 버넬 비첨과 해럴드 비첨 사이에서 태어났다. 아버지는 자수성가한 은행가이자 실업가였다. 어머니 대신 외할머니가 주로 육아를 도맡았다. 형제는 언니 둘, 여동생, 남동생. |
| 1893년(5세) | 가족이 손던에서 웰링턴 서쪽 교외 지역인 카로리로 이사한다. 이곳에서 가장 행복한 어린 시절을 보낸다. 카로리에서의 몇몇 기억은 훗날 단편 「서곡」의 집필에 영감을 준다. |
| 1898~99년(10~11세) | 가족 모두가 웰링턴으로 다시 돌아간다. 웰링턴여자중등학교에 입학해 학교 신문《하이스쿨리포터》에 처음으로 글을 발표한다. |
| 1903~06년(15~18세) | 두 언니를 따라 영국 런던으로 건너가 퀸스칼리지에 등록한다. 어린 시절부터 해온 첼로 연주를 계속하지만, 이곳에서 문학적인 삶을 접하며 학교 신문 편집자로 활동한다. 프랑스 상징주의와 오스카 와일드의 작품에 특히 관심이 많았다. '캐서린 맨스필드'를 필명으로 삼기로 결심한다. 퀸스칼리지에서 아이다 베이커(Ida Baker)를 만난다. 그와 같이 식민지 출신으로, 버마에서 태어난 베이커는 맨스필드의 평생 친구(맨스필드는 그를 "와이프"라고 불렀다.)로 함께한다. 이 시기에 벨기에, 독일에서 주로 머물며 유럽대륙을 여행한다. |
| 1906~07년(18~19세) | 학업을 마치고 두 언니와 함께 뉴질랜드로 돌아간다. 웰링턴에서의 생활에 적응하지 못하고 유럽으로 돌아가 작가가 되기를 바란다. 멜버른 잡지《네이티브 컴패니언》에 소품문을 몇 편 발표한 후, 아버지가 그의 뜻을 허락한다. 이 시기에 마오리 공주 마아타(Maata Mahupuku), 화가 이디스 벤돌(Edith Bendall)과 동성애 관계를 맺는다. |
| 1908년(20세) | 런던으로 돌아가 자유로운 삶을 만끽한다. 뉴질랜드에서 알고 지내던, 음악에 조예가 깊은 트로웰 부부를 런던에서 다시 만난다. 그의 아들, 바이올리니스트 트로웰 가넷과 연인관계가 된다. |

| | |
|---|---|
| 1909년(21세) | 트로웰 부부가 가넷과의 연애를 못마땅해하면서 두 사람은 헤어진다. 3월 조지 보든이라는 11세 연상의 남성과 빠르게 결혼하지만, 결혼식 당일에 신랑을 버린다. 5월 가넷과 재결합한다. 아이다 베이커와의 관계를 탐탁지 않게 생각한 맨스필드의 어머니가 그녀를 독일 바바리아 온천지에 남겨두고 온다. 당시 가넷과의 사이에서 임신 중이었던 맨스필드는 유산을 하고 만다. 바바리아에서 만난 폴란드 비평가이자 번역가인 플로리안 소비에니오프스키(Floryan Sobieniowski)를 통해 체호프의 작품을 접한다. |
| 1910년(22세) | 영국으로 돌아가《뉴에이지》잡지에 글을 여러 편 발표한다. |
| 1911년(23세) | 첫 단편집 『독일 하숙에서』를 발표한다. 아방가르드 잡지 《리듬》의 편집자이자 평론가인 존 미들턴 머리를 처음 만난다. |
| 1912년(24세) | 머리와 교제를 시작하고, 《리듬》의 공동 편집자로 활동한다.《리듬》이 파산하면서, 그 빚을 아버지가 보내오는 돈으로 충당한다. 머리와 함께 잡지를 계속 유지하려고 애쓴다. 휴 월폴, D. H. 로렌스 등의 작가들이 후원을 보내온다. 로렌스의 『사랑에 빠진 여인들』(1920) 소설 속 인물인 구드룬과 제럴드가 맨스필드와 머리를 모델로 했다고 한다. |
| 1913년(25세) | 《리듬》(1911~1913)이 《블루 리뷰》라는 새로운 이름으로 짧게 유지된다. |
| 1915년(27세) | 남동생 레슬리가 21살 나이에 1차 세계대전의 전장에서 목숨을 잃는다. 이 일의 영향으로 맨스필드가 남동생과 자신이 살던 뉴질랜드에 대해 다시 생각하게 되면서 「서곡」을 쓰기 시작한다. |
| 1916년(28세) | 블룸즈버리 그룹에서 활동한 작가 겸 비평가인 리턴 스트레이치, 시인 T. S. 엘리엇, 철학자 버트런드 러셀 등과 교류한다. 리턴 스트레이치를 통해 버지니아 울프를 만나 교류한다. |
| 1917년(29세) | 버지니아 울프가 남편 레너드와 차린 호가스 출판사에서 맨스필드의 중편 「서곡」의 출간을 제안한다. 울프가 이 책의 식자를 맡는다. 폐결핵 진단을 받는다. |
| 1918년(30세) | 프랑스 방돌 지역에서 머물며 단편 「나는 프랑스어를 못합니다」를 집필하고, 「행복」을 쓰기 시작한다. 건강이 악화되면서 3월에 폐출혈을 겪는다. 4월에 보든과의 이혼 절차를 마무리하고, 존 미들턴 머리와 결혼한다. 베이커가 간호와 살림을 돌봐준다. 7월 호가스 출판사에서 「서곡」이 발간된다. |

| | |
|---|---|
| 1919년(31세) | 머리가 런던 문예평론지 《애서니엄》의 편집자로 가게 된다. 맨스필드가 이 매체에 100편이 넘는 소설 리뷰를 쓴다. 이탈리아 오스페달레티에서 베이커와 지내는 동안 아버지가 방문한다. |
| 1920년(32세) | 단편집 『행복과 그 외 단편들』을 발표한다. 프랑스 망통의 빌라 이솔라 벨라에서 「어린 소녀」, 「낯선 사람」, 「브릴 양」, 「죽은 대령의 딸들」 등을 집필한다. |
| 1921년(33세) | 폐결핵 치료를 위해 베이커와 함께 스위스에서 지낸다. 「만에서」, 「인형의 집」, 「가든 파티」, 「차 한 잔」을 집필한다. |
| 1922년(34세) | 건강 회복을 위해 파리에서 비정통적인 요법을 치료받기까지 하지만 효과를 보지 못한다. 이 시기에 「파리」, 마지막 단편 「카나리아」를 집필한다. 세 번째 단편집이자 생애 마지막 책인 『가든 파티와 그 외 단편들』을 발표한다. |
| 1923년 | 프랑스 퐁텐블로에서 요양을 하던 중 34세의 나이로 세상을 떠난다. |
| | 평생 수많은 단편, 시, 평론, 일기, 편지 등을 남겼는데, 사후에 머리가 유고를 모아 단편집 『비둘기 둥지』(1923), 『뭔가 유치한 것』(1924), 『알로에』(1930), 『시집』(1923), 『일기』(1927), 『서간집』(1928~29), 평론집 『소설과 소설가』(1930)를 발간한다. |